和食文芸入門

母利司朗 編

臨川書店 刊

序

母利　司朗

　ここ数年、和食、あるいは和食文化について書かれた文章には、きまって、「二〇一三年、ユネスコの無形文化遺産に登録された和食は……」という一文が添えられています。これは、二〇一三年（平成二十五）、国連教育科学文化機関（ユネスコ）の「無形文化遺産の保護に関する条約」の政府間委員会が、前年の三月に日本政府から申請されていた「和食　日本人の伝統的な食文化」を、ユネスコ無形文化遺産として登録することを決定したことを受けての一文です。それからはや七年がたちました。

　農林水産省のＨＰには、「和食　日本人の伝統的な食文化」についてのわかりやすい説明が書かれています。そこには、「和食」はまず「「自然の尊重」という日本人の精神を体現した食に関する「社会的慣習」」である、と述べられ、続いて、以下の四つの特徴が挙げられています。長くなりますが次に引用しておきましょう。

　一つ目として、新鮮で多様な食材と素材を用い、また、その持ち味を尊重する工夫が施されている点が挙げられます。季節の移り変わりがはっきりした日本には、四季折々の新鮮で多様な海の幸や山の幸があり、これらの食材の味わいを活かすため、出汁を使用した調理技術等が発達しています。

二つ目は、栄養バランスに優れた、健康的な食生活を形成している点があります。米、魚、野菜や山菜といった地域で採れる様々な自然食材を用いるほか、出汁の「うま味」を上手に使うことにより、動物性油脂の少ない食生活を実現しています。

三つ目は、食事の場において自然の美しさや季節の移ろいを表現した盛りつけを行う点です。料理に花や葉等の自然の素材をあしらったり、飾り包丁で自然の事物を表すなどの美意識を根底に有し、旬の食材を好んで用いるほか、季節に合った調度品や器を利用することで季節感を楽しむこころが日本の食文化にはあります。

四つ目は、食が正月行事等の年中行事と密接な関わりを持っていることです。正月のおせち料理やお雑煮から始まり大晦日の年越しそばまで様々な年中行事において、食は欠かせないものです。また、お食い初め、七五三等人生の節目の儀礼においても食は密接な関わりを有しています。

たしかに、和食をめぐる、なるほど、と思われる特徴が並べられています。一つ目と二つ目の特徴は、今までの食をめぐる教育と研究における中心的な内容と関わります。文系と理系という色分けでいえば理系にあたります。一方、三つ目と四つ目は文系にあたるでしょう。和食文化の特徴を客観的にとらえたバランスの良い定義だと言えます。しかし、長らく詩歌を中心とした日本文学を学んできた者から見れば、この定義には少しさびしい思いがします。

三つ目の特徴を記す文章には、「和食」には、「自然」にたいする「美意識」が表されていることが述べられ、「季節感を楽しむこころが日本の食文化にはあります」とも述べられています。そして、「美意識」や「季節感」を表すものとして具体的にあげられているのは、「盛り付け」や「旬の食材」あるいは「季節にあった調度品や器」といったものでした。これらは、目で楽しみ、舌や鼻で賞味し、手に触れることのできる、いわゆる「物」にほかなりません。

私は何もこれが「おかしい」と言っているのではありません。ただ、「和食」に日本人の「美意識」や「季節感」が表されているというならば、そのような「物」にだけではなく、長い歴史の中で人々が作り出してきた、和食に関わる「言葉」による美意識の表現にも触れてほしかった、と思うのです。

私たちは、食材やその料理されたものを、AやB、あるいは1や2、と無機的に呼んでいるのではありません。すべてがそうだというのではないのですが、多くの食べ物には、日本人の智恵と感性が、しばしば美意識をともなって名付けられているのです。豆腐を作る時の絞り糟を「から」と即物的にいうよりは「卯の花」と比喩的に美しく呼び、固める前の杓子で掬えるような状態の豆腐を「おぼろ豆腐」と呼ぶ……。身近な豆腐に関わる物の呼び方にも、長い歴史の中で、折々に人の考え出してきた美意識の反映が実は認められるのです。

一九九八年に刊行のはじまった『全集　日本の食文化』（全十二巻　雄山閣　芳賀登・石川寛子編）は、それまでに出された和食文化に関わる重要な論文を集め、総体的な和食文化研究の到達点を示そうとした全集です。第二巻「食生活と食物史」には、歴史学や文献学の立場からの論文がおさめられており、他の巻がほとんど「物」としての食文化の研究論文で占められているのと好対照をなしていますが、そのどこにも、「ことば」や、「ことば」を紡いで作られた文章から、食に関わる日本人の感覚や感性をさぐろうとした論文はおさめられていません。そして最近出版されたばかりの『日本の食文化』（吉川弘文館　小川直弘他編）においてさえもその傾向に変化はありません。日本の食文化を語るさい、日本人が残してきた、そして今もなお生きている食に関わる「ことば」や文章は、おそらくほとんど顧みられることさえなかったのが実際のところだったのでしょう。

「ことば」や、「ことば」を紡いで生まれた文章を、文芸と言うことがあります（本書では、「文学」という用語の曖昧さや誤解を少しでも避けるために、まだしもその危険性の少ない「文芸」という言葉をしばしば用います）。数ある文字資料の中で、文芸という文字資料の最大の特徴は、そこに人の思いや、感覚、感性が記録されていることです。文芸をたんねんに読み解くことによって、現代の私たちは、日本人の、「食」や「食べる」という行為の背景にあった心の襞の歴史をつかむことができるはずなのです。

文芸は、一方で、それぞれの時代の文物や出来事に関わる事実を記録したものという特徴ももっています。「食」に関わる文物や出来事についての知識は、何も料理本といった狭い「食」関係の文字資料にだけ残されているのではありません。「食」を語るさいには無関係と思われ見向きもされなかった文芸の中に、今まで知られていなかった、あるいは曖昧なままにされていた「食」に関する知識と知恵がたくさん埋もれている可能性が大きいのです。

本書は、日本文学研究で多くの経験と実績をもつ研究者が、文芸を通して、日本人の「食」にたいしての思いや、感性、感覚を論じた論文と、日本の食文化を歴史的・客観的に明らかにしようとした論文を集めたものです。文芸を通して日本の食文化についてのあれこれを探ろうとする試みは、たとえば『国文学解釈と鑑賞　別冊　文学に描かれた日本の「食」のすがた』（至文堂・二〇〇八）といった早いものがありますが、まだまだ研究は進んでおらず、それゆえにこれからの研究には大きな伸びしろがあります。日本文学や歴史学を学ばれている若い方々が、目を日本の「食」に向けていただき、まだまだ宝物の埋もれている和食文化研究に関わっていただけることを願っています。逆に、食の研究にたずさわろうとする方々にも、日本の文芸に目を向けていただくきっかけとなっていただければと願っています。

本書はまた、大学等で専門に研究を進めておられる方々だけではなく、広く、日本の食文化に関心を持たれる方々にも向けて書かれたものです。和食を語る時には欠かせない、「出汁」のとりかたや、和食の栄養、といったことは、たしかにとても興味深いテーマですが、言葉と文章という、手にとることのできない、目にすることのできない角度からの和食文化の世界にどうか目を向けていただき、こんなことがわかるのか、こんな世界があったのか、ということに気付いていただき関心をもっていただけましたなら、幸いです。

目次

酒と菜と魚―和歌の表現との関わり―

高橋　亨

はじめに

日本文学の伝統の中心に「和歌」がありました。そこでは、春・夏・秋・冬という四季の自然の美しさや、「あはれ」と思う恋愛や離別の感情を詠むことが中心で、飲食について歌うことは少ないのです。それは、食べ物のおいしさについて口に出して言うことが、多くの場合、下品だと考えられていたからです。

貴族文化の公的な中心にあった『古今和歌集』（以下『古今集』）など、天皇の命令で撰ばれた勅撰集はもちろん、生活の中で歌を詠むための実用的な『古今和歌六帖』（『古今六帖』）などにも、飲食表現はほとんどありません。『源氏物語』にも、男女の衣服の美しさの趣向や、屏風など室内のインテリアや調度品、ラブレターの紙や毛筆の書やお香について詳しいのに対して、食事の具体例についての記述はほとんどないのです。

ここでは、数少ない和歌の表現の中から、お酒を飲むときに一緒に食べる食材のことを考えてみます。「さかな」といえば、現在では「魚」のことですが、平安朝では「酒菜」であり、「魚」は「いを

（うお）」と言いました。穀類以外の肉や魚などが「さかな」だったのですが、「菜」という漢字をあてたのは、野菜が主流だったからでしょう。お酒のつまみとして、刺身など魚類を好む人々が多くなって、「酒菜」から「魚」へという語の意味の変遷が生じたのです。

一　神事や宴会の米と酒

酒はほんらい、日常生活で楽しむことのできる飲み物ではありませんでした。祭りという非日常のハレ（晴）の場と時に、神様と交流するための飲食物だったのです。

天皇が即位して天皇となるための大嘗祭では、占いによる悠紀《ゆき》と主基《すき》の二つの国から奉った新米の飯と酒を、天皇が神に供え、天皇自身も食します。即位して天皇になった以後に、毎年の収穫の後に行われる儀式は、新嘗《にいなめ》祭といいます。

日本の各地で、今も毎年の秋に行われる祭りの米（飯）や酒の意味も、これと共通なのです。自然の霊力を象徴する神々からもたらされた米や酒により、日常生活の平和を願う私たちは、神々と交流するための祭りを行うのです。

西暦九〇五年という平安時代に成立した『古今集』巻二十「大歌所御歌《おおうたどころ》」には、大嘗祭の悠紀と主基に選ばれた国の歌が載っています。それらの歌は、天皇が即位する儀式のために作られた屏風の絵の中に貼られた色紙《しきし》に、毛筆で書かれていたのです。

そこには、「まかねふく吉備《きび》の中山帯にせる細谷川の音のさやけさ」（吉備）、「美作《みまさか》や久米の佐良山さらさらにわが名は立てじ万代《よろずよ》までに」（美作）といった歌があります。

「まかねふく」は「吉備」という現在の岡山県の地名の枕詞《まくらことば》で、鉄を精錬して作っていた吉備の中山の、帯のように巡る細谷川の流れの音がすがすがしいという歌です。鉄は古代では、武器や農耕の器具の素材として貴重な産物でした。

「美作」は「吉備」から分離した土地で、「美作の久米の佐良山」が「さらさらに」（まったく）私の恋の噂を立てたりしないでしょう、いついつまでも、というのが二番目の歌です。地名「佐良山」の「さら」という音が、掛詞《かけことば》のような同音の言葉遊びの連想によって、男女の恋愛の意味に転じてもいくのです。

この二首は『古今六帖』にも、「まかねふく」という歌が巻第二「国」に、「美作や」は巻第二「山」と巻第五「来れど逢はず」という項目に重ねて掲載されています。「国」とか「山」にあたる地名に基づいた分類と、「来れど逢はず」という恋愛や結婚を意味する歌の分類に、ダブルイメージとして重ねて解釈されていたことがわかります。

天皇の命令で編纂された「勅撰集《ちょくせんしゅう》」という公的な歌集である『古今集』では、大嘗祭で悠紀と主基の屏風絵に貼られて天皇の即位式で用いられた歌でした。それと同じ歌が、『古今六帖』では公的な儀式の場から離れて、地名や恋の歌となっていたのです。『古今六帖』という歌集は、平安朝中期の貴族たちが、日常生活の中で実用的な歌を詠むためのハンドブックとして用いられていたのです。

同じく『古今六帖』の「国」という項目に、「美濃山に繁り重なる玉柏《たまかしわ》豊の明かりにあふが楽しさ」という歌があります。美濃の国に生い茂り重なっている美しい柏の葉よ、それが豊の明かりの節《せち》会《え》に用いられるのは、何とうれしいことかという歌です。これとほぼ同じ歌が『古今集』巻二十の異本歌（別な本に載せられていたという歌）にあります。「豊明《とよのあかり》」は新嘗祭や大嘗祭の翌日に催される、貴族たちによる宮中の節会です。

こうした儀式に参加した貴族たちは、宴席で酒をつがれた盃を順に飲み干す前に、和歌を詠まなければいけなかったのです。このような宴会の歌では、ことばとして「酒」が表に出ていなくても、「酒」の宴席で酒を飲む前に詠んだ歌なのです。

『古今六帖』巻第二「大鷹狩り」という項目の、「狩り暮らし七夕《たなばた》つめに宿借らむ天の河原に我は来にけり」というのは、『伊勢物語』にも載っている歌です。一日中、鷹に獲物を取らせる狩りをして、日が暮れてしまったので、七夕の織姫さんに宿を借りたいものですと歌っています。『伊勢物語』八十二段では、「狩り暮らし七夕つめに宿借らむ」という歌の前の部分に、次のように書かれています。

……日暮れになりぬ。御供なる人、酒を持たせて、野より出で来たり。この酒を飲みてむとて、よき所を求め行くに、天の河といふ所にいたりぬ。親王《みこ》に、馬の頭《かみ》、大御酒《おほみき》まゐる。親王ののたまひける、「交野を狩りて、天の河のほとりにいたるを題にて、歌よみて、盃はさせ」とのたまうければ、かの馬の頭、よみて奉りける、

「天の河原」という地名は、七夕伝説の「天の川」と同じ場所に来てしまったのですから、織姫さんよ、どうか私をあなたの家に泊めてくださいと歌うのです。地名から連想して恋の幻想に遊ぶこの歌も、雉子《きじ》など狩りの獲物を調理した、酒宴の場にふさわしい歌です。にもかかわらず、「酒」を飲んだ宴会のことは書かれていても、その「さかな」や料理の品については、まったく書かれていませ

ん。

「馬の頭」が在原業平《ありわらなりひら》です。『古今集』巻九・羈旅《きりょ》の部の歌にも、在原業平が惟喬親王《これたかみこ》のお供をして狩りに来て、「天の川」のほとりで「酒など飲みける」ときに、親王が、狩りをして天の河原に来たという心を詠んで「盃」をさせと言ったので詠んだと、『伊勢物語』八十二段と同じようなことが詞書に書いてあります。

二　若菜の羹《あつもの》と鯛の膾《なます》

『古今集』からほぼ百年後に、四季と恋の歌を物語の世界に取り込んで書かれた『源氏物語』には、「若菜上」「若菜下」という長い二つの巻があります。主人公の光源氏が四十歳になったお祝いの行事で、その正月に「若菜」の羹《あつもの》を出したのです。「羹」は熱い汁で煮た料理で、新春の生命力を象徴する「若菜」を食べる伝統は、現在も七草粥を食べる習慣として残されています。

『古今六帖』には、巻第一の歳時部、春「若菜」の項目に七首、巻第四の祝「若菜」に十一首、合わせて十八首の「若菜」の歌が載せられています。このうち六首が紀貫之の歌です。紀貫之は、『古今集』の代表歌人で、編者として「かな序」も書いた人、また『土佐日記』の作者としても有名です。一首引いておきましょう。

春立たんすなはちごとに君がため千歳つむべき若菜なりけり

（立春になるたびに、君のため、千年も積もって長生きできるほどに、多く摘む若菜なのでした。）

春の七草は「芹」「なずな」「御形《ごぎょう》」（ははこ草）「はこべら」「仏の座」「すずな」（かぶ）「すずしろ」（だいこん）で、邪気をはらう春の香草のエネルギー、不老長寿をもたらす薬の効果もあると考えられていました。

とはいえ、『源氏物語』はもちろん、『古今集』や『古今六帖』といった和歌集にも、酒や酒菜の食物について、具体的な表現はきわめて少ないのでした。「鮎」や「氷魚《ひお》」といった川魚、「雉子」のような鳥、「蕨」や「竹の子」「若菜」の類と、食生活についての記述はいたって淡泊です。

『源氏物語』初音《はつね》巻も、光源氏が紫上と迎えた「生ける仏の御国」と讃えられる新年の情景から始まります。「歯固めの祝ひ」という、正月三日間に、大根・瓜・押鮎《おしあゆ》・煮鮎・猪・鹿などを食べて長寿を祝う儀式をしたようです。「餅鏡《もちひかがみ》」という語もあって、光源氏はその鏡という語の連想から、「薄氷がとけた池の鏡に、まったく曇ることのない私とあなたの影が映っている」という歌を詠みます。紫上もまた素直に共感した歌を返しています。

この「餅鏡」は、現代の正月に飾る鏡餅とは違うはずです。とはいえ、私の家にある江戸時代の岩佐又兵衛派の屛風絵の初音巻の情景には、鏡餅の上に伊勢エビを載せ、その下に鶯の飾り付けられた籠が描かれています。

『源氏物語』の作者紫式部が仕えた中宮彰子や、その父藤原道長などの生活で、儀式などに用いられていた食材は多様で豊かですから、実際には美食家も多くいたでしょう。にもかかわらず、食卓のメニューや「酒」の「さかな」（菜、魚、肉）についての、具体的な記述はほとんど無いのです。当時の人々が信じていた仏教の信仰が、動物を殺す「殺生」を禁じていたので、その影響もあるでしょう。

図１　源氏物語絵屏風・初音巻（架蔵）

食べ物について語ることが下品だという発想は、貴族や武家に強く残っていました。

平安朝の和歌や物語に比べると、それより古い『万葉集』には、直接的な酒や食物についてのより豊かな表現、また楽しい誇張表現もあります。

大伴旅人には、酒を讃《ほ》めた歌十三首の連作があり、「価《あたひ》なき宝といふとも一杯《ひとつき》の濁れる酒にあにまさめやも」（どんなに高価な宝といっても一杯の濁り酒に勝るはずはない）といった調子です。「濁れる酒」というのは、現在の清酒と違って、米を発酵させただけで、「どぶろく」のように糟《かす》を濾過してない酒です。なまじ人間であるよりは、酒壺になって酒に染みていたいとか、利口ぶって酒を飲まない人をよく見れば猿に似ているとかいう歌もあります。

また、旅人の息子の家持には、「夏痩せによしといふものぞ鰻捕り食《め》せ…」と鰻の滋養を称えた歌があります。痩せている人を笑った歌二首のはじめで、次の歌では、痩せていても生きていればよいから、鰻を捕ろうとして川に流されるなと歌います。家持自身も痩せいたらしいので、自嘲も含まれていたかもしれません。それはともかく、現在でも、鰻は夏のスタミナ源として好まれている食べ物です。

ところで、「羹に懲りて膾《なます》を吹く」という諺をご存じでしょうか。熱い汁の食を口にして失敗したので、冷たい魚や肉を刻んだ料理の膾を吹いてさまそうとしたという皮肉です。現在でも「猫舌」の人は、「あつもの」に要注意です。

これと関係はないでしょうが、『万葉集』には、「酢・醤《ひしお》・蒜《ひる》・鯛・水葱《なぎ》を詠む歌」もあります。

醤酢《ひしほす》に蒜つき合《か》てて鯛願ふ我にな見えそ水葱の羹

（醤酢に蒜をつき交ぜて鯛を食べたいと思っているのに、私に見せたりするな、水葱の羹などを）

ありふれた青菜の羹と、高級魚でおいしい鯛の膾を対比した戯れの歌ですが、この人も、安物の青菜の蒸し物やスープより、酒の肴としては新鮮な鯛の刺身や酢の物を好んだのでしょう。両方が一緒にあれば、もっとよいように思いますが、そうした食べ方はしなかったのでしょうか。

付け加えておけば、「酢」は米を蒸して作った調味料、「醤」は小麦と大豆を煎って麹《こうじ》を作り、塩水を加えて作ったようです。「蒜」は野蒜《のびる》とかニンニク、ネギなどの総称、「水葱」はミズアオイという食材で、「羹」（スープ）にしてよく食べていたようです。

三　中世和歌の大衆化と飲食物

武士たちが政治権力を手にした中世に、平安時代の『古今六帖』と同じような、百科全書的な分類による実用的な歌集として用いられたのが『夫木《ふぼく》和歌集』です。そこには「雑部」という分類の中に「動物部」もあって、「鳥」「鶴」はじめ、「熊」や「猪」、「貝」や「魚」も列挙されています。

とはいえ、それらの動物たちは、ほとんどすべて、食物として歌われているのではありません。「魚」という項目にある和泉式部の歌を見ましょう。

阿弥陀《あみだぶ》といふにも魚はすくわれぬ　こや助くとは喩《たと》ひなるらん

「ナムアミダブツ」と経文を唱えても、魚は漁師の網に掬われてしまって、その命は救われないというのです。もちろん、漁師の採った魚が、食べられてしまうからです。「掬う」と「救う」が掛詞であっても、仏教の経文によって魚の命が救われるというのは、「喩」（レトリック）にすぎないのでしょうと、きびしい現実を詠んだ歌です。この歌の詞書には、和泉式部の歌集（家集）に、網を引く漁師が苦しそうな様子を見て詠んだ歌だと書かれています。

『夫木和歌集』の「酒」という項目の始めにも大伴家持が酒を詠んだという歌が並んでいて、「価なき宝といへども」と、先に引いた『万葉集』の歌もあります。『万葉集』では大伴旅人の歌だったのが、息子の家持の歌となっているのは、平安時代以後に、家持が『三十六歌仙』や『百人一首』の歌人として有名になっていたからでしょう。

『夫木和歌集』の「薬」項目にある「我が盛りいたくくだちぬ雲に飛ぶ薬食《は》むともまた変若《をち》めやも」

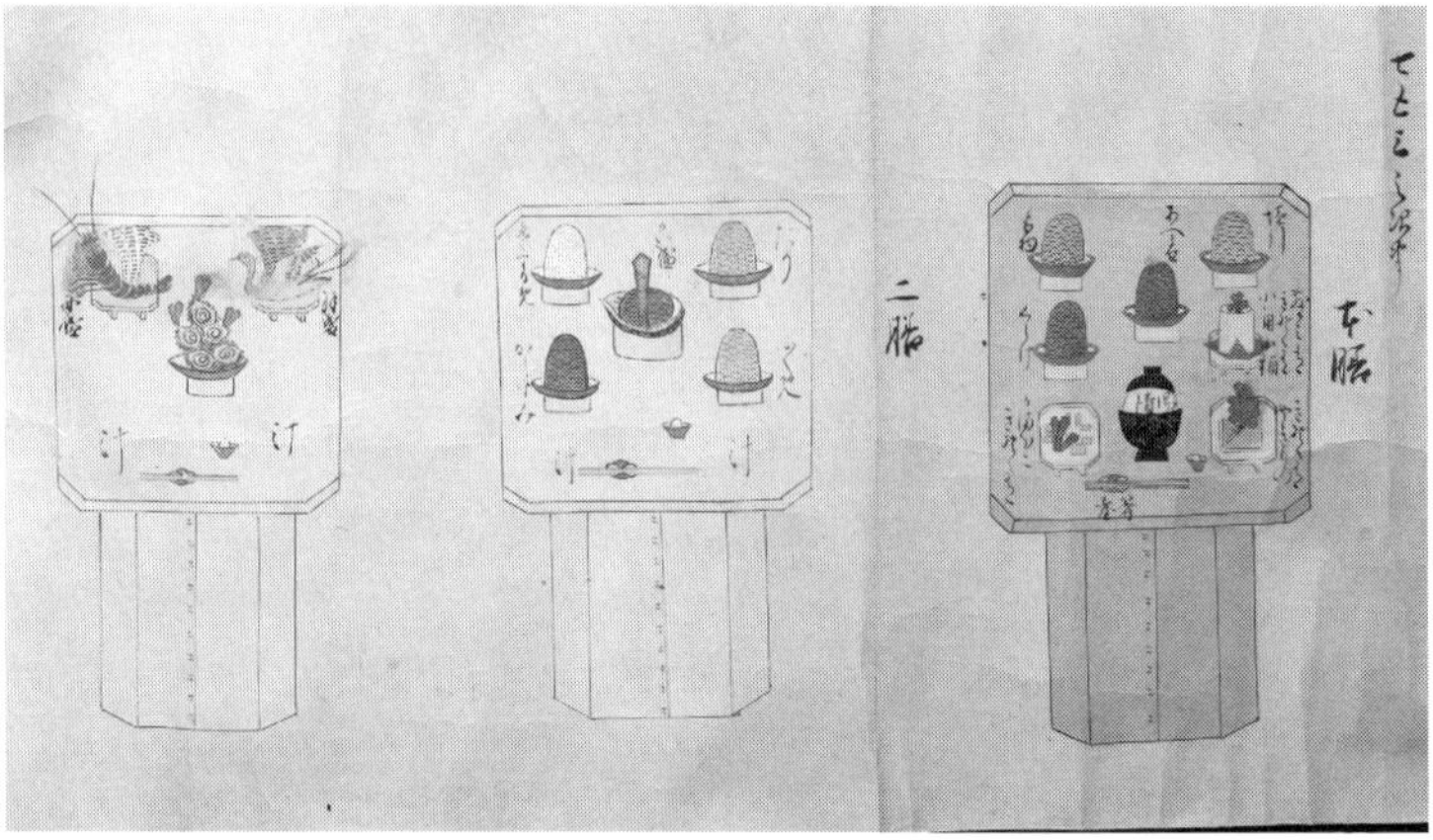

図２　饗応膳之次第、三つめの膳に鶴もみえる（架蔵）

（読み人知らず）という歌も、『万葉集』では大伴旅人の歌です。「わが命の盛りもすっかり衰えてしまった。雲の上まで飛んで行くほどの仙薬（不死の薬）を食べたとしても、若さが戻ってくることなどありえない」という意味です。

『万葉集』では、旅先にいて、故郷である奈良の都を見たら若返るというのですが、『夫木和歌集』でいう雲の上を飛ぶ仙薬とは、「鶴」だったのではないかと曲解して言いたくもなります。近代よりも以前、「鶴」は最高級の食材なのでした。ちなみに、中世や近世の儀式書の料理の具体例には、まな板の上に置いた「鯉」や「鶴」を、長い箸と包丁で調理する、「四条流」といわれる調理法の絵なども多く描かれています。

わが家にある、『饗応膳之次第《きょうおうぜんのしだい》』という、室町時代から武家に伝わった料理盛り付け絵巻の「本膳」「二膳」と書かれた後の膳には、山盛りのご飯や食材のお膳が続いた後に、鶴と海老の姿造りをペアーに配し、汁物を添えた絵もあります。

「鯉」や「鶴」が最高の食材とみられていたのは、たんに美味だったからでなく、「仙薬」と考えられていたからでしょう。仏教では禁じられていた牛肉も、江戸時代の将軍なども「薬」と称して食べることがあったのです。とても美味とは思えませんが、猫の黒焼きでさえ、江戸時代の本には薬として載っています。

貝の中でも、「鮑《あわび》」は、古代から神様に供えられる神聖な食べ物であり、また蒸したりステーキにしても美味しい高級食材です。『夫木和歌集』の中には、藤原定家の父の俊成が詠んだ、「浪かける岩根に付けるあはび貝こやかたこひのたぐひなるらん」という歌もあります。海中の岩に張り付いた鮑のことを知りつつ、それを食べたら美味しいというのではなく、「かたこひ」つまり片思いの恋だという譬喩なのです。

『夫木和歌集』に二首載せられている「鮑」の歌のうち、この前の「人丸」（柿本人麻呂）の歌も、「海底の玉に混じっている磯の貝のように、片思いの恋（かたこひ）ばかりして年をとってしまった」というのです。

四　江戸の歌文の酒と菜

十七世紀の前半、つまり江戸時代初期に、烏丸光広というお洒落な貴族がいます。二十五歳で、細川幽斎から「古今伝授」という和歌の秘伝の証明書をもらい、宮廷の歌学を支えた人です。徳川家康や秀忠による江戸幕府に対抗しつつ、京都の宮廷文化の中心にあった後水尾天皇が、八条宮智仁親王から古今伝授を受けたのは、光広が四十七歳のことでした。寛永文化圏において、光広は後水尾天皇と親しく交流するとともに、幕府との橋渡し役でもありました。
『春の明けぼのの記』という作品があり、寛永十二年（一六三五）に、権大納言烏丸光広が左大臣二条康道のお供で京都から江戸へ下った時の、東海道を旅した紀行文です。その中で、熱田神宮をすぎて、『伊勢物語』で有名な三河の知立《ちりゅう》にある八橋を通りかかったあたりの記述は、次のようです。

熱田の宮を伏し拝み通る。心はなほいやいやし。池鯉鮒《ちりふ》にて、御肴《みさかな》に鯉の見えければ、狂歌、

　この里の名におひたりと　御さかなの料理をしたる池の鯉鮒

皆人わらふ。「ここを御泊りに」と有りける程に、

　ことの葉のかけてたのまむ　ちりうせぬ松がねまくら一夜なれども

いまだ日高なれば、八橋御覧じにおはすべきとおぼせど、程をへだてたれば、人馬の労、思し召してやみぬ。

　よそながら雲のはたてにかけて思ふ　その八橋の春のゆふぐれ

熱田神宮を伏し拝んで通った。その時の心が「いやいやし」とは、厳粛な気持ちがしたというのです。熱田神宮は、ヤマトタケルがミヤズ姫から得た草薙の剣を祭った神聖な神社で、古代から江戸時代初期にかけても、多くの人々の信仰の中心でした。そこを過ぎ、現在は知立と書く「ちりゅう」を、当時は「池鯉鮒」と漢字表記していたことに遊んだ表現です。「池鯉鮒」で食べた料理に「鯉」が出たことに戯れたのです。
「御肴」とあるから、昼間ですが酒の肴かもしれません。そこで詠んだ「狂歌」とは、和歌形式の

戯れの歌です。まじめな「和歌」に対して、狂った奇妙な歌をわざと詠むのが「狂歌」です。この土地の名にちなんで、「池」の「鯉」や「鮒」を「御肴」とした料理を出したという歌です。

その場の人々は光広の機知を知ってどっと笑いました。「ここを御泊りに」という人がいて、「ことの葉のかけてたのまむ」と歌を詠んだのは、左大臣二条康道でしょう。「ちりゅう」という地名から、この歌では、「散り失せることのない、松の根元を、一夜ではあるけれど寝る枕としよう」と応じたのです。「ちり」を「散り」、松の「根」と「寝」を掛詞とした遊びです。

次に、まだ日が高かったので、「八橋」を御覧にいらっしゃるべきだとお思いだったが、そこまでは距離があったので、人や馬の苦労をお思いになって止めたという。そこで詠んだ「よそながらという歌は光広の作でしょう。

「八橋の現地とは遠い、遙かな雲のかなたを想像します。むかし在原業平が春の夕暮れをすごした八橋のことを」という歌です。『伊勢物語』いらい、この地を通りかかった多くの人々、とくに歌を好む人々が、業平の歌にまつわる物語を連想したのです。

そうした有名な歌の地名を「歌枕」といいます。『伊勢物語』の東下りという業平の旅の伝説は、その影響が強く江戸時代にも続いていました。現在でも、スカイツリーが建っている東京の地名や、「業平橋」「言問橋」といった橋の名前にも残っています。

江戸時代の終わりに、『源氏物語湖月抄』を書いた北村季吟の子孫にあたる北村季文が書いた、『墨《ぼく》水遊覧記《すいゆうらんき》』という歌文があります。京都から来た天皇の使者を、幕府側が隅田川で接待した記録です。そこに、永代橋をさかのぼったあたりで漁師の魚捕りを舟中から見物した文章があります。

饗応の役を諏訪の城主がつとめ、「御酒《みき》勧め、切飯などいと清らにて」とあります。「切飯」は、型に押し詰めて四角く切った携帯用のご飯ですが、そのおかずの記述はやはりありません。

季文が「麒麟《きりん》丸」という舟の名を「物の名」として言葉遊びで入れた歌を詠み、「ここなんすみだ川」というのは、『伊勢物語』で「これなん都鳥」といったことのパロディです。「名にし負はばいざこと問はむ都鳥わが思ふ人はありやなしやと」というのが業平の歌です。「都」という名の付いた鳥なのだから、私が恋しく思う都の女性が元気かどうか尋ねたいという歌です。

せっかく漁師が魚採りするのを見物したのですから、その後に食べたはずの魚料理のメニューなど知りたいのですが、やはり季文は書かないのです。『伊勢物語』の業平が八橋で「かきつばた」という五文字を句の上に置いて言葉遊びの歌を詠み、感動した人々が涙を落として「ほとびにけり」というのは「乾飯《かれいひ》」でした。携帯用の乾燥ご飯より、懐石弁当らしい「切飯」のおかずが豪華だったとしても、それを書かないのは、同じく言葉遊びの歌のパロディ技法にテーマがあるからでした。

「鯉」はともかく、「鶴」を食べることは、現在ではワシントン条約違反になり不可能です。十五年ほど前のクリスマスに、メキシコ、ユカタン半島のマヤ遺跡の中の村を通り、車が停車したら、かわいい少女がアルマジロをかかえて差し出しました。ペットを見せに来たのかと運転手に聞いたら、売りに来たのだといいます。アルマジロの肉はチキンに似つつ、ずっと美味しいそうです。もちろん、食べたことはありません。

「ふぐ」は毒で命を落とす心配をもちつつ、その美味を芭蕉や西鶴も讃えてきました。とはいえ、それは和歌の世界を脱して、俳諧の世界になってのことです。王朝貴族いらいの「みやび」の伝統は、和歌や物語の表現に、美食による味覚をタブーとすることによって美の幻想を築いたといえるでしょう。

恋と食と―王朝女流文学の規範意識から見る―

安達　敬子

はじめに

食事を共にする、ということは、こうしてみると、共寝するということの一歩手前にあるぐらい、人間を密着させる作業である。モノを食べているときは、その人間の八十パーセントぐらいでてくるように、舟子は思う。

田辺聖子『魚は水に女は家に』（角川文庫）

楽しく食事を共にすることはしばしば男女の距離を縮める。それは咀嚼する無防備なさまに触れ、共に味わいを楽しむことで互いの心を通い合わせるからであろう。同じ作者はこうも言う。

しん子は一箸ずつ大切そうにてっさを挟みあげ、宙を見据えて極上の「おいしい顔」になって食べている。

久しぶりのなつかしい、しん子の表情である。おいしい物を食べるとき、しん子は子供みたいに無邪気な表情になる。一緒に暮らしていたころ、鈴木はしん子のその表情を、「おいしい顔」といって愛したものだ。

「当世てっちり事情」（講談社文庫『春情蛸の足』）

共に過ごした幸福な恋の記憶が、河豚を味わう相手の満ち足りた表情に集約されている。この男が、女に最も愛おしさを感じる瞬間が、食を共にする時であった。このように、食が男女の一体感を高め情愛と深く結びついているという作者の認識は、当該作品を含む短編集以外の作品にも繰り返し現れている。田辺聖子が市井に棲む男女の恋愛の機微を細やかに描いた人気作家であり、と同時に王朝の古典文学にも造詣が深かったことはよく知られているが、本稿では、田辺の庶民的な現代小説とは対極にある古典の恋において、食がいかなる意味をもったのかを考えてみたい。

一

古典文学で、食という日常次元のことがらが恋の場面を忘れがたくしている例として『とはずがたり』がある。秘密の恋人、雪の曙と密会中の二条に、乳母が当てこすって二条の好きな食べ物を暴露する。彼女は恋人に好物を聞かれ、恥ずかしくてたまらない。

「御好みの白物なればこそ申せ。なき折は御尋ねある人の、申すとなれば、例の事。さらば、さてよ」とつぶやきて去ぬ。をかしくもありぬべき言の葉ども、言ひぬべきとおぼゆるを、死ぬばかりにおぼえてゐたるに、「御尋ねの白物は、何にか侍る」と尋ねらる。霜、雪、霰とやさばむとも、まことしく思ふべきならねば、ありのままに、「世の常ならず、白き色なる九献を、時々願ふ事の侍るを、かく名立たしく申すなり」といらふ。「かしこく今宵参りてけり。御渡りの折は、唐土までも白き色を尋ね侍らむ」とて、うち笑はれぬるぞ、忘れがたきや。憂き節には、これ程なる思出で、過ぎにし方も行く末も、又あるべしとも覚えずよ。

（『とはずがたり』巻一　岩波新大系）

二条は好物の「白物」を上品ぶって「霜・雪・霰」などと取り繕わずに、素直に「白酒」と恋人に白状する。そんな彼女が雪の曙は可愛くてならない。二条も彼の笑顔に愛されている幸福を感じ、後々までそのやりとりをしみじみと反芻している。見栄や気取りを捨てたありのままの男女の交情が、この挿話に印象的に描かれている。

しかし、『とはずかたり』の例は、貴族女性の執筆した文学作品としては異例である。およそ彼女たちにとって、恋と食は相反するものであった。

宮仕へ人のもとに来などする男の、そこにて物食ふこそ、いとわろけれ。食はする人も、いと憎し。想はむ人の「なほ」など、心ざしありていはむを、忌みたらむやうに、口を塞ぎ、顔をもて退くべきことにもあらねば、食ひをるにこそはあらめ。いみじう酔ひて、わりなく夜更けて泊りたりとも、さらに湯漬けをだに食はせじ。「心もなかりけり」とて、来ずば、さてありなむ。里などにて、北面より出しては、いかがせむ。それだに、なほぞある。

（『枕草子』一八六段　新潮古典集成）

今までの例とは異なり、清少納言は恋の逢瀬の場面で、食という日常的な要素が入ってくることを強く忌避する。特に洗練が重視される宮廷恋愛においては、生活感は峻拒され、そのために空腹の愛人に恨まれることも敢えて辞さないのである。そもそも『枕草子』には、人前で物を食べる記事はほとんど見当たらない。唯一の例と思われる次の記事でも、よく見れば清少納言やその同僚女房達は、実際になかなか食べようとはしていないのである。

唐絵に描きたる懸盤して、もの食はせたるを、見入るる人もなければ、家の主、

「いと鄙びたり。かかるところに来ぬる人は、ようせずば、主逃げぬばかりなど、責め出だしてこそまゐるべけれ。無下にかくては、その人ならず」などいひて、とりはやし、

「この下蕨は、手づから摘みつる」などいへば、

「いかでか、さ、女官などのやうに、着き並みてはあらむ」など、笑へば、

「さらば、取り下ろして。例の、這ひ臥しに慣らはせたまへる御前たちなれば」とて、まかなひさわぐほどに、

「雨降りぬ」といへば、急ぎて車に乗るに、

……（中略）……

二日ばかりありて、その日のことなどいひ出づるに、宰相の君、

「いかにぞ。『手づから折りたり』といひし下蕨は」とのたまふをきかせたまひて、

「思ひ出づることのさまよ」と、笑はせたまひて、

（『枕草子』九四段）

場所は洛北松ヶ崎、中宮の叔父である明順の山荘、気心の知れた女房仲間という気楽な場面で珍しい田舎料理で接待されても、清少納言達ははっきり食べたとは明記しない。他の女流文学でも、物を食べる姿が描かれるのは身分の低い者や貧しくみじめな老人、あるいは男性ばかりのくつろいだ集団である。

しりのかたを見れば、来こうじたる下衆ども、あしげなる柚や梨やなどを、なつかしげに持たりて食ひなどするも、あはれにみゆ。

（『かげろふの日記』上　岩波旧大系）

作者の初瀬詣に従った供人達が、道中の休憩で傷んだ柚子や梨をうれしそうに食べている姿。

また、次の例は、常陸宮邸の老女房達が愚痴を言いながら粗末極まる食事をするさまを、光源氏が垣間見て滑稽に思う場面である。

御台、秘色やうの唐土のものなれど、人わろきに、何のくさはひもなくあはれげなる、まかでて人々食ふ。隅の間ばかりにぞ、いと寒げなる女ばら、白き衣のいひしらず煤けたるに、きたなげなる褶引き結ひつけたる腰つき、かたくなしげなり。……「あはれ、さも寒き年かな。命長ければ、かかる世にも逢ふものなりけり」とて、うち泣くもあり。「故宮おはしまししし世を、などてからしと思ひけむ。かく頼みなくて過ぐるものなりけり」とて、飛び立ちぬべくふるふもあり。

（『源氏物語』末摘花　新潮古典集成）

あるいは豊かな貴族生活の一コマとして、気の置けない男達の納涼の宴が描かれる事例もある。

いと暑き日、東の釣殿に出でたまひて涼みたまふ。中将の君もさぶらひたまふ。親しき殿上人あまたさぶらひて、西川よりたてまつれる鮎、近き川のいしぶしやうのもの、御前にて調じて参らす。例の大殿の君達、中将の御あたり尋ねて参りたまへり。「さうざうしくねぶたかりつる、をりよくものしたまへるかな」とて、大御酒参り、氷水召して、水飯など、とりどりにさうどきつつ食ふ。

（『源氏物語』常夏）

ただし、ここに若く美しい女性は登場しない。高貴な姫君が食に関して描かれる場合は、「目にだに見入れたまはず」「ものもつゆばかり参らず」と、いかに彼女たちが食べないかということが強調されるのである。男性から見て魅力的な存在（と女流作者が考える）は、食と縁遠いのである。

二

王朝の宮廷文学では、逆に食欲旺盛な女性は嫌悪と軽蔑の対象になっている。その最も有名な例として、『伊勢物語』二十三段に登場する高安の女を挙げることができよう。

さて年ごろ経るほどに、女、親なくたよりなくなるままに、もろともにいふかひなくてあらむやはとて、河内の国高安の郡に、いきかよふ所いできにけり。さりけれど、このもとの女、あしと思へるけしきもなくていだしやりければ、男、こと心ありて、かかるにやあらむと思ひうたがひて、前栽の中にかくれゐて河内へいぬる顔にて見れば、この女いとようけさうじて、うちながめて、

風吹けば沖つしら浪たつた山よはにや君がひとりこゆらむ

とよみけるをききて、かぎりなくかなしと思ひて、河内へも行かずなりにけり。まれまれかの高安に来てみれば、はじめこそ心にくくもつくりけれ、いまはうちとけて、てづから飯匙とりて、笥子のうつわものにもりけるを見て、心うがりていかずなりにけり。

(『伊勢物語』二十三段　新潮古典集成)

大和の女(もとの妻)と高安の女(今の妻)は、和歌と食欲という形で対比される。文芸と人間の本能的欲求。ちなみに中世においては、高安の女は(自分で)自分の飯をよそっているのではなく、「けこ=家子」つまり一家眷属の食事を自分で差配したと解釈されたようである。(1) その場合、男の心を遠ざけたのは、女の食欲ではなく所帯じみた所作ということになる。

伝宗達筆伊勢物語図屛風（部分）高安の女(2)（出光美術館蔵）

しかし、二十三段と同じ話型を持つ二人妻説話を見ると、平安期にはやはり食欲と見なされていたのではないだろうか(3)。『大和物語』には、鹿の声を聞いて夫を恋う和歌を詠んだもとの妻と復縁した男の物語、所謂歌徳説話がある。

大和の國に男女ありけり。年月限りなく思ひてすみけるを、いかがしけむ、女をえてけり。猶もあらず、この家に率てきて、壁を隔てて住みて、わが方にはさらによりこず。いと憂しと思へど、さらに言ひも妬まず。秋の夜の長きに、目をさましてきけば、鹿なむ鳴きける。物もいはで聞きけり。壁をへだてたる男、「聞き給ふや、西こそ」といひければ、「なにごと」といらへければ、「この鹿の鳴くは聞きたうぶや」といひければ、「さ聞き侍り」といらへけり。男、「さて、それをばいかが聞きたまふ」といひければ、女ふといらへけり。

我もしかなきてぞ人に恋ひられし今こそよ

そに声をのみきけ

とよみたりければ、かぎりなくめでて、この今の女をば送りて、もとの如なむ住みわたりける。

（『大和物語』一五八段　岩波旧大系）

これには、もとの妻の引き立て役になる今の妻の反応が描かれていないが、『今昔物語集』が載せる類話には、今の妻の食い意地の張った発言が見える。

而る間、秋、北の方に、山郷にて有りければ、後ろの山の方に糸哀れ気なる音にて鹿の鳴きければ、男、今の妻の家に居たりける時にて、妻に、「此は何が聞き給ふか」と云ひければ、今の妻、「煎物にしても甘し、焼物にても美き奴ぞかし」と云ひければ、男、心に違ひて、「『京の者なれば此様の事をば興ずらむ』とこそ思ひけるに、少し心月無し」と思ひて、只本の妻の家に行きて、男、「此の鳴きつる鹿の音は聞き給ひつや」と云ひければ、本の妻、此くなむ云ひける、

われもしかなきてぞきみにこひられし今こそこゑをよそにのみきけ

と。男此れを聞きて、極じく哀れと思ひて、今の妻の云ひつる事思ひ合はせられて、今の妻の志失せにければ、京に送りてけり。さて本の妻となむ棲みける。

（『今昔物語集』巻第三十　丹波国に住む者の妻、和歌を読む語　第十二　新潮古典集成）

次の『今昔物語集』の例も二人妻説話で、鹿のかわりに蛤に生えた海松をめぐって、もとの妻と今の妻が対照的に示される。男は難波の浜で見つけた蛤と海松を風流に思い、今の妻に届けようとしたが、使者が間違ってもとの妻に届けてしまった。もとの妻は喜んで大事にしていたが、宛先違いで夫が返してくれと言ってよこしたときに和歌を詠む。一方、今の妻は蛤の上に生えた海松と聞いて舌な

めずりをした。

小さき蛤の可咲し気なるに、海松の房やかに生ひ出でたりしを、難波の浜辺にて見付けて、見るに興有る物なりしかば、急ぎ奉りしは」と云へば、妻、「更に然る物見えず。誰れを以て遣せ給ひしぞ。持て来たらましかば、蛤は焼きて食ひてまし、海松は酢に入れて食ひてまし」と云ふに、男、聞くに思に違ひて、少し心月無き様なり。……（もとの妻が夫に蛤を返すときに詠んだ歌）

あまのつとおもはぬかたにありければみるかひもなくかへしつるかな

と。童此れを持て行きて、此く持て参りたる由を云ひければ、主、外に出でて此れを取りて見るに、本の様にて有れば、「糸うれしく、失はずして有りける」と心にくく思ひて、内に持て入りて披きて見れば、裏紙に此く書きたり。男此れを見るに、糸哀れに悲しくて、今の妻の、「貝は焼きて食ひてまし、海松は酢に入れて食ひてまし」と云ひし事思ひ合はせられて、忽ちに心替りて、「本の所に行きなむ」と思ふ心付きにければ、やがて其の蛤を打具して行きにけり。

（巻第三十　品賤しからぬ人、妻を去りて後に返り棲む語　第十二）

『大和物語』が露骨には記さなかった今の妻の下品さ、あさましさが『今昔物語集』では容赦なくその食欲を通して描かれ、前妻の貴族的優雅さと対比されている。

三

女の食欲と非貴族的な卑俗さがわかりやすく結びついているものとしては、『新猿楽記』西の京に

病草紙　肥満の女

住む右衛門尉の七女がある。

七の御許は貪飯愛酒の女なり。好む所は何物ぞ。鶉目の飯、蟇眼の粥、鯖の粉切、鰯の酢煎、鯛の中骨、鯉の丸焼、精進の物には、腐水葱、香疾大根、春塩、辛納豆の油濃、茹物の面穢き松茸、菓物には、核無き温餅、勝粉団子、熟梅の和なる、胡瓜の黄ばめる、酒は濁醪、肴は煎豆。夫をみて順ひ嬌ること、猶猫の爪を蔵すが如し。食を望んで進み悶ふこと、宛も狗の牙を舐るが如し。仍て形貌端正なりと雖も、馬借、車借の妻たらむと願ふ。

（『新猿楽記』古典文庫・現代思潮社）

「貪飯愛酒」を満足させるために、七女は金目当てで馬借・車借と結婚を願う。鯨飲馬食は新興成金の下賤な属性とみなされていた。また、金にあかせた際限の無い食欲が極端な肥満をまねくとき、それは貪欲な欲望の具象化として人々の嘲笑の対象となる。

近頃、七条わたりに借上する女あり。家富み食ゆたかなるが故に、身肥え、肉《しし》あまりて行歩たやすからず

（「病草紙」中央公論社『日本の絵巻七　餓鬼草紙・地獄草紙・病草紙九相詩巻』）

由緒ある貴族でも貧しければ飢えて痩せ細るが、この女は借上、すなわち高利貸しであった。

『伊勢物語』の高安の女も、中世の理解にしたがえば、家人に余分に飯を与えたくない吝嗇と強欲が男に嫌われたのかもしれない。しかし、やはりもっと単純に、女の旺盛な食欲がその本性を暴露して、男を幻滅させ恋情を冷まさせたと考えるべきであろう。

とはいえ、食が金銭と密接に関わることもまた然りである。そして、例えば『伊勢物語』の貴族性は、目端の利いた理財の能力とは絶対的に相反するのであった。

昔、紀有常といふ人ありけり。三代の帝に仕うまつりて時にもあひけれど、のちは世かはり時うつりにければ、世の常の人のごともあらず。人がらは心うつくしく、あてはかなることを好みて、こと人にも似ず。貧しく経ても、なほ昔よかりし時の心ながら、世の常のこともしらず。

（『伊勢物語』十六段）

主人公の親友紀有常は、身も心も高貴で上品であるがために生き馬の目を抜く世間を渡っていく能力に根本的に欠けていた。彼の世俗に対する無関心はそのまま貴族的品格に直結しており、それは二十三段の大和の女にも共通している。興味深いことに、中世の伊勢物語古注や旧注では、大和の女は紀有常の娘とみなされていた[4]。

対して、裕福な高安の女は「はじめこそ心憎くもつくりけれ、今はうちとけて」と記される。ものを食べるとき、おそらく人は最も無防備な姿を示す。裕福な高安の女は、うちとけた姿に大和の女とは比較にならない卑俗な本性を曝してしまった。いついかなる時も気を抜いた姿を男にみせないこと、即ち「うちとけぬこと」が、当時の身分ある女性のたしなみというものである。

見たまふかぎりの人は、うちとけたる世なく、ひきつくろひそばめたるうはべをのみこそ見たま

へ、かくうちとけたる人のありさまかいま見などは、まだしたまはざりつることなれば、何心もなう、さやかなるはいとほしながら
（『源氏物語』空蝉）

食事場面ではないが、だらしなく無頓着な軒端の荻の姿を垣間見て、光源氏は、それまで自分の周囲にいた女性がそのようなさまを見せたことがなかったために、少しく衝撃を受ける。その結果、光源氏は彼女を軽んじて、一夜限りの情事へとつながっていくのである。

「いちはやきみやび」を描いた『伊勢物語』、そしてその先鋭な美意識を継承したと自負する宮廷の女房文学の担い手達は、食が象徴する物質性と弛緩した日常性を徹底的に排除したのであった。

四

中世に入ると、鎌倉期の阿仏尼の『庭の教え』を嚆矢として、近世にいたるまで女子の立居振舞の規範を説いた女訓書がさかんに作られたが、室町期までの女訓書には、食事の作法について詳述したものはあまり見当たらない。あまりに日常的であるが故に、却って事々しく書き留められなかったのであろうか。

さて、こうした女訓書のパロディも、しばしばお伽草子として作られたようで、『乳母の草紙』『窓の教』『火桶の草紙』など、数多の作品が現存している。なかでも、『乳母の草紙』は、左大臣の姉姫君を教育する乳母竜王の造型があまりにも猛烈で破天荒なため、従来から注目されてきた作品である。この竜王の教育方針は、何よりもまず食と金銭を重視したものであった(5)。

姉君の乳母は、「我が君はこのかみにてましませば、などか何事につけても劣るべき。我身は能なけれども、この年迄飢えたることもなし。極めて飯もよく食ひ、餅も好む。いかなる苦き物、辛き物、甘き物は申におよわず、食ふ物にてだにもあらば何にてもあれ食ふてみすべし。酒もよく飲む。茶も飲むなり。振りが悪しき、見様が悪ろきとのたまへども、これより先は何十人の殿をか持ちて過ぎつらむ。能なけれども痛く痒くもあらばこそ。さらに劣り優りも無き物を。人の言ふこそをかしけれ。銭・米こそ、ひとつの能よ」とて、我が心のままにぞ習しける。供御参らするにも高坏に据ゆることもなく、御箸をも参らせず、御真魚をもむしりて参らする事もなし。姫君と我が子にかぶらせ、残る骨がみをば乳母とり食ふ。その歯音犬のごとし。

（『乳母の草紙』岩波新大系『室町物語集・下』）

当然ながら、竜王は伝統的な教養などには見向きもしない。女性の教養の第一として重視される和歌と筆跡についても、竜王の見解は以下の通りである。

「されば、たゞ人は日記付けをする程だにも書きつれば事欠けず。姫君もよく御聞き候へ。歌詠み、物を書きたるばかりにてはひだるさも止まず、また銭・米にもならぬ物にて候。人はさのみ大様にては叶はぬものなれば、日記・算用をも習はせ給へ」とて、やがて算をぞ訓へ参らせける。

こうした教育方針のもとに成長した結果、「いかなる蔵法師（僧形で高利貸しもする土倉の経営者）のもとへ御入候とも、恥をも御掻き候まじ」と、竜王からお墨付きをもらうほどに九九に習熟した姫君であったが、八月十五夜の月の宴では、奇天烈な和歌を詠んで周囲を驚倒させる。

折しも名月なれば、月を題にて一首とて、……（中略）

妹君
花咲きて春にかすめる月はあれど秋の今宵の空に異なる
姉君
つくづくと眺むるかひも名のみにて口には入らず望月の影

『伊勢物語』以来、ここでも貴族的美意識の代表である和歌と食欲が如何に対立する物であるかが、端的に示されている。そして、食欲がいかに恋を遠ざけるかも、竜王の発言「振りが悪しき、見様が悪ろきとのたまへど、これより先は何十人の殿をか持ちて過ぎつらむ」からうかがえるのである。

そもそも、仲秋の名月（望月）という風雅の典型を、同音の「餅」に取りなして狂歌にしたてるのは、室町から近世にかけての笑話の常套手段であった。

八月十五夜の月にむかひ、坊主あまたあつまり、児もまじりながめ居けるに、大児、「あれほどの餅を抱へて、そろそろと食はば面白からうの」とささやきける時、小児、「されば、大きさはあれ程でもよいが、厚さを知らぬ」と。

月を題にて　　雄長老
円かりしなりも欠くるや天人の夜毎にかぶるもち月のはて

（『醒睡笑』巻六之七　岩波文庫）

笑話においても、優雅な者と野卑な者の対比が、和歌の詠みぶりを通して提示されるのは通例であったが、そこで情趣を重んじる心の対極として、往々にして意地汚い食欲が挙げられている。

一、二度もの思、といふだいにて

大ちこ　春は花秋は紅葉をちらさじと年にふたたびものおもふなり
小ちこ　朝めしと又夕めしにはづれじと日にふたたびはものをこそおもへ
（『きのふはけふの物語』上、四十一段　岩波旧大系『江戸笑話集』）

また、食の作法に関しても、現代と同様、食事の際の咀嚼音や酒席での高声、狼藉は厳しく戒められていた。まして、恋の対象になる女性や稚児ともなればなおさらである。

つらつら惟んみるに　世のなかの　わるき若衆の　ふるまひを　けさの雨中の　徒然さに　大かた爰に　書きつくる　筆のすさびも　おこがまし……（中略）
あたりの人の　汁菜を　きやくしんなしに　こひとりて　心のままに　魚鳥の　骨かみならし
歯音して　老若ともに　見ぐるしし　かくて中酒に　なりぬれば　じゆんののびたる　盃に　二つも三つも　酒うけて　中酒すぎての　ゐひの湯を　汁にてうめて　がぶめかし　茶のこいづれの　用捨なく　昆布一切れを　そのままに　口へおしこみ　かみながら　とはず語りを　しいだして　物いふ声は　聞にくし……
（「児教訓」古典文庫『中世近世道歌集』）

六四　物くふと口をとたかくはをとしていそかしそふにくふそいやしき
六五　ぬるときと物くふときとゆやふろのうちにてものハいはぬ事なり
（「西明寺殿百首」古典文庫『中世近世道歌集』）

もちろん、竜王はその点においても甚しい規範破り、しかも確信犯であった。
人中にて物食ひ候は、大事の物にて候。さのみちとづつ食ひ候も、よしばみたるやうにて見にくく候べく候。腹に所だにも候はば、大口に差し割り、突き割り参り候へ。殊に、九献などはいか程飲みても苦しからず候。酔ひたる時こそ、言ひたき事も言はれ候へ。胴突きのごとく喉音どうどうと飲み入りたるこそ、人の上にて乱るも気散じにてよく候へ。（『乳母の草紙』）

竜王の言動は、当時の女訓書が示した規範の正反対である。この女が何度も強調するのは米（食）とともに銭（金）であり、リアルな世俗そのものといえよう。竜王の夫の一人は蔵法師だったそうで、彼女は正しく『新猿楽記』や『病草紙』の女達の末裔であった。

そこで注目されるのは、右衛門尉の七女や借上の女と同じく、竜王にも笑いの要素が濃厚に見出せることである。竜王の人物造型は烏滸者として笑いの対象であり、前述した通り『乳母の草紙』の笑いが、中世から近世の笑話と共通点を持っていることからも、それは明らかである。(6)

ところで、平安朝文学の古典ながら男性作者の手になる『土佐日記』には、女流日記と異なり食についての記述がいくつか散見する。そして、それらがしばしば、駄洒落や語呂合わせなどの言語遊戯として、笑いに結びつけられているのは甚だ興味深い。そのなかには、食と性愛の結合も見出すことができるのである。

承平五年（九三五）正月元日条

元日、なほ同じとまりなり。白散をある者、「夜の間」とて、船屋形にさしはさめりければ、風に吹きならさせて、海に入れて、え飲まずなりぬ。芋茎、荒布も、歯固もなし。かうやうの物なき国なり。求めしもおかず。ただ押鮎の口をのみぞ吸ふ。この吸ふ人々の口を、押鮎もし思ふや

うあらんや。今日は都のみぞ思ひやらるる。（『土佐日記』新潮古典集成）

正月の祝儀として押し鮎を食す傍線部分に、新潮古典集成の注（木村正中）は「押し鮎の頭から食べるさまを接吻に見立てた。押し鮎との戯れの中で、都で我々の帰りを待っている愛人たちとのことばかりが自然に思い出されてくる」と釈している。

はからずも、実は中世の誹諧連歌にも類似した発想の作例があった。鈴木棠三『中世の笑い』（秋山書店）は、『新旧狂哥誹諧聞書』の付合について、ほぼ集成の注と同趣旨の解説をしている。

　目すい口すい鼻をこそすへと云句に
いろいろの魚の頭をしるにして

（前句は—稿者注）たべてしまいたいくらい可愛いという、むしろ法悦的愛撫シーン。こんな句をつきつけて、さあ付句を、というのは難題というものである。それを正面から受けて付けたら、下がかり並べ百韻的なバレ句連歌になってしまい、おおらかな笑いにはならない。一流の連歌師ともあろうものならその辺は如才なく、すらりとかえしてみせるのが芸である。魚の頭の汁なんだから、眼も口も鼻も吸う仕儀になるのは当然というもんだ、と憎い逃げ方をしてみせた。

『伊勢物語』『枕草子』『源氏物語』といった代表的な王朝古典の美的規範の外側で、食と性という人間の根源的欲望は、笑いと一体化して享受されてきた。逆に、食と笑いの徹底的排除という観点から、改めて王朝文学の恋の規範を検討することもできることであろう。

一緒に笑うことが恋のはじまりなら、弁解《いいわけ》は恋の終わりの暗示である。

（『窓を開けますか』新潮文庫）

冒頭に掲げた田辺聖子には、このようなアフォリズムもある。『とはずがたり』の可憐な恋人達は、これをどのように聞くのだろうか。

【注】

1 一条兼良『伊勢物語愚見抄』は「飯がひは、いひをもる匙也。けこは家子也。家の中にめしつかふ物のうつは物にてづからもりける也」とする。山本登朗「伊勢物語の高安の女—第二十三段第三部の二つの問題—」『関西大学 国文学』八十八号(二〇〇四・二)に詳しい。

2 『出光美術館館報 一四三』(二〇〇八・五)所載。

3 『大和物語』一四九段は『伊勢物語』二十三段とほぼ同話を載せる。高安の女の垣間見場面は「我にはよくてみえしかど、いとあやしき様なる衣をきて、大櫛を面櫛にさしかけてをりて、てづから飯盛りをりけり」とある。

4 鎌倉期の古注『冷泉家流伊勢物語抄』は「河内国高安の郡に通ふとは、業平妻に言ひ合て高安の郡の郡司丹波介佐伯忠雄が娘のもとに通ふをいふ也。もとの女とは有常の娘なり」と注する。室町期の旧注『伊勢物語肖聞抄』には「此の段に有常が女と名をあらはすは、貞女の名誉をしらする故也と云々」とある。

5 佐竹昭広『古語雑談』(岩波新書 一九八六)、齋藤真麻理「竜王の訓え—『乳母の草紙』攷—」(『国語国文』八〇巻六号 二〇一一・六)、安達敬子「竜王とあまのじゃく—『乳母の草紙』の古典摂取—」(『軍記物語の窓 四』和泉書院 二〇一二)。

6 『乳母の草紙』竜王の詠歌「大空にはばかる程の餅もがな生けよふ一期かぶり食らはん」は虎明本狂言「餅酒」、『醒睡笑』巻六之二五にもほぼ同じ歌が見え、当時有名な狂歌であったことがわかる。

瓜と日本人

母利　司朗

はじめに

桂離宮で有名な桂では、かつて「桂瓜」という地場の瓜が、奈良漬けの材料としてさかんに栽培されていました。しかし近年では、京都市が上桂の農家一軒に委託し、種を保存していくことだけを目的とした栽培がなされているだけの、事実上、消滅していた（流通していない）京野菜でした。

桂瓜は、糖分がほとんどないにもかかわらず、完熟したさいマスクメロンのような芳香を放つそうです。桂瓜が強い香りを持ちながら低カロリーであることを数値の上で確かめ、血糖値が気になるたとえば糖尿病患者のデザートとして活用できるのではないかと考えた研究もあります。今では、地元の桂高校の野菜グループが桂瓜を栽培し、桂瓜を使ったジェラートやスムージーなどが商品化され、いろいろなところで販売されています。また癌を抑制する効果も発表されています(1)。

桂での瓜の栽培が文献の上で確かめることのできる早いものは、

六月廿七日　川勝寺瓜見。桂川逍遥。連歌衆乱舞衆同道。

（『智仁《としひと》親王御年暦』元和二年（一六一六）※宮内庁書寮部蔵）

で、花見ならぬ「瓜見」のあったことがわかりますが、あるとき、その瓜の花（図1）を詠んだ、

瓜の花や光照そふ桂の里　　有知

（『洛陽集』延宝八〈一六八〇〉年刊）

という俳諧の発句を見つけた時には感激しました。今から三百年以上前の作品です。当時の俳諧は、貞徳《ていとく》風といわれる詠み方から、奇抜さを特徴とした宗因《そういん》風の詠み方へと大きく変わっていった時代ですが、この句は、不思議なことにそのどちらでもなく、純粋な叙景句（景気の句）として味わうことができます。桂の地で作られていた桂瓜の生き証人ともいえる句です。

図1　桂瓜の雄花

桂瓜の話題で話がはじまりましたが、江戸時代の俳諧を読んでいますと、桂瓜のような各地特産の瓜がたくさん詠まれていることに気付きます。厳密に数字を調べたわけではありませんが、瓜は、豆や茄子と並んで、おそらく一番多く俳諧に詠まれた野菜の一つであろうと思われます。

一方、現代の高校生や大学生に「瓜」といっても、たいていはピンとこないことでしょう。西瓜や濃厚な甘さのマスクメロンが瓜に置き換えられてしまったからです。漬物としての瓜ももはやなじみのものではなくなりました。

現代の日本人には縁遠い存在になってしまいましたが、かつて瓜は、日本人の様々な思いのつまった野菜でした。文芸をたどりながら、瓜にこめられた思いをたどってみます。

一　瓜はめば

瓜と日本人といえば、まっさきに思い浮かぶのが、『万葉集』に載せられる山上憶良《やまのうえのおくら》の次の有名な歌でしょう。

子等を思う歌一首並序

（序、省略）

瓜食めば子ども思ほゆ　栗食はめばまして偲はゆ
いづくより来りしものそ
まなかひにここらかかりて　安居しなさぬ　（巻五）

親が子をいとおしむ、理屈抜きの思いの深さが、瓜や栗という食べ物を通して表現されています。汗をびっしょりかきながら、無心に瓜にかじりつく子どもの俤がちらつくのでしょう。

子どもと瓜を結びつけた作品には、千年も後の作品ですが、

子供等よ昼顔咲ぬ瓜むかん　（『陸奥鵆《むつちどり》』巻一・元禄十〈一六九七〉年跋）

押あふて瓜くふかほや蚊屋の裾　菊阿　（『正風彦根躰』巻四・正徳二〈一七一二〉年序）

という俳諧の発句もあります。

二　瓜と「涼し」

さて、室町時代から江戸時代はじめのころの日本人の心のありようをさぐるのに、『俳諧類船集《るいせん》』（延宝四年〈一六七六〉刊）という本がとても役に立つことについては、本書の「九条東寺の水入菜は」の所でも触れました。ここでも、『類船集』によって、「瓜」から連想される言葉を見てみることとしましょう。

瓜　↓　清水　狛里　東寺　鳥羽　九条　涼所　紀森　七夕祭　聖霊棚

最初の方にあげられる「狛里《こまの》」「東寺」「九条」は、京都近郊の瓜の産地です。ただし、一つ目の「狛里」（現在の精華町下狛、木津川市山城町上狛）は、『毛吹草《けふきぐさ》』（寛永十九年〈一六四二〉刊）にも、「狛越瓜《コマノシロフリ》」（巻四）とあり、当時の名産地でしたが、その一方で、文芸上から連想された地名である可能性もあります。平安時代の歌謡催馬楽《さいばら》の中（「山城」）には、

山城の　狛のわたりの　瓜つくり
なよや　らいしなや　さいしなや
瓜つくり　瓜つくり　はれ　瓜つくり　我を欲しと言ふ
いかにせむ　なよや　らいしなや　さいしなや
いかにせむ　いかにせむ　はれ
いかにせむ　なりやしなまし　瓜たつまでにや
らいしなや　さいしなや　瓜たつま　瓜たつまでに

（『新編日本古典文学全集　第四十二巻　神楽歌・催馬楽・梁塵秘抄・閑吟集』）

というものがありますし、江戸時代はじめのころの俳諧撰集『懐子《ふところご》』（万治三年〈一六六〇〉跋）にも、

狛野にさける撫子の花

となりかくなるや将棋のこまの瓜　未得

拾遺　朝光

音にきく狛のわたりの瓜作りとなりかくなりなる心かな

と、和歌を元にした狛野から瓜への連想であると注記された連句がおさめられています（撰者の松江重頼《しげより》が、この連句の付合を『拾遺集』の朝光の歌によると注記している通り、同集の第九巻、雑下に見える歌です）。このように、「狛里」については、実際の産地という面と、歌謡や和歌といった文芸上での瓜との結びつきの、両方が考えられます。

次にあげられる「東寺」「鳥羽」「九条」もまた、当時の京都近郊における瓜の産地でした。『毛吹《けふき》草《くさ》』には、巻四に「諸国より出る古今の名物」というまとまりがあり、江戸時代はじめころの各地の特産物を知るのにたいへん重宝します。洛中の特産品（主に工芸品）の列挙が終わり、郊外（洛外）の特産品へと、列挙されるものが変わっていくあたりに、

八條　浅瓜。　九條　真桑　青瓜　芋……竹田　落《（ママ）》・鳥羽　瓜……

と、東寺から鳥羽にかけての一帯が各種の瓜の産地であったことが記されています。それらの産地と瓜は、当時の俳諧の中に、

（狛）ひようたんから出し種かもこまの瓜　路春（『千宜理記《ちぎりき》』）
つけ物となるや糟毛のこまの瓜　正友（『難波草』）
となりかくならづけになれこまの瓜　石村氏元之（『如意宝珠』）
（東寺）米の名や細字にかけどとうじ瓜　賞余（『伊勢踊音頭集』）
一は東寺ににや作らん駒の爪　未及（『都草』）
（鳥羽）瓜ずきや鳥羽に逢みんくふたどち　以仙（『千宜理記』）
売てとをれ此夕ぐれをとば真桑　大坂正武（『伊勢踊音頭集』）
（九条）くはらのやうに切てけさくへ九条瓜　江戸住義徹（『細少石《さざれ》』）

と、きちんと詠み込まれていました。

次の「涼所」「糺森」は、当時の京都の人々にとって、瓜のイメージと最も結びつく言葉です。現代もそうですが、蒸し蒸しとした京都の夏の暑さは格別やっかいなものです。とりわけクーラーのない昔はたいへんだったでしょう。芭蕉が、元禄四年の夏、京都の町中に滞在していた折に巻かれた有名な連句の冒頭、

市中は物のにほひや夏の月　凡兆
あつしあつしと門々の声　芭蕉
二番草取りも果さず穂に出て　去来
（『猿蓑』元禄四年〈一六九一〉刊）

は、そのたえがたい京都の夏の夜の蒸し暑さを彷彿とさせる俳諧です。

そのような中で、「涼しさ」は最高の楽しみでした。和歌の世界で、「涼し」と詠まれるものを、た

とえば『千載和歌集《せんざいしゅう》』を例にとってみてみましょう。

夕されば玉ゐるかずもみえねども関の小川の音ぞすずしき　藤原道経

いはまもる清水をやどにせきとめてほかより夏をすぐしつるかな　俊恵法師

さらぬだに光すずしき夏の夜の月をし水にやどしてぞみる　顕昭法師

泉辺納涼といへるこころをよめる　法眼実快

せきとむる山下水にみがくれてすみけるものを秋のけしきは

刑部卿頼輔歌合し侍りけるに、納涼の心をよめる　前参議教長

岩たたく谷の水のみおとづれて夏にしられぬみ山べのさと

岩間よりおちくる滝の白糸はむすばでみるもすずしかりけり　藤原盛方朝臣

当然といえば当然なのですが、「涼し」と結びつく景物は、ほとんどが、「泉」や「清水」「谷の水」「滝」といった「水」と関わる様々なものでした。

もちろん俳諧においても、このような「水」と関わるものが「涼し」の対象であったことは言うまでもありません。しかし、北村季吟の書いた俳諧季語の解説書『山の井』(正保五年〈一六四八〉刊)を見てみますと、前半には「水」に関わる景物が、和歌よりもやや現実的ながら述べられてはいますが、後半に、人々の日常に密着した食べ物の瓜が「涼し」さの象徴として記されているところが注目されます。

納涼　あさすゞみ　夕すゞみ

みなづきのつちもさけ、身もとくる心ちして、ながるゝあせ水は瀬中も淵となる比ほひ、石台《せきだい》に

水をたゝへ、石菖に露をそゝぎて、涼しさをまねくけしき。泉水《せんすい》におりひて、築山《つき》に陰をもとめて風をまつ心ばへ。瓜・かれいひの冷食して暑さをわすれ、さらしさいみの薄服に、炎天をしのぐありさまなどすべし。

ふたつにもへがれぬ夏のあつさ哉
あせ水はあつさよりわく湯だまかな
滝つぼはふゆかんなれや夕すずみ　休甫

さきほどの『懐子《ふところご》』の中の「瓜《ふり》」の句にも、

手につけて水より寒しまくは瓜　玖也
ひえぬるや水のめいぼくまくは瓜　重頼
瓜ひやす日盛を池の盛哉　重長

と、甘さを売り物にする真桑瓜を冷やして賞味する様子が詠まれていました。

子規の編集した『分類俳句全集』（昭和三年刊）には、「涼し（稼禾）」の項の九句中、

涼しさや瓜踏む闇のあぜ伝ひ　支考（有磯海）
涼しさや瓜田の上の朝曇　自笑（小弓）
手のひらにのせて涼しや初真桑　雲裡（年尾）
水涼し生るを放つ瓜の色　宇外（拍掌千句）
水よりもわつかに涼し瓜の色　樗良（　ママ　）
瓜畑の小家涼しや棟一つ　理曲（西華）

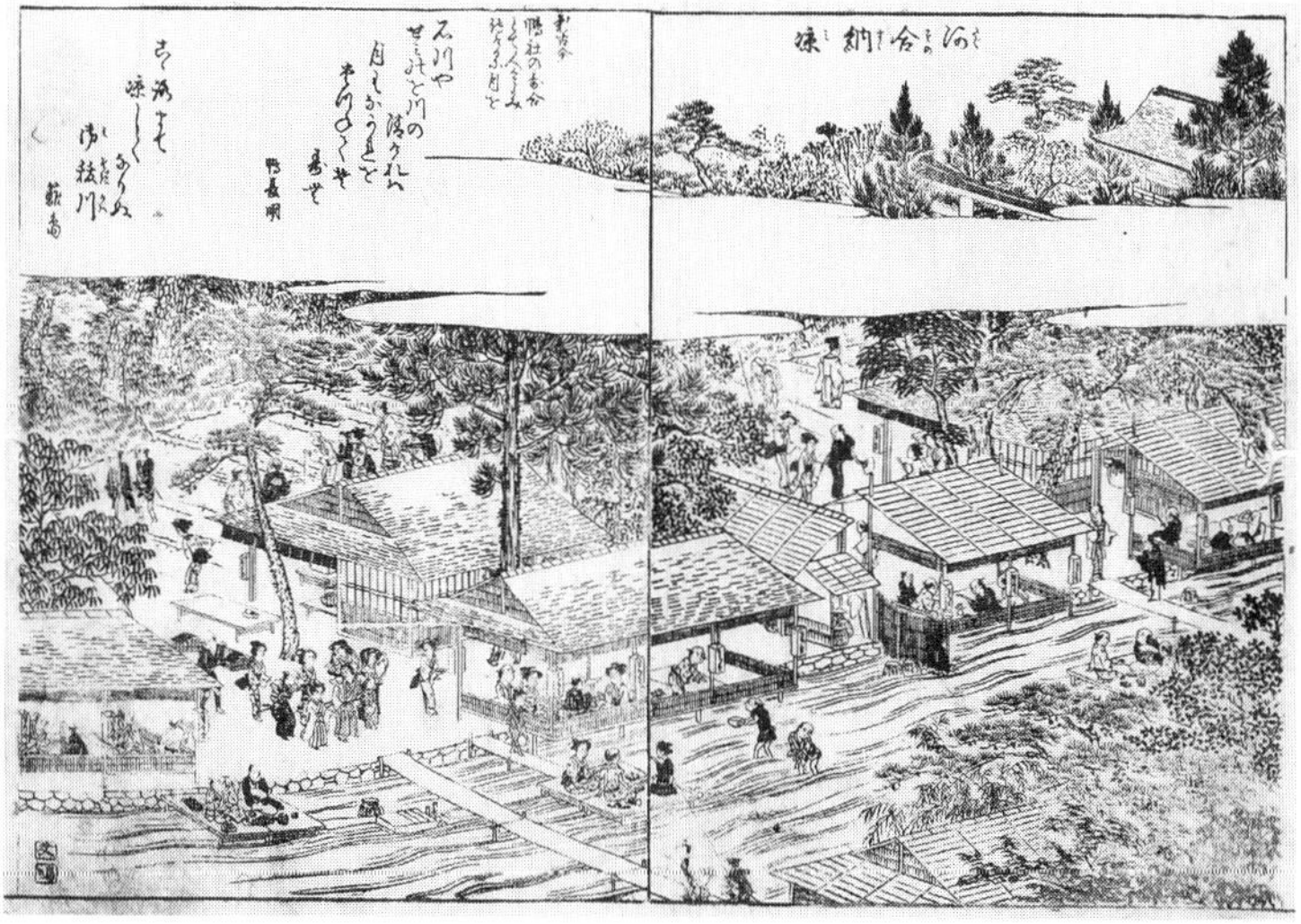

図２　河合の涼み　京都府立京都学・歴彩館蔵

と、瓜の句が、七句もおさめられています。

それにしても、いったい瓜の何が人々に涼しさを感じさせていたのでしょうか。宇外の句と樗良の句では、「瓜の色」にさえ涼しさを感じています。このような感覚のあったことは新鮮に思えますが、やはり基本は、さきほどの『山の井』にもあったような「冷食」、つまり、冷たい水などにつけて冷やした瓜の涼しさであったはずです。

そして、その冷やした瓜を賞味するのに恰好の涼みの場所が、京都では、四条河原や、下鴨の糺森だったのです。江戸時代に出版された京都ガイドブックの一つ『都林泉《りんせん》名勝図絵』(寛政十一〈一七九九〉年刊)には、

> 糺納涼は、みな月十九日より晦日に至るまで、下鴨社頭御手洗《みたらし》川のほとり、神の杜の木陰に茶店を設けて遊宴して炎暑を避るなり。雲井於社の清泉には、甘瓜・心太を冷

し、御手洗団子は竹串に刺て売る。

という文章と、涼みに集う人々の様子がいきいきとした絵（図2）で描かれています。糺森には瓜を冷やす流れがあったのです。

三　芭蕉と瓜

夏の暑さの中で涼を求める昔の人の願いは、切実なものだったのでしょう。芭蕉の残した発句およそ一千句ほどの中にも、瓜を季題とした句が十一句（季題は別にあって瓜をも詠んだ句が他に二句※）もあります。

うつくしき其ひめ瓜や后ざね　（『山下水』）
闇夜きつね下ばふ玉真桑　（『東日記』）
山陰や身を養はん瓜畠　（『いつを昔』）
初真桑四つにや断ン輪に切ン　（真蹟懐紙）
我に似な二ツにわれし真桑瓜　（『初蟬』）
柳小折片荷は涼し初真桑　（『市の庵』）
朝露によごれて涼し瓜の土　（『続猿蓑』）
瓜の皮剥いたところや蓮台野　（『笈日記』）
花と実と一度に瓜のさかりかな　（『こがらし』）

瓜の花雫いかなる忘れ草　（『類柑子』）
夕にも朝にもつかず瓜の花　（『佐郎山』）
※子ども等よ昼顔咲キぬ瓜むかん　（『藤の実』）
※秋涼し手毎にむけや瓜茄子　（『おくのほそ道』）

（以上、佐藤勝明編『芭蕉全句集』平成二二年刊）

芭蕉の詠んだ瓜の句には、「涼し」と結びつけて詠んだものが比較的少ないのですが、その中でも、

朝露によごれて涼し瓜の土　（『続猿蓑』）

という句に注目してみましょう。

この句はもともと、元禄七年六月二四日に、芭蕉が江戸の杉風に向けて送った手紙の中に書かれていた句で、京都の西、嵯峨野の落柿舎に滞在していた折に詠まれた句です。手紙の中に、「嵯峨」の前書きで、「六月や峯に雲置クあらし山」をはじめ五句が紹介されている中に、

朝露や撫て涼しき瓜の土

という形で紹介されています。最初は中七（五七五の七の所）が「撫て涼しき」だったのですね。近年の注釈書の中には、手紙の中の句の形を「触覚的」「直接的」とし、『続猿蓑』（『泊船集』『こがらし』にも）の形を、「視覚的」「感覚的」と、対比的に鑑賞したものがあります（今栄蔵『新潮日本古典集成　芭蕉句集』）。

この句については、もう一点、異なった形が伝えられています。芭蕉の忠実な門人であった土芳の書いた『三冊子』に、「この句は、瓜の土とはじめあり。すずしきといふに、活《はたら》きたる所を見て、泥

とはなしかへられ侍るか」とあります。座五（五七五の後の方の五）が「瓜の土」から、後に「瓜の泥」と改められた、というわけですが、確証はありません。しかし、乾いた語感のある「土」にたいし、濡れた語感の「泥」の方が、朝の涼しさをいっそう感じさせる（山本健吉『芭蕉全発句』）という解釈には、説得力があります。

四　おわりに―礼儀としての瓜―

最後に、文芸との関わりというところからは少し離れますが、昔の瓜が、現代とくらべると、人々の生活の中でかなり存在感のあるものであったことを紹介して、本章を終えることとしましょう。

江戸時代に出版された往来物（現在の教科書や自習用の参考書のようなもの）の中に、手紙の書き方・例文を記したものがあります。それらは、出版目録によって分類が異なりますが、中には「躾《しつけ》方《がた》本（礼儀作法書）」の中に組入れられているものもあります。元禄十二年（一六九九）に出版された『新板増補書籍目録』がその一つです。この目録では、手紙の書き方を書いた往来物は、「躾方《しつけがた》（※小笠原流作法書）並《ならびに》料理」の中の「躾方」に入れられています。具体的には、「簡礼集」「増補簡礼集」「初学文章」「増補初学文章」「礼式書調集」「書札初心抄」「近小読札」の七点が、手紙の例文集であると推察されます。

その中の「初学文章」は、実際には『初学文章並万躾方』（寛永十一年〈一六三四〉刊）という書名で出版されています（図3）。九十条からなり、第一から第五十四までが「初学文章」にあたり、時

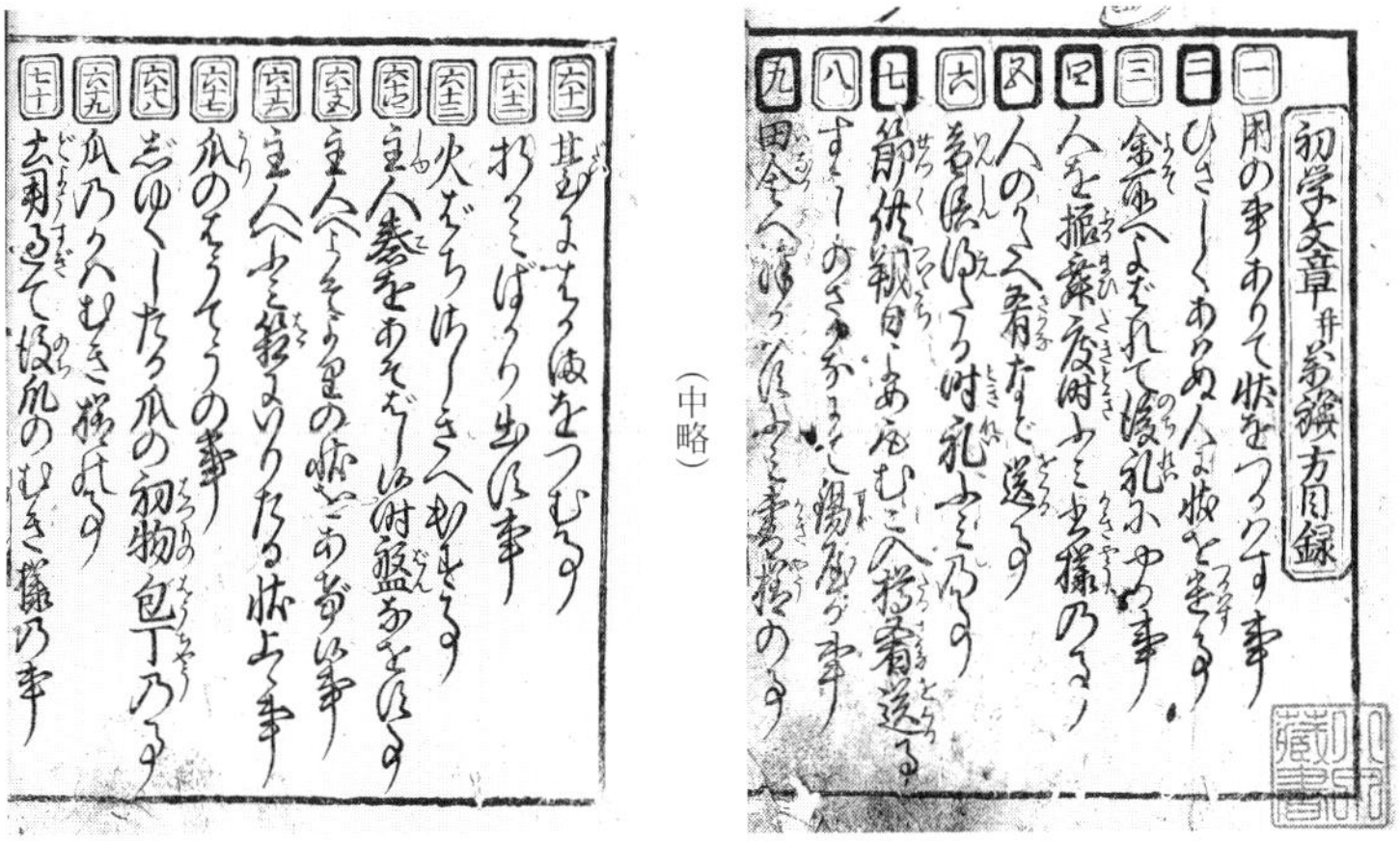

（『初学文章』承応四年〈一六五五〉版）

図３

と場合に即した書簡の例文が集められています。後半の第五十五から第九十までが「万躾方」にあたり、様々な礼儀作法が記されています。興味深いのは、後半の三十六項目のうち、第六十七「瓜のはうてうの事」から第九十までの二十四項目、なんと七割弱が、食の礼儀作法でしめられていることです。さらに注目したいのは、

六十七　瓜《うり》のはうてうの事
六十八　じゆくしたる瓜の初物包丁《はつものはうちやう》の事
六十九　瓜のかはむき様の事
七十　土用過《どようすぎ》て後《のち》瓜のむき様の事

という目録の並び方からわかるように、食の礼儀作法のうちの多くが、「瓜」に関わる作法であることです。

ただし、『初学文章並万躾方』の「万躾方」と同じように、礼儀作法を簡単に記した『小笠原流躾方百ヶ条』では、瓜の作法は、

瓜のむきやう
まづ手水《てうず》をつかひ、小刀をもすゝぎて、扨右のひ

ざを立て、頭のかたよりむくべし。かはの数は六つ半にむくべし。扨わぎりにすべし。土用過てはたつに二つにわり、又よこに切なり。是中の水を取といふいわれなり。

という一条しか出てきません。それでも、食べることに関する作法の最初に置かれており、瓜が特別な存在であったことをうかがわせます。

瓜は、現代とはくらべものにならないほどに過ごしがたかった日本の夏の中で、「涼し」という感覚と一番結びついていた食べ物であると同時に、人と人との交わりの中で、思いもかけぬほどに重宝され重んじられた不思議な食べ物だったのです。

【注】

1 上村美優・田中志歩・佐々木梓沙・中村考志・大谷結・松尾友明・岡本繁久「京都の伝統野菜桂ウリから得られたがん抑制物質メチルチオ酢酸の作用機序に関する一考察」『九州農業研究発表会専門部会発表要旨』２０１５年

【補】

引用した文献については、（株）古典ライブラリー『日本文学ＷＥＢ図書館（和歌＆俳諧ライブラリー）』、小学館『ジャパンナレッジ』、『国立国会図書館デジタルコレクション』、早稲田大学『古典籍総合データベース』などのデータサービスの他、各種翻刻本・影印本・版本・影写本などによりました。

『六条葵上物語』からみる室町後期の擬人化された物語

伊藤　信博

一　はじめに

『六条葵上物語』は、一九七七年に京都大学国文学研究室によって、愛知県にある明眼院[1]から発見されたお伽草子です。筆者は道勝親王とされ、元和六年（一六二〇）に薨去していることから、室町後期から江戸初期に成立したと考えられる作品です。この明眼院や筆者については、『京都大学国語国文資料叢書六』（臨川書店、一九七八年）が詳細に解説を行っていますから、説明は省くこととします[2]。

この作品は『六条葵上』と名付けられていますから、『源氏物語』の六条御息所と葵上の争いをパロディとした作品、いわゆる「論争物」にもみえます。食物の「論争物」としては、擬人化された魚類や獣（美物）と精進物が争う『精進魚類物語』がとくに有名です。そして、この作品の「六条」とは「六条豆腐」のことであり、豆腐に塩をまぶして天日干しにした、飴色半透明の塊の保存食品として、重宝されたもので、「葵上」とは、「蕎麦」の女房詞なのです。

また、お伽草子とは、室町時代から江戸時代中頃にかけて制作、享受された短編の物語群の総称で、四二十種を超える作品が現在知られています。その作品の中には、鳥や獣、虫、草木や器物などが擬人化されて描かれる「異類物」と呼ばれる作品群がたくさんあります。

したがって、この物語は「食物」を擬人化した異類物の典型的な物語であり、内容は、後に述べるように「論争物」とは少し形態を異にしていると思われます。また、食物を主題としたその物語に鑑みると、室町後期から江戸初期の擬人化された物語を繋ぐ、新たな物語誕生を考えさせる作品とも考えられます。そこで、その点に焦点を絞って、分析を行っていきたいと思うのです。

二　作品の特徴

この作品には、蕎麦、六条豆腐、蕨《わらび》、大根、独活《うど》、麩、梅干し、土筆《つくし》、海苔、（青海苔、伊勢海苔、出雲海苔、富士海苔など）、座禅豆、納豆、芋、筍《たけのこ》、若布《わかめ》、古布《ふるめ》、随喜《ずいき》、萵苣《ちしや》、蓮、茗荷《みやうか》、蕗《ふき》などの「精進物」が擬人化されて描かれます。また、これらの食物は死んだ後、地獄で苦しんでおり、順番に、調理した本人であろう調菜の僧の夢に現れ、僧に経を詠み、彼らの弔いを望み、成仏を願う物語なのです。

そして、「食物尽し」で描かれている点では、『常盤《ときわ》の姥《うば》』や『猫のそうし』、『月林草』、『大黒舞絵巻』、さらに、『酒飯論絵巻』などと同様の作品であろうとも考えられます。

室町後期の奈良絵本である『常盤の姥』は、

「（前略）しろきこめかな、ひめにして、ゆをものまはや、しな〳〵と、ゆかう、かんし、たちはな、けんしやくろ、くり、かき、なつめ、すもゝ、りんごやなし（後略）」と死に近づいた老婆が様々な食を渇望する姿を描きます。

「南無阿弥陀仏、酒かな飲まふ。あら、腰痛や。膝痛や。のど渇きや。」、「青海苔、あま海苔、とつさか海苔、その他万の海草、食いたやな。南無阿弥陀仏、あら苦し。」

なども記される「食物尽し」が良い例でしょう。

そして、『六条葵上物語』のように、特に記される果蔬だけを挙げると、上述した食物以外には、早蕨《さわらび》、松茸、平茸、栗竹（茸）、滑薄《なめすすき》、椎茸、野老《ところ》、葛の根、かのした（ハリ茸科の茸）、しめりたけ（シメジ科の茸）、鼠茸、つきよたけ、篠茸、梨、柑子、橘、柿、ゆこう、栗、桃、李、林檎、枇杷、山桃、岩梨、やまいちご、榎の実、あおむめ、かちくり、餅、白米、かゐもちいなどがあります。

一方、『六条葵上物語』のように、異類が僧の夢に現れる点では、室町後期の『猫のそうし』が同様の作品です。この作品は「猫」と「鼠」の争いをテーマとしています。特に、後半部分には、「野老、蕨、鏡餅、花びら餅、煎餅、アラレ、かき餅、御輿米」などある地方の名物を列挙する「食物尽し」にも特徴があります。

ただ、『六条葵上物語』では、それぞれの食物が当時にどのように調理されたか、また、どのような場面に使われたかが表現される点に特徴があります。「六条豆腐」は、

「（前略）飲酒《おんじゆ》の科の酬ひゆへ、酒塩《さかしほ》かけられて、乾《かは》く間《ま》もなき箸《はし》の雫《しつく》にしためられて（後略）」、「大根」は、「新玉《あらたま》の春の始《はし》めの御祝《ゆわ》ゐに、歯固《はかた》めと申す事の侍るは、餅《もちゐ》の上《うへ》に置《を》かるるを鏡《かゝみ》草と申すとやらん。確《たし》かならぬことなれども、受《う》け給ひ置《を》き侍るなり。」

図１　『類聚雑要抄巻第１上（部分）』
東京国立博物館蔵
Image : TNM Image Archires

と調理法が記されるのです。

「六条豆腐」は干した食品で、最初に「削られて」と記されますが、現在でもナタやカンナなどで薄く削って使用するとされます。そして、塩気の強い燻製のような食品で、酒の肴としてそのまま食したり、お湯で戻したりして、吸い物や煮物、和え物などの具としても用いられるのです。

この作品では酒で戻すとし、その後調理されたということが分かり、「大根」は、正月の鏡餅の上に当時は飾られていたことを記すのです。そして、この延長上にある作品が『月林草』であり、その描写は、『六条葵上物語』より調理の仕方などが詳細に描かれています。

また、『六条葵上物語』、『月林草』は擬人化された食物が、幽界から現れる点にも特徴があります。

『六条葵上物語』では、「葵上（蕎麦）」が
「（前略）辛《つら》きこの世に種子を残し、罪を犯《おか》すによりて、鉄《くろかね》の鍋《なへ》の地獄《こく》に堕《お》ち入りて、熱《あつ》き湯《ゆ》を浴《あ》び、蓼《たで》、山椒《さんせう》に和《あ》へられて辛《から》き目《め》を見、剣《つるぎ》のごとくなる向歯《むかは》、奥歯《おくは》に噛《か》み立《た》てらるる《ゝ》こと、なほ《を》ざりならぬ苦《くる》しみなり。願《ねか》はくば、御僧経を読《よ》みて後《あと》を訪《と》いて給ひ給へ。」

と地獄の苦しみを説くのです。この点では、「道成寺縁起」などで、最後に、法華経供養による滅罪を望む作品群と同様なのです。

「六条豆腐」も、

「飲酒《おんじゅ》の科の酬ひゆへ、酒塩《さかしほ》かけられて、乾《かは》く間《ま》もなき箸《はし》の雫《しつく》にしためられて、悲《かな》しければ、浮《うき》世の人の情けは何ならず。ただよく跡を訪《と》ひて給ひ給へ」

と弔いを望むのです。

同様な描写は、『黄精《ところ》』（狂言、天正本）にも現れます。僧と野老を掘り出す野老掘りの前に、野老の亡霊が登場し、

「そもそも山深きところを鋤鍬にて掘り起こされて、三途の川にて、振り濯かれて、地獄の釜に投げ入れられて、くらくらと煮やうらかして暇もなきところを、御慈悲深き釈尊に掬い上げられ、少し苦患の暇かと思へは、包丁小刀おっとりもって、髭をむしられ皮をたくられ、茶の子の数々（後略）」

と、地獄に落ちて苦しみ、僧に弔いを望む野老の亡霊を描くのです[3]。そして、当時のその調理法もこの説明からよく分かるのです。

一七世紀成立の狂言「大蔵虎明本」の「たこ」では、

「（前略）照る日にさらされ、足手を削られ、塩にさされて、（中略）、仏果に至るありがたさよ。ただ一声ぞなむ阿弥陀仏（後略）」、

「栄螺《さざえ》」では、

「（前略）打ち割りむしり取られて、塩をこまれ、（中略）、炭の火にあぶられて、角をもがるる苦しみなるを、今あひがたき御法を受くるる角栄螺、（後略）」、

近世では、「鯨」が、

「身をづた〱に、切れつつ。釜に煮らるる。其時は。灼熱地獄も目の前に、（中略）適々御僧の、値

遇により、御経読誦の功力にて。天上に生まれん（後略）」

などとも記されます。

こうした特徴を考えると、この作品より以前に成立した『常盤の姥』や『猫のそうし』などのように、「食物尽し」や名所、名産品を表現するだけでは無いような印象を受けるのです。例えば、『多武《とうの》峰《みね》延年《えんねん》詞章《ししよう》』「開口《かいこ》」が、鳥や山川草木、花、名所、『源氏物語』五十四帖などを擬人化し、争う表現を持ちますが、名所、名産品を列挙する構図は、新たな年に向けての豊穣の祈りでもあると思われます。[4]

さらに、唐招提寺の修正会における「餅談義」でも、

「（前略）根本由来を尋ぬるに、天下泰平、五穀成就、伽藍繁栄の護摩餅、闇夜を照らす鏡餅、春は吉野の花餅、夏は富貴の牡丹餅、秋にもなれば、萩の花餅、冬は雪餅、烈しき嵐に氷餅、色黒うして味わいよきは奈良原餅、近江路や大津につける寿子餅、十万分身の栗餅、いずれも優しきは取り付き餅、松にかかれる藤の花餅、年を重ぬるおおち餅（後略）[5]」

など、餅の名産物を、場所を示して列挙したりすることで、列挙した場所が豊穣になるように祈るのです。

こうしたことから、『六条葵上物語』が調理をただ詳細に説明する目的で記されたとも言い難いのです。それよりも、本文で「葵上」が

「（前略）一切の草木叢林《さうもくさうりん》は、一地より生《お》ひ出《ひ》で候ふ。一雨に潤《うるほ》されて、仏に随ひて生長《せいちやう》す」

と法華経の仏説を説《と》き、

「これ、しかしながら、万法一心、一心《しん》また万法《まんほう》なり。されば万物を顕す姿《すがた》なれば、十界皆成仏の理《ことはり》をいふ所、すなはち草木国土悉皆成佛の理《ことはり》なり。」

と述べたりするように、全ての「動植物」も人間と同様に「成仏」の可能性を示唆しているのです。このようなことから、人間と同様に、食物も地獄道に落ちる可能性もあることを示すことも考えられます。そこで、このような、思想がどのように生まれてきたのかも考察しないといけないのです。

三　植物・食物の聖性化

室町時代に成立した『酒飯論絵巻』には様々な食が描かれており、第三段の飯室好飯住房における食事およびその準備風景が描かれた画や詞書には、

「二本三本、五本たて、本飯復飯、すへ御れう、鳥の子にきりの、わか御料、玉をみかける、すき御料、粟の御れうの色こきは、をみなへしにそ、似たりける。桃花の宴の、あか飯は、花の色かや、うつるらん、夏は涼しく、おほえける、麦の御れうも、めつらしや、地蔵かしらの、高飯は、六道のちく、たのもしく。」と、強飯や「頓食」(鳥の子、おにぎり)までもが記されています。さらに、

「其後、もちゐ、色くに、やよひも、はしめの、わか草はちゝこ、はゝこの、はう子もち、手つくりからに、いたゐけや、かはらぬ色の、松もちゐ、千世とそ、君を、いのりける。ほんのうの、きつな、きりもちゐ、菩提にすゝむ、たよりあり、命は水の、あわもちゐ、世の、あたなるも、知られけり。五月五日のちまきには、屈原かむかし、おもひ出、冬のはしめの、いはひには、ゐのことなつく

る、かいもちゐ、秋の鹿にはあらねとも、紅葉をしくも、いとやさし、青陽の春のはしめには、たかきいやしき、をしなへて、ことさとかゝみの祝こそ、千とせの影をは、うつしける。神社、いつれの御願寺も、壇供のもちゐ、すへてこそ、修正のをこなひ、ありときけ。」

と、餅の説明もあります。父子草・母子草・御形を使った草餅、松餅・笹餅、切り餅、粟餅、粽、亥の子餅（おはぎ）、鏡餅、団子または大豆餅・小豆餅となる。松餅（笹餅）は、「千代とぞきみをいのりける」を修飾し、いつまでも若々しくの意味です。韓国では、餡を入れた餅の下に松を敷き、松餅としています。

さらに、こうした米や餅を主題にするだけではなく、詞書には、「粟の御れうの色こきは」や、「夏は涼しく、おほえける、麦の御れうも、めつらしや」と粟や麦ご飯も描くのです。そして、「四季おりふしの、生珎は、くゝたち、たかんな、みやうかの子、松たけ、ひらたけ、なめすゝき、あつしる、こしる、ひやしつけ、調味あまたに、しかへつゝ、うそゝけ入の、うす小つけ、よきほとらかの、小さいしん御まへに、すへて、見さうはや、まいらぬ上戸や、おはします。」と、アブラナ科の青葉、筍、茗荷の芽、松茸、平茸、鼠茸（ホウキ茸）、熱汁、小汁、湯漬け（水漬け）飯、菜を入れ、味付けした飯や食材は汁、羹の材料も記します(6)。このように五穀や野菜や茸など豊富な材料、副菜があることを祈る心があったことが分かるのです。

一方、室町時代はこうした食物が擬人化されて描かれ始めています。代表的なのは最初に挙げた『精進魚類物語』で、大豆、蕗、栗、ワカメ、大根、苣《ちしや》、蓮根、胡瓜、豌豆、茗荷、筍、冬瓜など様々な植物・食物（精進物）が魚・獣（肉類）と戦う物語です。植物が擬人化された物語としては、

『あさかほのつゆ』、『花鳥風月の物語』、『桜梅の草子』、『姫百合』、『墨染桜』などが挙げられます。

このような植物・食物が擬人化される思想的背景には、中世からの仏教思想である草木も成仏するとする「草木国土悉皆成仏」思想が挙げられますが、なぜ室町後期に特に広がったのかはわかっていません。

食物に関しては、「往来物」である『尺素往来』や『庭訓往来』が食物尽くしを語り、これらの成立の背景には、季節を通した様々な食材について、食材の産地、季節ごとの産物や各地方の名産品の把握、料理書の確立など、室町時代を代表する「饗応文化」や「料理文化」の発展があったに違いないと考えられるのです。

ところで、十三世紀前半に記された『発心集』には、加茂社の供物として捕らえられた鯉を聖が逃がしますが、その鯉が聖の夢に現われ、供物として成仏するはずが、逃がされたため、畜生としての業を続けなければならないと嘆く説話が描かれます[7]。

そして、十三世紀後半に記された『沙石集』では、神に供された生類は、仏道に入るとされてもいます[8]。『古今著聞集』巻二十、第六九二話が語る、供物である「蛤」を救い、怨まれる説話も同類の話であろうと考えられます。

このような説話は、古代から中世にかけて、寺社が祭祀に様々な供物を捧げてきていますが、中世において、神社が祭祀の際に行う殺生の問題、「血の穢れ」をどのように解決するかの葛藤から生まれてきた思想とも考えられるのです。つまり、供物として捧げられる動物は、六道輪廻から逃れ、成仏するのであるから、神社が殺生儀礼を行うことは、正しいとする考えなのです。捧げられる生類は聖なる供物として扱われたからです。

この視点からは、動物だけではなく、植物や食物も祭祀の際に捧げられているため、「非情」とされる植物や食物も六道輪廻から逃れられるとも捉えてよいでしょう。仏教では、「有情」の存在しか救われないとされるからでもあります(9)。

また、妊娠を予言する果物や植物（柑子、橘、蓮華）も様々な説話に描かれています。『世継物語』（鎌倉初期〜中期）上・十二「宇治殿の御夢の事」や『暮露〳〵のさうし』（十五世紀）の柑子、『曾我物語』（鎌倉〜南北朝）巻二「時政が女の事」の橘、御伽草子の『村松物語』は、蓮華などが妊娠や子宝を暗示するのです。

このような子宝は富とも関係します。大根も豊穣と深く結びついており、上述したように、十二世紀に成立した『類聚雑要抄』には、宮中における「御歯固」の儀式に使用される鏡餅の上に、大根と干し鮎が飾られたり、その後の発展においては、神棚に二股大根が描かれる、『梅津長者物語』が成立したりもするのです。

法華七喩のうちの一つである「薬草喩品《やくそうゆほん》」では、慈雨が様々な種類の草木の上に一様に降り注ぐように、どのような衆生であっても等しく仏陀の教えによって悟りを開くことを記します。そして、草木の成長を比喩として使用し、人間に役立つ植物を、仏法が衆生に利益をもたらす例えとして評価します(10)。

『徒然草』第六九段では、性空上人が旅の仮屋に立ち寄った時、豆の幹《から》を焚いて、豆を煮る音が「疎からぬをのれしも、恨めしくも我をばからきめを見する物かな」と聞こえ、豆幹が焚かれる音が「わが心よりすることかは。焼かるゝはいかばかり堪へがたけれど（後略）」と豆の茎や枝が嘆いたりするのを聞くのです。同様に、第六八段は、薬として朝夕に常食していた「土大根」に助けられる押領使[11]の話を載せます。この押領使の館に人がいない時に、敵が囲み、襲ってきたのですが、屋敷から見知らぬ武士が二人現れ、敵を追い返すのです。その二人が「年ごろ頼みて、朝なく召しつる土大根らにさぶらう」と述べています[12]。このような植物・食物など心を持たない「非情」なものでも成仏する思想とするのが、「草木国土悉皆成仏」思想で、室町時代の謡曲に特に頻繁に描かれる思想です[13]。

神仏に捧げられる全ての植物・食物も成仏できるとする考えは、室町後期に創作される文芸に描かれる植物・食物の擬人化に大きく影響を与えたのでしょう。また、六道輪廻思想が強く発達した中世以降、天道、修羅道、人間道、地獄道、餓鬼道、畜生道に生きる存在は、仏陀によって救われますが、その中に、植物・食物も救いの対象として含まれてくると考えられます。

このようなことから、江戸時代に創建された寺院の天井画には、華やかに描かれた植物と共に食物が描かれる例が見出されます。富山県高岡市瑞龍寺、愛知県知多郡大御堂寺、岐阜県本巣郡圓鏡寺などです。瑞龍寺は前田利家の菩提寺であり、利家の菩提を弔う法堂の天井には、天に住む利家と共に、狩野派による百三十五種類の植物・食物が住む様子が描かれます。

その中には、朝顔、菊、枝垂桜、桔梗、牡丹などと共に、米などの穀物や茄子、桃、ザクロ、サトイモ、大根、インゲン豆、葡萄なども描かれているのです。それらの食物もまた、豊穣を象徴し、神仏に捧げられた食物でもありますし、当時盛んに栽培された食物でもあるのです。

図２　京都国立博物館蔵『果蔬涅槃図』を模して製作した野菜達

ところで、六道の中に「非情」である植物・食物の世界が含まれず、仏陀によって救いがなされないとする思想もあります。この場合は、そうした植物・食物界を救う、彼らの世界の仏陀が必要となります。そうした世界を描いたのが、近世の謡曲である「蛸地蔵」や江戸時代中期の伊藤若冲（一七一六〜一八〇〇年）です。

伊藤若冲が晩年に描いた水墨の掛幅である京都国立博物館蔵「果蔬涅槃図」（縦一八一．七×横九十六．一センチ）は、二股大根が、伏せられた籠を寝台にして、中央に横たわり、その周囲に八十八種類の野菜や果物を配置している画の構図上は、釈迦入滅の情景を描いた「釈迦涅槃図」を模し、大根が入滅し、「果蔬界」の衆生を救う「仏陀」となりうる思想を描く、植物・食物を擬人化した作品と考えられるのです。(14)

この伊藤若冲の生誕三百年を記念したＮＨＫの放送用に、ＮＨＫと協力して実物で作ってみた作品が上の写真です。季節柄手に入らなかった果蔬は残念ながら写真で置き換えました。全部で八十八種類紹介しています。

四　植物・食物の擬人化について

室町後期における植物・食物の擬人化の特徴は、大豆、蕗、栗、ワカメ、昆布、蒟蒻、大根、苣、蓮根、胡瓜などの精進物が、魚や獣と争う『精進魚類物語』から始まり、食物を描く作品は、笑いを対象とするようなパロディ作品が多いのです。

一方、植物を対象とする作品は、擬古文を駆使した、王朝風の物語となっています。さらに、能が扱うのは植物で、狂言が扱うのは食物が多いという事実です。さらに、室町後期から、江戸初期にかけて、植物を擬人化した作品から、食物を擬人化した作品が徐々に増え、江戸時代は、食物を擬人化した作品が中心となります。

植物の擬人化の点において、徳田和夫氏は、『榻鴫暁筆』(15)第四「相論　上」「草花」を取り上げ、「草花をもって論争物に仕立てる発想を考える上では見逃せない。」と論じています(16)。また、草花の擬人化を創りだす基盤には、『古今序註・古今集註』に記される「住吉の忘れ草」説話、『蔵玉和歌集』における植物説話、『古今和歌集』二百三十九番歌の注釈説話、『今物語』第二十六「桜木の恋人」、お伽草子『かざしの姫君』などの「異類婚姻譚」も影響を与えているとしています(17)。

このように、掛詞や縁語が多用される和歌の伝統を基とし、「草木国土悉皆成仏」思想の影響により様々な植物が擬人化された物語が生まれてきたと考えられるのです。暗誦が貴族の嗜みとされた『古今和歌集』の巻第十には「物名」があり、梅、桜、李の花、唐桃の花、橘、黄心樹、桂、葵、リンドウ、薔薇、女郎花、桔梗、紫苑、薄、朝顔、忍ぶ草、唐萩など植物名が多く、梨、棗、胡桃、夏草、粽などの食物も掛詞や縁語として使用されています。

『山家集』には、蓬、芹、蕨、えぐ芋、瓜、もしほぐさ、薺、蓼、蓴菜《ぬなは》、わかふのりなどの食物も歌の主題となっているのです。そして、このような和歌集に使用される植物の多くは、お伽草子の作品である『さくらの姫君』、『あさかほのつゆ』、『花鳥風月の物かたり』、『姫百合』、『墨染桜』などの異類物に、擬人化される植物として使われており、『古今和歌集』の掛詞や縁語の伝統と「草木国土悉皆成仏」思想の結びつきの中から、擬人化作品が誕生してきた可能性が高いのです。

一方、一五九二年成立の『全浙兵制考附日本風土記(18)』第五巻には、日本で生産される果蔬として、梨、栗、棗、桜桃、胡桃、柿、葡萄、楊桃、橘、橙、菱、蕪、蓮、苦瓜、柘榴、栗、茄子、瓜、西瓜、胡瓜、山芋、筍、木耳、韮、蒜、昆布、海草、青菜、蕨、紫蘇、芹、白菜、昆布、唐辛子、豆を挙げています。

江戸時代初期の『毛吹草』では、畿内（五ヶ国）、東海道（十五ヶ国）、東山道（八ヶ国）、北陸道（八ヶ国）、山陰道（二十二ヶ国）、西海道（十一ヶ国）に分類し、諸国の名産品を詳細に記している。また、俳句や連歌の季語としての食物を、非常に詳細に収穫の各月ごとにも列挙しています。

このように、様々な食材について、食材の産地、季節ごとの産物や各地方の名産品の把握、食材の旬の把握などから、江戸初期には様々な料理書が成立してくるのであり、室町時代を代表する「饗応文化」や「料理文化」を基礎としての「食物尽し」があるのは明らかなのです。食物の擬人化の背景には、上述したような社会環境や文化の進展があると思われます。

そして、植物・食物も含め、写実的な描写が発達することやその特性などが理解され、把握されることも、擬人化には必要と思います。具体的に正確な描写があるからこそ、現実的に感じられるからです。例えば、上述した狂言『黄精』では、僧と野老を掘り出す野老掘りの前に、野老の亡霊が登場し、

「そもそも山深きところを鋤鍬にて掘り起こされて、三途の川にて、振り濯かれて、地獄の釜に投げ入れられて、くらくらと煮やうらかして暇もなきところを、御慈悲深き釈尊に掬い上げられ、少し苦患の暇かと思へは、包丁小刀おっとりもって、髭をむしられ皮をたくられ、茶の子の数々（後略）」と「野老」の正確な形態や調理法が分からなくては、あまり想像ができないからです。作品に記される果蔬は、その時代の人々が生産し、食料としており、形態、調理法などを正確に描くことで擬人化しているのです。

ところで、植物・食物が聖性化される過程について、様々に記しましたが、その中で、室町後期の文芸に描かれる植物・食物の擬人化に関して、重要なもう一つの要素があります。その一つとは、上述した『沙石集』巻一・第八「生類ヲ信神明ニ供ズル不審ノ事」に記される「神に供された生類は、仏道に入るとされる」思想であり、「（前略）罪ナキ供物ヲ捧ゲ、妙ナル法味ヲ奉ルベキナリ。」と記すところにあります。

無住道暁によるこの説話集では、神仏に「罪ナキ供物ヲ捧ゲ」るですが、中世の六道輪廻を考える時、「鹿や鯉」などの供物は、そもそも畜生道に落ちた存在であり、決して、罪なき存在ではないのです。

ところが、中世では、天皇など「聖なる」存在も、また地獄に落ちるとされるのです。『三外往生記』第四六話[19]は、重病で絶入した阿波守邦忠が閻魔王宮で、昨年黄泉に来た白河上皇が、善・悪行が同量のため、来世が定まらないという話を聞く説話です。

そして、『百錬抄』天承元年六月十七日の条[20]では、「白河院のおんために法勝寺にて金泥一切経を供養す。阿波守邦忠の夢に依るなり」と記し、聖なる存在も、来世が定まらないとされるのです。ギメ美術館蔵『北野天神縁起絵巻』では、一番の善政を敷いたと室町期などで理想化される延喜帝（醍醐天皇）と身体の横に記された人物が地獄の炎の中に描かれてもいます。

このように、供物として捧げられる植物・食物でも、地獄に落ちる話を記すのが、上述した狂言『黄精』であり、『六条葵上物語』、『月林草』でもあるのです。そして、これらの食物が地獄で苦しむ様子を調菜担当の僧に訴え、「狂言綺語ながら、御覧ぜん人々は御経読み念佛申して、三界万霊、六親眷属、草木国土悉皆成佛と廻向し給ふべし。」と、「欲界、色界、無色界の三つの世界にいるすべての霊」、一切の血族や姻族、そして、非情なものも含め、弔いを願うのです。

『六条葵上物語』の「葵上」の描写では、

「(前略) 辛きこの世に種子を残し、罪を犯すによりて、鉄の鍋の地獄に堕ち入て、熱き湯を浴び、蓼、山椒に和へられて（『月林草』では、蓼を擂りてぞ揉み立つる）、辛き目を見、剣のごとくなる向歯、奥歯に噛み立てらるゝこと、なをざりならぬ苦しみなり。願はくば、御僧経を読みて後を訪いて給へ。」

と記され、上述した『黄精』と同様に、その調理の描写に現実味のある表現がなされており、当時の蕎麦が蓼や山椒で和えられたこと、また、奥歯で、噛みしめられるという表現から、「蕎麦切り」ではなく、団子状の蕎麦であったことが想像されるのです。

しかしながら、『黄精』も『六条葵上物語』も、一方は、野老掘りと僧侶の前に、他方は、調菜担当の僧の夢に現れるのであり、野老掘りや僧が現実に調理したであろう野菜が彼らの前に出現するのです。そして、その地獄で受ける苦しみは、その調理の様子を示すのであり、その点が笑いの対象にもなり、また、生きるために、「罪ナキ」生命を奪う行為を非難するのではなく、死んだ後の供養を願う点は、食さなければ、生きてはいけない全ての生き物のため、殺生をする行為を否定せず、この世の道理を示しているともいえます。

葛に生まれ変わり愛した女を探す男を描く能『定家』は、定家と式子内親王の悲恋があり、定家の式子内親王への思いが妄執となり、その妄執が死後に蔓（葛）となり、彼女の墓に這いまとう物語です。『今昔物語集』巻二十第二十二話「比叡山横川僧受小蛇見語」では、死に至る寸前に僧が使っていた酢瓶を自分の死後に誰が所有するのだろうと妄執した結果、小さな蛇となって生まれ変わったことを記しますが、定家は妄執により、植物に生まれ変わり、式子内親王を追うのです。つまり、彼が蔓として、ある意味では、「畜生道」に落ちたことを示すのです。

以上の点からは、植物・食物が固有名詞により物語られる世界は、「人間界」とは別の世界であり、その世界では、食物・植物は、恋も、嫉妬も、さらに戦いもあり、時には妄執により、「畜生道」に落ちたり、生前の行いが悪かったのか「地獄道」に落ちたりするとするような擬人化表現がなされていることになります。

さらに、『墨染桜』では、敵に殺された、愛する薄を弔うために、桜は仏門に入るとされるのであり、「人間界」と同様な「植物・食物」の世界があるように描かれているのです。

五　おわりによせて

『六条葵上物語』は、後の『月林草』と同様な「精進物」である食物が描かれますが、描写は単純明快で理解しやすい作品です。そして、六条御息所と葵上は『源氏物語』では、様々な争いを行っており、この二人が、地獄道に落ちたと、当時の人々は感じていたのでしょうか。そこには『源氏物語』の一般への受容も反映しており、その反映がこの物語の成立とも関係しているのは、当然と考えられます。

大根の描写でも、

「この大根もから〱と、うち笑ひ申けるは、新玉の春の始めの御祝ゐに、歯固めと申事の侍は、もちゐの上に置かるゝを鏡草と申とやらん。確かならぬことなれども、受け給置き侍るなり。さもあると覚るは、明石紫の姫宮のもちゐ鏡に向かひ給ひし時、(中略)鏡の上に大根引き渡したりし寿なり」

図３　チェスタービーティライブラリー蔵『天保十年豊年踊図巻』部分。大根やイカ、ナマズ、灯籠、カエルなどに仮装し踊る人物達。

と記し、『源氏物語』の話を引用しています。

そして、「六条」や「葵上」のように、地獄に落ちた食物を擬人化して描くことは、当時の人々にとって、仏陀の救いを求める思想を、食物を通して、強く表現していると考えられるのです。逆に言えば、今まで、見向きもされなかった食物も六道輪廻の世界で生きている思想をも強く示唆しているといるでしょう。その意味では、新しい文化が芽生えているということもできます。

徳田和夫氏が紹介する江戸初期成立の『合戦巻』（伝季吟筆・異類合戦物『合戦巻』[21]）では、多くの食物が擬人化の対象となっています[22]。『六条葵上物語』やこの『合戦巻』、さらに『月林草』に鑑みると、「食」そのものが大きくクローズアップされる時代が誕生し、食物の擬人化を大きく促進する文化背景を持ったということができるのです。

そして、「草木国土悉皆成仏思想」が、植物のみならず、食物にも対象を広げたことで、このような作品が成立したとも考えられますが、中国の明の思想である「水陸斎」の影響も考えられます。「水陸斎」とは、一年に一度、死んでこの世を彷徨《さまよ》う様々な迷える魂（植物も含む）に施食し、あの世に送る儀礼です。

この儀式を行うことにより、次の年に災害などが起こらず、豊穣がもたらされるようにする思想で、道教の神様や仏教の神様を儀礼の場に呼び、迷える魂をあの世に送るのです。

さらに、室町後期の説話である『塵荊抄（鈔）』にも興味深い記述があります。「五音六調子」の条で、人間の全ての身体のみならず、四季、気候、方角、天地、水陸、動植物、森羅万象、穀物の全てとの調和を説く話です。この点では、他の擬人化作品とも比較しながら、室町後期の宇宙観や思想を総合的に考察する必要があると思っています。

【注】

1　愛知県海部郡大治町にある天台宗の寺院で、日本最古の眼科専門の医療施設とされる。
2　『六条葵上物語』。今西祐一郎、一二三～一五五頁。
3　『新日本古典文学大系五六』「狂言歌謡」百三十三、三七八～三八九頁、岩波書店、一九九三年。
4　『続日本歌謡集成』巻二、五二～六四頁（東京堂出版、一九六一年）。
5　関口静雄『秋篠文化』四号、「唐招提寺　修正会と声明」四九～六〇頁、二〇〇六年。
6　『料理物語』は小汁を筍汁とする。『古事類苑』は「酒飯論絵巻」での例を挙げるのみである。そして、模本全ての詞書において、「ひやしつけ」と記されるが、『古事類苑』は「冷汁」と解釈している。冷汁であれば、平安末期に成立した有職故実書である『類従雑要集』に「熱汁、蚫、志女（しめ）知（ぢ）、寒汁、鯉味噌、松茸または魚鳥肉を入れた羹（菜を入れたもの）と記す。なお、『料理物語』では冷汁を茄子、栗、生姜、茗荷などで作るとする。
7　『発心集』は、鴨長明の晩年の編著で、建保四年（一二一六）以前の成立。巻八・第十三「或る上人、生ける神供の鯉を放ち、夢中に怨みらるる事」。
8　巻一・第八「生類ヲ信神明ニ供ズル不審ノ事」。
9　有情は、感情などを持つもので、人間、鳥獣などを指す。衆生ともいう。一方、非情とは、草木。山河、瓦礫など、感情を持たないものを指す。

10 『大正蔵』第九巻「法華部・華厳部」『妙法蓮華経』巻第三「薬草喩品」第五、十九頁中段二～六行。
11 朝廷から派遣され、治安の維持にあたった、地元密着型の職務。
12 『徒然草』、『新日本古典文学大系』、一四六～一四七頁、岩波書店、一九八九年。
13 『謡曲大観』(明治書院、一九三〇―一九三一年) 所収の二三六番中三十曲が「草木国土悉皆成仏」の思想に依る作品と思われる。『采女』、『春日龍神』、『熊坂』、『現在七面』、『胡蝶』、『佐保山』、『舎利』、『西王母』、『殺生石』、『当麻』、『道明寺』、『知章』、『巴』、『鵺』、『野守』、『半蔀』、『放下僧』、『仏原』、『身延』、『六浦』、『弱法師』、『杜若』、『西行桜』、『墨染桜』、『定家』、『芭蕉』、『藤』、『遊行柳』、『梅』、『高砂』の三十曲である。なお、『殺生石』は石、『胡蝶』は蝶である。
14 拙論「『果蔬涅槃図』と描かれた野菜について」、『言語文化論集』、第三〇巻第一号、八～二四頁、名古屋大学、二〇〇八年。
15 『榻鴫暁筆』、大永・享禄年間（一五二一～一五三二）頃成立。
16 徳田和夫「伝季吟「異類合戦物（仮題）」・『合戦巻』」、『学習院大学紀要』第八号、七頁、二〇〇六年。
17 徳田和夫、前掲書（註十六）、七～八頁。
18 侯継高編『全浙兵制考』三巻の附録で五巻本。
19 『日本思想体系七』、六八〇～六八一頁、岩波書店、一九七四年。
20 『国史大系』第十一巻、五八～五九頁、吉川弘文館、一九六五年。
21 徳田和夫、前掲書（註十六）七～二十頁。
22 蕗、蕨、薏苡、萱、末摘花（ベニバナ）、鏡草（大根）、夕顔、鬼燈、薺、榎、木耳、朝菜、夕菜、葛の葉、薊、卯の花、鎧草、蓮、薤、繁縷、靫草、土筆、錦草、ゆきのした、筍、瓢箪、蕪、仏の座、岩梨、杉菜、稲、蒜、犬蓼、巴豆、芹、蓼、鼓草、えび葛（葡萄）、茗荷、壁生草、深見草（牡丹）などが記される。

『伊勢物語』から『料理物語』『仁勢物語』へ
―「食」の文芸化と商品化を通して―

藤原　英城

一　嵯峨本『伊勢物語』の登場

慶長年間（一五九六～一六一五）、嵯峨本《さがぼん》の出現によって、日本の古典文学の刊行が本格化する。嵯峨本とは本阿弥光悦《ほんあみこうえつ》流の書体を有し、角倉素庵《すみのくらそあん》が出版に関与したと目される一群の版本の総称であるが、若干の整版《せいはん》を含むものの、大半は古活字版《こかつじばん》であり、その嚆矢《こうし》は慶長十三年に刊行された『伊勢物語』であった。

最初に出された嵯峨本『伊勢物語』第一種本の跋文《ばつぶん》は次のように記される。

伊勢物語新刊就余需勘校。抑京極黄門一本之奥書云此物語之根源古人之説々不同云々。如今以天福年所被与孫女本正之。然而猶恐有訂校之遺欠也。更図画巻中之趣、分以為上下。是雖不足動好女人情、聊為令悦稚童眼目而已。

慶長戊申仲夏上浣　也足叟（花押）

（『伊勢物語』を新たに刊行するにあたり、私に本文の校訂をするよう依頼があった。元来『伊勢物語』には藤原定家（京極黄門）が筆写した一つの伝本があり、その奥書《おくがき》には「この物語の成立についてはさまざまな説があって同じではない。……」と記されている。今回はその本と天福年間（一二三三～三四）に定家が孫娘のために書き与えた別の伝本とを見合わせて新たな本文を作成した。けれどもやはり校訂の誤りがあるのではと恐れている。さらに物語の内容の様子を挿絵にして、上・下巻の二冊仕立てにした。挿絵は美人が人の心を動かすほどのすばらしさではないが、わずかにお子様の目を楽しませるためだけのものである。　慶長十三年五月上旬　也足叟）

右の跋文を書いた也足叟《やそくそう》は中院通勝《なかのいんみちかつ》（一五五六～一六一〇）のことで、後に言及する『伊勢物語闕《けつ》疑抄《ぎしょう》』を著した細川幽斎《ほそかわゆうさい》（一五三四～一六一〇）に歌学を学んだ公家であったが、通勝は初めて出版される『伊勢物語』のセールスポイントを二つ挙げている。一つは嵯峨本の本文について、それが藤《ふじ》原《わら》定家《のていか》の筆写した二本（今日では「此物語之根源」という奥書を有する伝本を「根源本《こんげんぼん》」、天福二年に筆写された伝本を「天福本《てんぷくぼん》」と称して区別する）の『伊勢物語』伝本を校合した権威ある本文であること、もう一つは挿絵を付したことである。お子様の目を楽しませる程度の拙い絵であると謙遜するが、日本の古典文学に本格的な挿絵が施されたのは嵯峨本『伊勢物語』が最初であり、これまでにない本書の特色としての自負が窺える。日本古典文学における挿絵は嵯峨本に始まると言ってよく、出版文化史上、画期的なことであった。

二 『伊勢物語』の「雅」

むかし、男、初冠《うひかうぶり》して、奈良の京春日《かすが》の里に、しるよしして、狩にいにけり。その里にいとなまめいたる女はらからすみけり。この男、かいまみてけり。思ほえず、ふる里にいとはしたなくてありければ、心地まどひにけり。

（昔、ある男が、元服をして、奈良の京の春日の里に所領があった縁で、狩りに出かけた。その里にとても美しい姉妹が住んでいた。この男は姉妹の姿を物陰からのぞき見てしまった。意外にも、美女たちがさびれた旧い都に不釣り合いな様子でいたので、男は心が動揺してしまった。）

右は物語の初段冒頭の箇所であるが、美しい姉妹に夢中になり、心が動揺してしまった男は、この後、着ていた狩衣《かりぎぬ》の裾を切り、歌を書いて女に贈る。そして初段は次の言葉で締め括られる。

昔人《むかしびと》は、かくいちはやきみやびをなむしける。

（昔の人は、こんなにも熱烈な風雅の行いをしたのである。）

「かいまみ（垣間見）」を契機とする男の一連の行動は「みやび（雅）」と称賛されるが、「みやび」は初段のみにとどまらず、『伊勢物語』全編を覆う主題でもあった。物語の冒頭を飾る男の「かいまみ」は「みやび」を象徴する行為として、以後の古典文学に大きな影響を与えることになるが、そうした『伊勢物語』の物語世界において、「食」はどのように描かれていたのであろうか。

「むかし、ゐなかわたらひしける人の子ども、井のもとにいでて遊びけるを（昔、田舎で渡世をしていた人の子供たちが、井戸の囲いの所に出て遊んでいたが）」と始まる『伊勢物語』二十三段は

「筒井筒《つついづつ》」の段として知られる。井戸のあたりで遊んでいた幼なじみの男女は成長して大人になり、親からの縁談も断わり、本意を遂げて夫婦となるまでがその章段の前半部となるが、後半部において、その夫婦に危機が訪れる。

さて年ごろふるほどに、女、親なく、頼りなくなるままに、もろともにいふかひなくてあらむやはとて、河内《かふち》の国、高安《たかやす》の郡《こほり》に、いき通ふ所いできにけり。さりけれど、このもとの女、あしと思へるけしきもなくて、いだしやりければ、男、こと心ありてかかるにやあらむと思ひうたがひて、前栽《せんざい》のなかにかくれゐて、河内へいぬるかほにて見れば、この女、いとよう化粧《けさう》じて、うちながめて、

風吹けば沖つしら浪たつた山夜半《よは》にや君がひとりこゆらむ

とよみけるを聞きて、かぎりなくかなしと思ひて、河内へもいかずなりにけり。

（そのようにして何年か過ごすうちに、女は親が亡くなって、生活が苦しくなるにつれ、男は二人一緒にみじめな暮らしをしておられようかと思い、河内の国、高安の郡に、新しい女ができて通うようになった。けれどもこの前からの妻は、不愉快だと思っている様子もなくて、男を送り出すので、男は、妻に浮気心があってこのような態度をとるのだろうと疑って、庭の植え込みの中に隠れて、河内へ出かけたふりをして妻の様子を窺っていると、この妻は、とても念入りに化粧をして、物思いに沈みながら、

風が吹くと沖の白波が立つという名の龍田山を、夜中にあの人はひとりで越えているのでしょうか

と詠んだのを聞いて、男は妻をこの上なくいとしいと思って、河内へも行かなくなってしまった。）

妻の浮気を疑い、前栽（庭の植え込み）の中に隠れてその様子を窺う男の行為は、その語こそ使用されてはいないものの、「かいまみ」そのものである。この男の行為を「みやび」とすることはできないであろうが、男がそこで見た妻の態度は「みやび」を体現するものであった。新しい女の許へ通う男の身を案じ、男の留守中にもかかわらず念入りに化粧をして身だしなみを忘れない妻の態度は、『伊勢物語』の理想であったとしてよい。

それに対し、この女と対照的な描かれ方をするのが高安の女である。先に引用した箇所に続いて物語は次のように語られる。

まれまれかの高安に来て見れば、はじめこそ心にくもつくりけれ、いまはうちとけて、手づから飯匙《いひがひ》とりて、笥子《けこ》のうつはものにもりけるを見て、心憂《こころう》がりて、いかずなりにけり。

（たまたま男が例の高安に来て見ると、通い始めた当初こそ女は奥ゆかしく見せていたが、今は気を許して、自分で杓子《しやくし》を手に取って、飯を盛る器に盛っていたのを見て、嫌気がさして行かなくなってしまった。）

『伊勢物語』が高安の女を否定的に捉えていることは明らかであろうが、ではいったい彼女のどこがいけなかったのか。そのヒントが嵯峨本『伊勢物語』の挿絵に見出せそうである。当該章段には男の妻（図1）と高安の女（図2）の様子がそれぞれ描かれるが、いずれも男が物陰から邸内を覗《のぞ》き見る「かいまみ」の姿で描かれていることに注目したい。特に高安の女の様子を窺う男は典型的な「か

図１

図２

いまみ」の姿である。

両図を見比べると、本文では「いとよう化粧じて」と記される幼なじみの妻ではあるが、その身なりは高安の女と大きくは違わない。しかし、その妻の挿絵には本文には言及されない小道具とも言うべき調度品が描き込まれていることに気付く。女の左、男から見て向かって右側に琴が据えられているのである。琴が描かれることについては、それを挿絵師の想像による所産と見なすことも可能であるが、嵯峨本『伊勢物語』の監修者であった也足叟が慶長二年十月に書写した『伊勢物語闕疑抄』には次のような記事が見られる。

古今此哥、詞書をながながと書たり。夜ふくるまで琴をかきならしつつ、うちなげきて、此哥をよみてねにけれればとかきのせたり。

（『古今集』にはこの歌について、長々と詞《ことば》書《がき》が書かれている。「夜更けまで琴を弾奏しては、嘆いて、この歌を詠んで寝てしまったので」と記載されている。）

『闕疑抄』は文禄五年（一五九六）に細川玄旨《げんし》（幽斎）が著した『伊勢物語』の注釈書であるが、それまでの『伊勢物語』注釈の集大成として広く流布した。『闕疑抄』では、妻が詠んだ「風吹けば」の歌が長文の詞書とともに『古今集』に収められ、そこには女が夜更けまで琴を弾いて嘆く様子が記されていることが指摘される。『闕疑抄』が言及する詞書は歌の左に記されていることから、今日では左注《さちゅう》と呼び、歌の右に書かれる詞書とは区別するが、当該歌は『古今集』では「題しらず」「よみ人しらず」として収載され、長文の左注が備わる。男が河内へ通うようになった以後の様子は次のように記される。

さりけれども、つらげなる気色《けしき》も見えで、河内へ行くごとに、男の心のごとくにしつつ、出しやりければ、怪《あや》しと思ひて、もしなき間《ま》に異心《こと》もやあると疑ひて、月の面白かりける夜、河内へ行く真似にて、前栽の中に隠れて見ければ、夜更《ふ》くるまで、琴を掻き鳴らしつつうち嘆きて、この歌をよみて寝にければ、これを聞きて、それより、又他《ほか》へもまからず成りにけりとなむ言い伝へたる。

（けれども、女は辛《つら》そうな様子もなく、男が河内へ行くたびに、男の望みに沿うようにしては、出して行かせたので、男は不審に思い、ひょとすると自分が留守の間に女に浮気心でもあるのではないかと疑い、月の美しい夜、河内へ行くふりをして、庭の植え込みの中に隠れて邸内の様子を窺っていたところ、女は夜更けまで琴を弾奏しては嘆き、この歌を詠んで寝てしまったので、男はこれを聞いて、それ以後、二度と別の女の所へは通わなくなったと言い伝えている。）

ストーリー展開は『伊勢物語』とほぼ同じと言えようが、「いとよう化粧じて」とする妻の行動が『古今集』には見られない代わりに、『伊勢物語』には記されない琴を弾く妻の様子が描かれる。当該章段と『古今集』左注との成立論的影響関係については判然としないが、『闕疑抄』に見られるように、近世初頭には両者が合わせて享受されていたことが窺え、嵯峨本の挿絵は左注の影響を受けたものであることが予想される。『古今集』の左注は典型的な歌徳説話であり、離れてしまった相手の心を取り戻す歌の力が強調されるため、「いとよう化粧じて」といった妻の身だしなみには関心が示されない。琴を奏でることにその素養、「みやび」が含意されていると言えようが、換言すれば、琴の登場しない『伊勢物語』においては、「いとよう化粧じて」という行為に「みやび」が具現化されているとも言える。その意味では、嵯峨本『伊勢物語』の当該章段は、本文と挿絵が相俟《あいま》って妻の「みやび」が強化される結果となっているが、そのことは同時に、その対照として描かれる高安の女の様子に非「みやび」が具象化されていることを示唆する。

高安の女の挿絵は、前掲の本文で示せば、「いまはうちとけて、手づから飯匙とりて、笥子のうつはものにもりけるを見て」に相当する場面であることは明らかであろう。男はこの女の様子を見て「心憂がりて」二度とは通わなくなるわけだが、女の何がいけなかったのか。

『大和物語』一四九段には当該章段と同様の説話が収載されるが、男が高安の女に相当する女性の許を訪れた時の様子が次のように記される。

久しくいかざりければ、つつましく立てりける。さてかいまめば、われにはよくて見えしかど、いとあやしきさまなる衣《きぬ》を着て、大櫛《おほぐし》を面櫛《つらぐし》にさしかけてをり、手づから飯《いひ》もりをりける。いといみじと思ひて、来にけるままに、いかずなりにけり。

(長い間訪れなかったので、男は遠慮がちに外で立っていた。そして邸内の様子を窺うと、自分にはかつてすばらしく見えたが、今となっては女はとてもみすぼらしい着物を着て、大櫛を額髪に挿し、自分で飯を盛っていた。男はとてもひどいと思って、帰って来たまま、女の許へは通わなくなってしまった。)

『大和物語』では、『伊勢物語』と同様に女自らが飯を盛る行為が描かれるが、それのみならず、着物や髪の様子などが描写され、それら一連の行為が忌避の要因となっていることが窺える。それに対し、『伊勢物語』では、女が飯を盛る行為しか描かれない。換言すれば、忌避の対象が分散・総合化する『大和物語』に対し、『伊勢物語』では飯を盛る行為それ自体が焦点化されていると言うことができよう。

ところで、高安の女が自ら飯を盛る行為は、いわゆる一人飯《ひとりめし》だったのであろうか。人目がないことに油断した不作法だったのであろうか。再び嵯峨本の挿絵に戻って見てみると、そこには本文では言及されない人物が登場していることに気付かされる。女は決して一人ではなく、そこには侍女らしき女も描かれ、高安の女はその侍女のために給仕しているようにも見える。先述した琴と同様、ここでも本文には出てこない人物が描かれているのである。

本稿での『伊勢物語』は便宜上『新編日本古典文学全集』所収の本文を引用してきたが、それは当該書の校注者が現代の読者の読解の便を考慮して底本に改訂を施した、言わば加工された本文であることに注意しなければならない。嵯峨本の当該箇所は次のようにほぼ仮名書きで記され、句読点もなく、清濁の区別も十分ではない。

まれ〳〵《まれ》かのたかやすにきてみれははしめこそこゝ《こ》ろにくもつくりけれいまはうちとけてゝ《て》づからいゐかひとりてけこのうつは物にもりけるを見て心うかりていかすなりにけり

（変体仮名は通行の仮名に改めた）

現代では「いまはうちとけて、手づから飯匙とりて、笥子のうつはものにもりけるを見て」とされる本文が、嵯峨本では「いまはうちとけてゝづからいゐかひとりてけこのうつは物にもりけるを見て」となっており、「笥子」と漢字表記される箇所が嵯峨本では「けこ」と仮名表記であったことに注目したい。『新編日本古典文学全集』も含め、現在一般に広く行われている『新潮日本古典集成』『新日本古典文学大系』などはいずれも「笥子」と表記されるが、例えば『新編日本古典文学全集』では「「笥子」は飯を盛る器。」と注が施され、その他の注釈書もほぼそれに従う。それらの注釈書はいずれも学習院大学所蔵の伝定家筆『伊勢物語』を底本として使用するが、底本の本来の表記は嵯峨本と同じく「けこ」であり、「笥子」の漢字表記は現代の校注者が当てたものであった。

では、嵯峨本当時において「けこ」はどのように解釈されていたのだろうか。『闕疑抄』を確認すると、「けごのうつは物、家子と書たり。」との注がなされている。「けこ」（「けご」とも）は「笥子」ではなく「家子」（家族や家来・召し使い）と表記するのが『闕疑抄』の理解であるが、それは当時の伝統的な解釈でもあった。『伊勢物語』の注釈史上、『闕疑抄』は旧注の集大成と位置付けられるが、その旧注の嚆矢とされる一条兼良《いちじょうかねら》『伊勢物語愚見抄《ぐけんしょう》』（文明六年〈一四七四〉再稿本）には次のように記されていた。

けこは家子也。家の中にめしつかふ物のうつは物に、てづからもりける也。さまでの事はあるまじけれど、ただ賤《いやし》きわざをするといへるにや。但、昔は事をかざらずすなをなる道をさきとすれば、さる事もやしたりけむ。

（「けこ」は「家子」である。家の中で召し使う者の器物に、女が自分で盛ったのである。実際はそのようなことまではしないだろうが、ただ下品なことをすると言っているのであろうか。ただし、昔は行動を取り繕わず、素直であることを第一とするので、そのようなことも実際にしたのであろうか。）

嵯峨本当時において「けこ」は「家子」として解釈されていたとしてよかろう。嵯峨本の挿絵は高安の女が召し使いたちの飯を給仕している場面を表していたのであり、当時の理解では、女は手盛りの一人飯をこっそりと食べていたわけではなかったのである。しかし、一人飯ではなかったにせよ、嵯峨本の挿絵は男の妻と対照的な、換言すれば批判すべき対象として高安の女を具象化していることは明らかである。我々は非難されるべき女の行為をさらに究明しなければならないのだが、そのヒントは先に引用した『愚見抄』の記述に見出せそうである。女が実際に行うようなことはなかったとしても、給仕という行為は伝統的に「賤きわざ」として認識されていたことが窺える。物語世界において、高安の女は男の妻と対比すべき非「みやび」として強調されていたのであり、「食」に関わることがその契機となっていたことは記憶されてよかろう。

三　『料理物語』の登場

寛永期（一六二四〜四四）になり、それまで行われていた嵯峨本のような木活字を使用した活字印刷から、大量印刷が可能な板木を使用する整版印刷へと印刷法が変化し、本格的な商業出版が確立する。そうした中で、寛永二十年十二月に『料理物語』が整版印刷で出版される（慶長版が存在した可能性も指摘されるが、未詳）。『料理物語』の作者は不明ながら、刊行された最初の料理書であり、近世における料理文化の幕開けを飾る出版であったが、それは同時に「食」の実用化が商品性を獲得した瞬間でもあった。

中世の料理書は四条流を始めとする特定の庖丁流派の故実・式法が記され、日常の料理法や知識を伝えるものではなかったが、『料理物語』は流派にとらわれない立場から、日常の実用的な料理知識を提供しており、それまでの料理書と一線を画す。その跋文の冒頭部には次のように記される。

右料理之一巻は包丁きりかたの式法によらず、唯人之作次第の物なれば、さしてさだまりたる事はなく候へども、先いにしへより聞つたへし事、けふまで人の物かたりをとむるにより、料理物語と名付け侍る歟。

（この料理書一巻は庖丁流派の切り方の式法によらず、ただ普通の人が作るにまかせて記した物なので、これといった決まり事はありませんが、昔より聞き伝えられた事や今日まで人が物語っている事を書き留めたので、ともかくも『料理物語』と名付けましょうか。）

『料理物語』は特定の庖丁流派からは自由な立場で著されていたが、料理の調理法（レシピ）が詳細に記されているわけではない。本書は「第一　海の魚《うを》之部」から「第二十　万聞書之部《よろづききがき》」までの二十部門が設けられているが、「第七　青物之部《あをもの》」までは調理法の名称が列挙されるに過ぎず、「第八なまだれ　だし　いりざけの部」以下に記される後半部の調理法の記述も簡略の観は否めない。次にその一部を挙げておく。

鯛は　はまやき　杉やき　かまぼこ　なます　しもふり　くずだい　汁　でんがく　さかびてすし　ほしてふくめ　其外いろいろつかふ　……（「第一　海の魚之部」）
（鯛は　浜焼き、杉焼き、蒲鉾、膾、霜ふり、葛鯛、汁、田楽、酒浸、鮨、干して福目、その他色々に使う。）

はまやき　大鯛のうろこばかりふき、竹にてはさみ、かたなめを入、塩をふりやき候て、さか塩にかけをおとしかけ候て出し候。（「第十三　焼物之部」）
（浜焼き　大鯛の鱗を取り去り、竹ではさみ、包丁の切り目を入れ、塩をふって焼きまして、酒塩にたまりを落としたかけ汁をかけまして出します。）

右に見たように、『料理物語』は日常的な料理知識を提供するものではあったが、素人を対象としたものではなく、ある程度の料理経験と知識を持った専門の料理人が読者として想定されていたことが窺えるのである。

四　『仁勢物語』の「俗」

『料理物語』が世に出た寛永末年頃、『伊勢物語』のパロディー本『仁勢《にせ》物語』が整版印刷で出版される。作者は未詳だが、書名の「仁勢」には、『伊勢物語』にそっくりという意味の「似《に》せ」と、ペテンとしての「偽《にせ》」の両義が込められていよう。それは次のように始まる。

をかし、男、頬被《ほうかぶ》りして、奈良の京春日の里へ、酒飲みに行きけり。その里にいと生臭《なまぐさ》き魚、腹赤《はらか》といふ有けり。此男、買ふて見にけり。おもほえず、古巾着《ふるきんちやく》にいとはした銭《ぜに》もあらざりければ、心地まどひにけり。

(滑稽なことに、ある男が頬被りして、奈良の京の春日の里へ酒を飲みに行った。その里にとても生臭い魚で腹赤（鱒）というものがあった。この男は買ってみた。意外にも古い巾着袋（小銭入れ）にはたいした銭もなかったので、男は動揺してしまった。)

右は先に挙げた『伊勢物語』の初段冒頭部のパロディーであることは明らかだが、この後、銭がないことに困惑した男は着ていた借り着物を代金として与えて狂歌を詠み、さらに酒を飲み続けてしどろもどろとなる。そして初段は次の言葉で締め括られる。

昔人は、かくいらちたる飲みやうをなんしける。

(昔の人は、こんなにもせっかちな飲み方をしたものである。)

『伊勢物語』の「みやび」がここでは「いらち」に変容していることが見て取れるが、そうした「雅」から「俗」への転化の契機として「食」が大きく関与していることに留意したい。さらに『仁

図3

図4

勢物語』の挿絵（図3）に注目すると、一見それが嵯峨本『伊勢物語』の挿絵（図4）のパロディーであることには気付かれないかもしれない。しかし、当該図には二匹の鹿が共通して描かれていることや、その他の章段の挿絵の共通点から見て、『仁勢物語』の挿絵は嵯峨本系『伊勢物語』（『仁勢物語』の挿絵師が参照したのは寛永六年整版本であったと推測される）を踏まえたものであった。秘かに邸内を窺う優雅な「かいまみ」は、頬被りとあからさまな女とのやりとりに代えられる。軒下に描かれる酒林《さかばやし》からは、それが酒屋の女であることが示され、酒樽や燗鍋《かんなべ》・柄杓《ひしゃく》といった酒道具の他、腹赤も描き込まれている。

『伊勢物語』の男は所領の縁があって春日の里へ狩りに出向き、偶然姉妹（「はらから」）を見初めることになるが、『仁勢物語』の男は春日の里に特別な縁があったわけではなく、酒を飲みに出かけ、たまたま腹赤（「はらか」）を買い求める。

『伊勢物語』の本文をもじる手際・言葉遊びの鮮やかさもさることながら、「食」の嗅覚（「いと生臭き」）をも利用した俗化は読者をたちまち日常の生活に引き戻す。しかし、そこで一つの疑問が生じる。『仁勢物語』の作者はなぜ男を縁もゆかりもない春日の里へ出向かせたのか。もちろん『伊勢物語』の本文に乗じてのことではあろうが、酒を飲みに行かせる理由は『伊勢物語』はもとより、『仁勢物語』の本文からも見出せない。

では改めて、なぜ「奈良の京春日の里へ、酒飲みに行きけり」であったのか。先には引用を省略したが、酔った男は「春日野の魚《さかな》に脱ぎし借り着物酒飲みたれば寒さ知られず（春日野で買い求めた魚の代金のために借り着物を脱ぎ与えたが、酒を飲んで身体が温かいので寒さは感じないのだ）」との狂歌を詠む。そしてそれは、「道すがらしどろもぢずり足元は乱れそめにし我《われ》奈《な》良《ら》酒《ざけ》に（道中のよろよろとした歩き方は、奈良酒のせいで乱れるようになったのだ）」という「歌の心ばへ（歌の気持ち）」であると作者は語る。酒を飲めば酔うのは当然であるが、このように泥酔したのは「奈良酒」のせいだと強調される。どうやら「奈良酒」には何か特別な意味がありそうである。

十六世紀の中頃、蒸米と麹《こうじ》米の双方に精白した米を使用する「諸白《もろはく》」と呼ばれる高級酒が奈良で誕生し、「南都《なんと》諸白」として珍重されるようになる。奈良はそれまでも寺院が醸造する僧房酒《そうぼうしゅ》の中心的産地であったが、近世において「南都諸白」は僧房酒の代名詞ともなる。寛永十五年（一六三八）の序を有し、正保二年（一六四五）に刊行された俳書『毛《け》吹草《ふきぐさ》』には『仁勢物語』当時の各地の名産品一覧が掲載されているが、奈良の名産として「僧房酒《ソウバウザケ》」が記される。男が飲んだ酒が「諸白」であったかは不明ながら、「奈良酒」には奈良の名酒「僧房酒」が含意されていたことは明らかであろう。当時の読者と作者には、日常生活上のトピックとしての「食」が共有されていたことが窺えるのである。

おわりに

『伊勢物語』は近世初頭の嵯峨本の刊行・挿絵化を経て、『仁勢物語』へと大きく変容する。王朝的物語世界においては非「雅」として否定的な契機であった「食」は、「俗」を示す指標として、換言すれば日常生活のリアリティーを示すものとして文学に積極的に取り入れられるようになる。それは『仁勢物語』と同時期に『料理物語』が刊行されることとも無縁ではない。それは商業出版が確立する寛永期の末頃において、「食」が実用・娯楽の両面にわたり、人々の関心事としてクローズアップされ、言わば商品化されたことを意味する。「食」は「俗」と「商品化」の衣装を身にまとい、ようやく文芸の表舞台に立ったのである。

【引用文献】（※は挿絵も含む）引用に際しては、表記を適宜改めたところがある。
『伊勢物語　慶長十三年刊嵯峨本第一種』（和泉書院、昭56）※
『伊勢物語』『大和物語』（『新編日本古典文学全集』12、小学館、平6）
『伊勢物語』（『影印校注古典叢書』6、新典社、昭50）
『伊勢物語闕疑抄』『愚見抄』（片桐洋一『伊勢物語の研究〔資料篇〕』、明治書院、昭44）
『古今集』（『新日本古典文学大系』5、岩波書店、昭60）
『料理物語』（『翻刻江戸時代料理本集成』1、臨川書店、昭53）

『仁勢物語』（『日本古典文学大系』90、岩波書店、昭40）※
『毛吹草』（岩波文庫、昭18）

【参考文献】

吉井始子編『翻刻江戸時代料理本集成』別巻（臨川書店、昭56）
平野雅章編『日本料理秘伝集成』1（同朋舎、昭60）
原田信男『江戸の料理史』（中公新書、平1）
吉田元『江戸の酒』（岩波現代文庫、平28）
片桐洋一「仁勢物語の形態と成立―「近世伊勢物語版本考」の一章として―」（『国語国文』42-6、昭48・6）

東寺九条の水入菜は
―『類船集』の「蕪」をめぐって―

母利　司朗

はじめに

『俳諧類船集《るいせん》』（延宝四年〈一六七六〉刊）という江戸時代に出版された本があります。もともとは、江戸時代に大流行した俳諧という文芸の中の連句という形式を上手に詠んでいくための参考書として作られたものでした。しかし、江戸時代からはるか後の現代にあっては、室町時代から江戸時代にかけての日本人の物の考え方や知識を知るための本として、中世文学や近世文学の研究者に広く利用されています。

ここでは、『類船集』の中の「蕪」という見出しのもとに記されている、短い、しかしとても興味深い文章について、解釈と鑑賞をしていきます。話は「蕪」にはじまりますが、途中で「水菜」の話へと移ります。蕪や水菜という身近な野菜について、現代人の忘れてしまったこと、気付かないことが書かれているかもしれません。さっそく読んでいくこととしましょう。

一　精進の蕪

蕪

矢　ひがし山　花瓶　銭　地黄　天王寺　近江　鯢のほね

（1）大根はすぐれたる野菜なれども、名物のほしかぶら、精進の調菜の下にをきがたし。

（2）七草の時も、根ながら引てはやすこそめでたけれ。

（3）東寺・九条の水入菜は、蕪を切てくたちを用るなればなり。

説明をしやすいように、（1）から（3）の短いセンテンスに分けて引用しました。まず（1）を見てみます。

（1）大根はすぐれたる野菜なれども、名物のほしかぶら、精進の調菜の下にをきがたし。

【解釈】大根は、干し大根として精進の食材にとても重宝する野菜であるが、蕪もまた、干し蕪として重宝する食材であり、両者優劣はつけがたい。

蕪は蕪でも、ここには「ほしかぶら（干し蕪）」というものが出てきます。「陰干しにした蕪。冬至以前に掘りとったものを軒下にさげておき、立春以前に取り入れ、春に煮て食べる。」（『日本国語大辞典（第二版）』）と説明される食べ物です。この干し蕪を、大根と比べているのですが、大根もまた干した「干し大根」を頭に思い浮かべるとよいでしょう。

江戸時代の料理の本には、

乾蕪《ほしかぶら》　気味かぶらにおなじ。煮染《にしめ》の具《ぐ》。こくせうの具。木のめみそ和《あ》へ。汁。
乾萊菔《ほしだいこん》　一名仙人骨　気味だいこんにおなじ。もろみ漬《づけ》。したし物具。汁。にしめ。
乾菘《ほしな》　菁蕪《かぶら》・萊菔《だいこん》　ともに其品により気味をなずらへしるべし。汁。あぶら焦《いり》。ほしな飯。
（『新撰包丁梯』享和三年〈一八〇三〉刊）

と、蕪と大根を干したものが並べられています。三つ目の「乾菘《ほしな》（干し菜）」は、蕪や大根の葉や茎を干したものですが、

蛤一種の振廻ぞかし　一酔
精進のほし菜汁かとみてあれば　梅友
（宗因一座延宝四年俳諧・「御馳走を」百韻、『国語』復刊第三巻第一号　小西甚一紹介）

という俳諧から見ると、精進料理と結びつけられるものであったことがわかります。干し蕪や干し大根も精進の食材です。

「調菜」という言葉についても、それを理解するのにぴったりの文章があります。

精進物の調菜《てうさい》を誉侍る挨拶に、料理《れうり》が出来て侍るぞなどゝはいふまじき事とぞ。調菜の出来て侍るとはいふべしと云り。料理とは、魚鳥の上にてのみ云言葉なり。
（安原正章『かたこと』慶安三年〈一六五〇〉刊）

精進料理のさいには、「調菜」という言葉を使うのであって、「料理」とは言わない、と書かれていました。

つまりは、同じ精進料理の食材である大根と蕪を並べ、その優劣を論じた文ということになります

が、同じ『俳諧類船集』の中の「大根」には、

野菜の品々はそこはかなれども、大根はすぐれたり。蕎麦切の調菜にはなくてはならず。

という褒め言葉が見えます。両者引き分けというところでしょうか。

同じように、精進料理の豆腐と蕎麦《そば》の優劣を説く室町時代の御伽草子『六条葵上物語《あおいのうえ》』の中には、

惜しむ甲斐なき月も日も、今日よ明日よと暮れ行くまゝに、七日〳〵の御仕業営み給ひけるに、色々の汁・菜を盛りたる中に、蕎麦を和えたると六条を削りたるとあり。調菜の人寄り合ひて、「これをばいづれを上に置き、いづれを下に置くべきぞ」とて、とかく問答におよべり。

という文章があります。食材の優劣を競うという趣向が流行っていたのでしょう。

二　七草の「すずな（蕪）」

ついで（2）に移ります。

（2）七草の時も、根ながら引てはやすこそめでたけれ。

【解釈】春の七草の折、根ごと引き抜いては、「唐土の鳥と…」とはやしながらまな板の上でたたくのも風情がある。

「七草」とは、ここでは春の七草のことです。貝原益軒《えきけん》の『日本歳時記』（貞享五年〈一六八八〉刊）に、

七種菜といふは、歌に、せりなづな五形はこべら仏乃座すずなすずしろこれぞ七くさ（巻一）

とあげられる七種をいいますが、この歌の中の「すずな」が蕪と考えられています。もっとも、蕪は根菜という言葉に示されるように、根を食べるイメージがありますが、

引音もことにうき馬の道
かぶら菜をはたよりはこぶ折にふれ
けふは天気もよひひがしやま
（「毎延誹諧集」『熱田古誹諧集』下）

という付合に見える「かぶら菜」という言い方があるように、ここでは葉や茎を食べる菜（葉茎菜《ようけいさい》）としてのイメージが強く思い浮かびます。

季吟の『山の井』（慶安元年〈一六四八〉刊）の「若菜」には、「なづな　仏の座　すゞな　すゞしろ　ゑぐ　うぐひすな　くゝたち　水入な　七くさ　こながき　たゝく　はやす」という縁語、類語とともに、

昔は、手づからふくしもち、みや人も袋をさげて、からなづなつみしとなん。いま此京の町には、ひさめ、かなぐりもてきたるを買て、唐土の鳥と日本の鳥とわたらぬさきにとかや、是をうちはやす。

という興味深い文章が書かれていて、大原あたりからやってきた振り売りの売り歩く七草を、京の町の人が買い求めるさまが、当時の俳諧によく詠まれています。

和歌の世界の「若菜」は摘むものでした。俳諧でも、「摘む」という言葉とよくセットになって詠まれてはいますが、

しもおとこの、すり木もてわかなはやしければ
うはなりかわかなもたたくてすりこ木　政信
（『山の井』）
という俳諧に見える、「たたく」「はやす」という言葉の方が、より目立ちます。
ただ、ここで不審に思うのは、正月七日の芹やなづなは、『山の井』のいう「かなぐり」や「根ながら引く」にふさわしい若菜でしょうが、七草の中の「すずな」と「すずしろ」、つまり蕪と大根はどうなのだろう、ということです。
『類船集』の「巣」の付合に「大根」があります。この「巣」はいうまでもなく、すかすかという意味の「鬆《す》」のことで、取りなし付の材料なのですが、
蕪にや是もすのある鶯菜　倫員
（『細少石』寛文八年〈一六六八〉刊）
大根も巣はたちにけり鶯菜　中山氏鈍候　大坂住
（『大海集』寛文十二年〈一六七二〉刊）
という句にあるように、春先の大根や蕪には鬆がはいりがちでした。当然葉の方も、「若菜」というにはふさわしくない茂り方となっています。
この不審を解決してくれるように見えるものに、右の句で詠まれた「鶯菜」についての、
蕪菜・小松菜・水菜などの菜のたぐいを春の初めに種蒔きし、六～一〇センチほどに伸びたときに摘んで食用とするものを鶯菜といい、間引き菜の一つである。（以下略）
（「鶯菜」（仲春）〔越智美登子〕集英社『大歳時記』）
という説明があります。ちょっと時期がずれてはいますが、このような菜であれば、蕪であれ大根であれ、たしかに「若菜」という言葉にふさわしいものであったかもしれません。

しかし、このような考え方がある一方で、私には、もう一つの考え方があるように思えます。それは、「若菜」「鶯菜」としての「すずな（蕪）」や「すずしろ（大根）」を、菜の花、菜花とする考え方です。それが、次の（3）の文に関わっているように思うのですが、そのことは次の（3）で触れるとしましょう。

三　東寺九条の水入菜が京菜となる

では最後の（3）を見てみます。

（3）東寺・九条の水入菜は、蕪を切てくくたちを用るなればなり。

【解釈】東寺・九条あたりの名物である水菜の茎立（菜花）を賞翫するのは、蕪の茎立を賞翫するのと同じである。

省略されている言葉があるようで、かなり苦し紛れの解釈です。

書き出しの「東寺・九条の水入菜」というのは、

東寺に行けるに、所の物とて水入菜の出侍れば

水いりな摘とる後や酒煎菜　作者不知

（『毛吹草《けふきくさ》』寛永十九年〈一六四二〉刊）

という俳諧に詠まれているのが、今のところ最も早い例として知られています。次に引用する『東海道中膝栗毛』七編（文化五年〈一八〇八〉刊）の中で、「東寺菜」言われている「水菜」のことをさし

ます。

（男）イヤ、私方では、何じやろとおさかなは、大坂から歩行荷でとりよせますさかい、駄賃がゑらうかゝりますわいな。（弥次）さかなはそれにもしてやろうが、青物はたかゞしれてある。アノはじめにだした菜のしたしものはいくらにつく。（男）ハイ、あれはな、七匁五分。（弥次）ヤア、あれが七匁五分たあ、あんまり人をうつむけにしやアがる。三文が四文がものだ。（男）そないにおつしやりますな。ありや京の名物で、東寺菜と申しますわいな。わたくし方では別につくらせまして、虫の食た菜はのけますわいな。そして茎も太い細いのないやうに、撰りだしてあげるわいな。むさいおはなしじやが、糞も絹ごしにしてかけますはいな。（弥次）とんだことをいふ。そんなことがあるものか。……

（『東海道中膝栗毛』七編上）

弥次郎兵衛と喜多八の一人が、京都の祇園の社の前の茶屋で、ふっかけられてなるものか、と一つ一つ食べ物の値段を店の者にたずねるおもしろい掛け合いの場面に出てきます。

男が、弥次郎兵衛のたずねた「菜のしたしもの（お浸し）」を、「ありや京の名物で」と言っているところがありますので、横道にそれますが、ここで少しだけ、水菜が「京の名物」となった道筋をたどっておきましょう。

水菜（ミズナ）という言葉が文献の上で現れるのは、今のところ、『日本国語大辞典（第二版）』が用例としてあげている『毛吹草《けふきくさ》』の中の、

長菜つみ春うりうるは水菜哉　　同（京）貞義

が一番早いもののようです。

もっとも、「水菜」という表記自体は、

巻十七　菜蔬部第二十七　水菜類第二百廿七　（二十巻本『和名抄《わみょうしょう》』元和古活字本）

として見えるのが最も早いのですが、この「水菜」は、「菜蔬部」の中の、「海菜類」「園菜類」「野菜類」などと並ぶ類名で、淡水で育つ菜、水草のような物をいう言葉にすぎません。現代私たちがミズナと呼んでいる野菜とおなじものを「水菜」と表記するのは、やはり、十七世紀のはじめを待たなければなりません。

また、同じ『毛吹草』の中には、巻四に「諸国より出る古今の名物」というまとまりがあり、そこに、

八条　淺瓜。九条　真桑、青瓜、芋、扣蔽、水菜、藍……

と「九条」の特産、名物として載せられています。さきほどの『毛吹草』の句の詞書きや、

都出て東寺も跡の春の空

水菜の水の末はよど河

雪汁も流れに鯉やおどるらん　（『誹諧独吟集』如貞独吟　寛文年間頃刊）

という句とあわせ、十七世紀のはじめには、水菜が東寺・九条の名物となっていたことがわかります。

ところで、『日本国語大辞典』の「水菜」には、

（1）植物「きょうな（京菜）」の異名。《季・春》

と、水菜を京菜の異名とする説明がのっています。「京菜」という言葉は、『日本国語大辞典』によれば、貝原益軒の著した『大和本草《やまとほんぞう》』（宝永七年〈一七〇九〉刊）の、

菘《ナ》　京都ノ水菜、ハタケ菜、天王寺菜、近江菜、イナカノ京菜、白菜ナド云物ハ皆菘ナリ。

が初例として引用されています。したがって、水菜が、京菜、京の菜、と言われるほどに、京を代表する菜の中の菜として全国的に認知されるようになったのは、遅くとも十八世紀の前後ころかと思われます。ただ、それよりもいくぶん早い、

京菜

田舎にもそだつは花車な京菜哉　　長屋氏重次　　淡州福良住

（『大海集』寛文十二年〈一六七二〉刊）

という句もありますので、実際には、すでに十七世紀のなかばころには、すでにその名声を得ていたのではないでしょうか。

四　水菜・蕪・くくたち

ちょっと横道にそれましたが、あらためて（3）全体を見てみます。

東寺・九条の水入菜は、蕪を切てくくたちを用るなればなり。

さきほど見てきた「東寺・九条の水入菜」という部分が、どこに、どのようにかかっているのかが読み取れません。それが解釈をわかりにくくしている原因となっています。また、「蕪を切てくくたちを用る」というのもどういうことなのかわかりにくいですね。

解釈はひとまず後回しにして、ここでは、この文を理解するために、文中にある三つの言葉に注目

してみましょう。「水入菜（水菜）」「蕪」「くゝたち」の三つです。

この中では、「くくたち（茎立）」という言葉が聞きなれない言葉かもしれません。古くは、『万葉集』に、

上野佐野の茎立折り生やし我は待たむゑ今年来ずとも　（巻十四　三四〇六番）

と詠まれた言葉ですが、それ以降、和歌の世界ではめったに詠まれることがありません。アブラナの仲間、大根、蕪、白菜、水菜などは、春になると、真ん中からにょきにょきと茎のようなものが立ってきます。蕗の薹《とう》などという薹のことですが、あれが「くくたち」です。当然そこにはみずみずしい葉と花芽がわき出てきます。

元禄十年（一六九七）に出版された『本朝食鑑』巻三には、「蕪菁（蕪）」について、次のような記述があります。「蕪菁（蕪）」の「釈名」として、「蔓菁」がまず置かれ、その次に「茎立」という言葉が並べられます。また「集解」の中には、

八九月種ヲ下ス者ハ、冬苗稍長シテ、茎葉ヲ采ル。此ヲ冬菜ト号ス。春ニ至テ、茎高起キテ、肥大、小薹ヲ作ス。即チ是茎立ナリ。

と「茎立」が説明されます。さらにその後に、

洛ノ近郊、畦間ニ水ヲ貯ヘテ、以テ滋養スル者ヲ、水入菜ト号ス。茎葉甚ダ柔脆、味ヒ美ナリ。洛ノ野珍ト為ス。


と、水菜（水入菜）についての説明も見られます。

どれも、蕪や水菜について語る時によく引用される有名な文ですが、右の三つの言葉が、蕪という

項目の中で顔を揃えていることに注目してください。『本朝食鑑』では、蕪と水菜はほぼ同じものとさえ考えられています。

春の七草の「すずな」は、一般には蕪のことと考えられていますが、中には、「水菜」のことだと思っている人もいたようです。

三番叟

青陽あらたまる年とるはじめのあしたにはと、万歳が日も永々とうたふにつれ、人のこゝろもゆつたりと、古年よりすこし寝がちな人も、御慶申入ますの礼者のこゐに起上り、うがひ手水などつかふてゐる表へ、あきんどのこゑ。

△あきんど　すゞなすゞしろ、すゞなすゞしろ。

○亭主　これこれ、あきんど。水菜大根といわずして、すゞなすゞしろとは高慢なよびやうじや。其すゞなはなんぼじや

△あきんど　ハイ。壱把三文でござりますが、三把ならば八文にしてあげませう。

（噺本《はなしぼん》『ますおとし』文政九年〈一八二六〉刊）

この話の中では、七草売りの、「すゞなすゞしろ、すゞなすゞしろ」という売り口上を聞いた人が、「これこれ、あきんど。水菜大根といわずして、すゞなすゞしろとは高慢なよびやうじや。」と、ひやかしています。

一方、俳諧の季語を並べたものを見てみますと、春の季語が並ぶところに、

福寿草元日草共　根白草　水菜茎立　鶯菜

（『毛吹草』巻二「俳諧四季之詞」）

若菜　なづな　仏の座　すゞな　すゞしろ　ゑぐ　うぐひすな　くゝたち　水入な

（『山の井』慶安元年〈一六四八〉刊）

鶯菜　付　水菜　茎立　（『続山の井』寛文七年〈一六六七〉刊）

と、「水菜」「鶯菜」「くくたち」という三つの言葉が、さきほどの三つの言葉と同じように、寄り添って並べられています。

（2）のところでは、春先の蕪や大根を、「根ながら引」く「七草」の「若菜」にふさわしいものとイメージするために、間引き菜のようなもの（「鶯菜」）を思い浮かべましたが、ここに出てくる「鶯菜」は、どうなのでしょうか。あるいは「水菜」はどうでしょうか。

さきほど第二章で引用した「鶯菜」の句をもう一度とりあげてみましょう。

蕪にや是もすのある鶯菜　倫員　（『細少石』寛文八年〈一六六八〉刊）

大根も巣はたちにけり鶯菜　中山氏鈍候　大坂住　（『大海集』寛文十二年〈一六七二〉刊）

春先の鬆のはいった大根や蕪には、さきほど触れた茎立がはえます。よって、

くくたちにかぶらやそふる祝義哉　（『塵塚誹諧集』）

くゝたちの鍔といふべきかぶら哉　重治　京　森下氏

（『芦花集』寛文五年〈一六六五〉刊　『詞林金玉集』より）

鶉にはならぬかぶらや鶯菜　夕翁　（『難波草』寛文十一年〈一六七一〉刊）

東寺にて

なの名たるや常のなにあらぬ鶯菜　あは安崎　未了　（『到来集』延宝四年〈一六七六〉刊）

図　水菜の茎立（京都府農林水産技術センター農林センター提供）

という句とあわせますと、「鶯菜」というのは、間引き菜としての解釈もあるのでしょうが、どうも、蕪、水菜、大根などの春先の茎立をいう言葉であった可能性の方が高いと思われるのです。みずみずしい茎立であればこそ、「若菜」という言葉に、ふさわしいのではないでしょうか。

とくに、水菜の茎立（図）は好まれたようです。貝原益軒の書いた『大和本草』には、次のような文章が見えます。

菘ハ、葉茎根皆食スベシ。菜ノ上品ナリ。蔓菁《カブラ》ニマサレリ。正二月ニ薹《タウ》生ズ。味最ヨシ。九十月ニ根大ナルヲ病人食スレバ……晩菜アリ。其葉ノ色深青ニシテ、□アリ。三月ニ薹《タウ》イヅ。他菘ヨリヲソク終ル。味スグレザレドモ、久シク有テヨシ。

菘とは水菜のことをいう言葉ですが、それ

は蕪よりも美味で、かつ、春先の薹すなわち茎立は最上級のものである、とも述べています。現代の私たちは、農家の方や、家庭菜園をしている人でないかぎり、野菜の中で薹、茎立を食べるといえば、スーパーで買う菜花しか食べる機会がありません。しかし、昔の人は、春先の味覚として、これらのいろいろな菜の薹、茎立を好んで食べていたようなのです。その中でも、水菜は最も美味であったのでしょう。

右のようにいろいろと考えてはきましたが、（3）の解釈となると、やはりすっきりとはしません。無理矢理ですが、次のように解釈し直してみました。

【解釈】ちかごろ、東寺・九条で栽培される水菜の茎立が喜ばれるのは、以前から食べられていた蕪の茎立よりいっそう美味だからである。

おわりに

以上のように、春の茎立を食べるものとして俳諧に詠まれていた水菜は、一方では、現代と同じような冬野菜でもありました。江戸時代はじめの相国寺や金閣寺の僧であった鳳林承章の日記『隔蓂《かくめい》記』に、

北野より目代友世、歳暮として、牛房〔見事のなり〕一把、水菜一把、煮金柑一包、恵なり。友世より、歳暮の賀として、水菜二束、大牛房一把、これを恵まるなり。

（寛文元年〈一六六一〉十二月廿五日）

（同三年〈一六六三〉十二月廿五日）

とあるのはそれを示しています。文芸の上で、冬の景物として認められるのが遅かった、ということでしょう。

俳諧の中で水菜が冬のイメージでとらえられるようになるのは、江戸時代の後半あたりからでしょうか。この時代の歳時記ともなると、

▲菜

季をかへ二。菜種、一。折。なの花・若菜・つみ菜、春也。菜を蒔・間引菜・つまみ菜・小な等秋也。くき菜・かけ菜・水菜、冬也。菜と斗・青菜・菜畑・菜飯・菜汁・菜種・干菜、皆雑也。儀菜つむは春也。

（『俳諧其傘《そのからかさ》』元文三年〈一七三八〉刊）

と、水菜は、冬の季語としてあつかわれるようになります。同時に、俳諧の中にも、

挑灯に水菜揃へる冬夜哉　許六

（『貘《まく》の花』寛保元年〈一七四一〉刊）

鴨の声さむき水菜の旭哉　一歌

（『旅拾遺』寛政七年〈一七九五〉刊）

鳥羽田には時雨ふるらし水菜船　暁台

（『暁台《きょうたい》句集』文化六年〈一八〇九〉刊）

と、いかにも冬らしい風情を詠んだ句が増えてきます。

水菜のように、その景物の何に注目するかによって、その言葉の季節感が、春から冬に変わるという季語は、とても珍しいのではないでしょうか。他にはなかなか探すことができません。

言葉や文芸上の表現から、蕪や水菜を見つめ直していったとき、あやふやだった知識や、現代の私たちが忘れてしまっていたことのあることがわかってきました。ユネスコの無形文化遺産に「和食」

が登録されて以来、「食文化」という言葉がとくに声高に唱えられますが、一つ一つの食べ物の、物としてのうつりかわり、あるいは、食べ物について抱かれてきた日本人の感覚や感性については、あまり触れられることがありません。これらを見つめ直していくことも、食文化の研究にとって、とても大事なことではないでしょうか。

【補】引用した文献については、㈱古典ライブラリー『日本文学WEB図書館（和歌&俳諧ライブラリー）』、ネットアドバンス『ジャパンナレッジ』、『国立国会図書館デジタルコレクション』、早稲田大学『古典籍総合データベース』などのデータサービスの他、各種翻刻本・影印本・版本・影写本などによりました。

「瓜茄子」考

中村　真理

一　食の表現と「瓜茄子」

はじめに

蕪村に、「瓜」と「茄子」を同時に詠んだ句があります。

青飯《せいはん》法師にはじめて逢けるに、旧識のごとくかたり合て
水桶にうなづきあふや瓜茄《うりなすび》（『自筆句帳』所収）

前書の「青飯法師」とは、支考《しこう》の門人である雲裡坊《うんりぼう》の別号です。蕪村の師は、其角《きかく》の門人・早野巴《は》人《じん》です。其角と支考は芭蕉の高弟ですが、芭蕉没後に門流が分かれましたので、蕪村にとっての雲裡坊は、他流派の人物となります。しかも、初対面であるにも関わらず、まるで昔馴染みのように話が弾んだというのです。

そんな二人の様子を水桶の中の「瓜茄」になぞらえたのが、この句です。水桶に浮かぶ青い瓜と黒い茄子の穏やかな動きは、さながら青い坊主頭と黒い坊主頭が、互いに頷きながら語り合う姿のよう

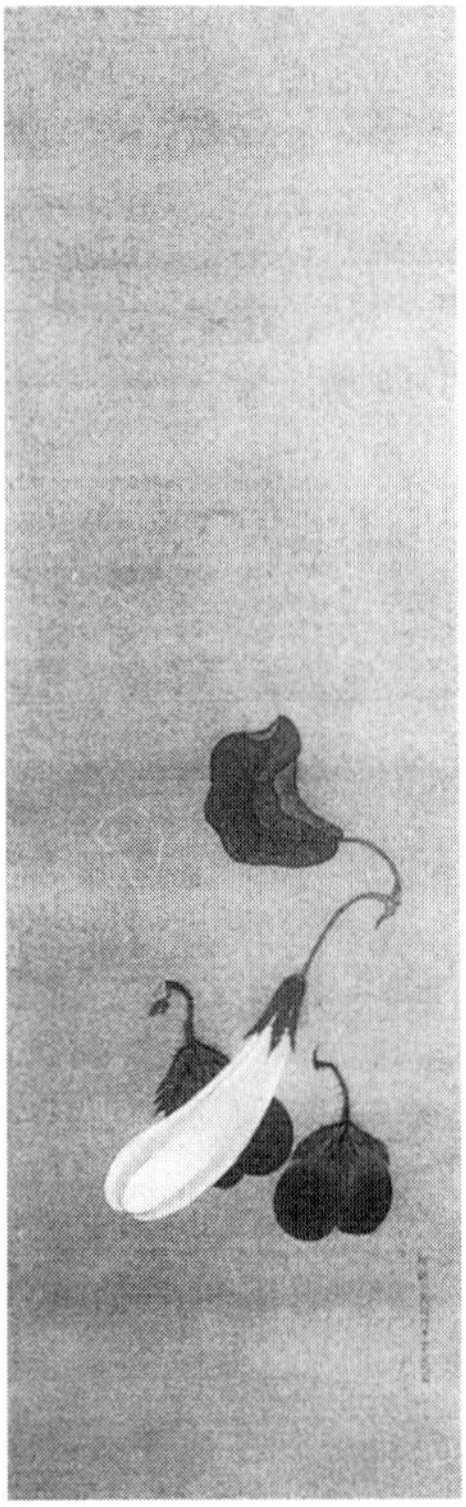

図1　小川破笠「瓜茄子図」（『続・日本の意匠　文様の歳時記』京都書院、一九九四年）

だというのです。瓜と茄子の外見上の特徴をとらえると同時に、水桶の野菜という日常の光景を人間関係の描写へと大胆に転じた句とも言えるでしょう。

現在、茄子はともかく、瓜（特にマクワウリ・シロウリ）は身近な食べ物とは言えませんが、江戸時代までは夏を代表する農作物でした。図1は、芭蕉の門弟でもある小川破笠《はりつ》の「瓜茄子図」です。蕪村の句に登場する瓜もこの絵と同じ、緑がかった細長い瓜（シロウリ）かと思われます。

植物学では瓜がウリ科（バラ類）、茄子がナス科（キク類）と分類されるように、両者の生態は異なります。しかし、晩夏に実を付けることや、見た目・質感の相似、食べ方・用途・産地など、共通点も少なくありません。似たようで違う二者の関係から、「瓜の蔓に茄子はならぬ」などの諺もあります。また、七夕や盂蘭盆などの行事では、供え物として共に飾られました。このような背景から、詩歌の世界でも「瓜茄子」が一つの組み合わせとして扱われたようです。

ただし、『万葉集』や「俳諧歌」などの一部を除き、古典の和歌は通常、雅やかなものを題材とします。身近な生活行為である「食」は、和歌の世界ではほとんど詠まれませんでした。一方の俳諧は、和歌が扱わない題材を積極的に取り入れた文芸です。「食」を積極的に詠むのも、俳諧の特徴の一つと言えます。

本稿では、その俳諧を中心として、「瓜茄子」という組み合わせによる表現の諸相を紹介します。

瓜・茄子の食べ方

俳諧が盛んだった江戸時代、瓜と茄子はどのように食されたのでしょうか。近世前期の食文化を網羅した人見必大《ひつだい》『本朝食鑑《ほんちょうしょっかん》』（元禄十年〈一六九七〉刊）の記述から、その様子をうかがうことができます。

『本朝食鑑』は漢文で書かれていますので、ここでは読み下して引用します。「茄《なすび》」の項目には「今、本邦の夏時から秋の末に至るまで、生茄《なまなす》を食べざると云《い》ふこと無し」とあります。現在でも大阪南部の泉州水茄子など、一部の地域に生食の習慣が存在しますが、江戸時代の人々はみな、茄子を生で食べていたようです。

寺子屋の教科書として用いられた『庭訓往来《ていきんおうらい》』にも、「菓子《かし》は、柚柑《ゆこう》、柑子《こうじ》、橘、熟瓜《じゅくのうり》、沢茄子《みずなすび》等、時の景物に随《したが》ふ可《べ》き也」とあります（十月三日状・返信）。「菓子」は果物のことです。柑橘類や熟瓜（マクワウリ）と同様に、水茄子を生で食する様子がうかがえます。

現代と共通する食べ方には、漬物（香の物）があります。『本朝食鑑』では「或《あるい》は香の物と作《な》して常食す。糟《かす》・醃《しお》・甘漬に作して、春に至りて水に漬し、漬味を去て後、和物と作し、羹《あつもの》と作して食して、以て生時に誇る」と述べています。ここに挙がるのは粕漬・塩漬・甘漬の三種ですが、味噌漬も一般的でした。漬物として年中食べるだけではなく、調理にも用いていた様子がうかがえます。

一方、前掲図1に描かれた「白瓜」は、『本朝食鑑』では「茄」の次に配されています。ここにも「瓤《うりわた》を去《さり》て生食す」とあります。現在ではもっぱら漬物に用いる白瓜も、当時は生食していたようです。また、「味醤・糟・塩漬にして蔵す」と、漬物への言及もあります。「味醤」は味噌のことです。

旬の時期は生で食べ、保存食として漬物にするという活用は、瓜と茄子で共通します。形の相似、旬となる季節の一致に加え、食べ方の共通性もまた、俳諧に「瓜茄子」という組み合わせが多い背景の一つであると考えられます。

水桶と漬物桶

前掲の蕪村「水桶にうなづきあふや瓜茄」は、旬の時期の、生のまま食べるために冷やしている様子を詠んだものでしょう。暑さの中に味わう冷たい食べ物の清々しさは、容易に想起できます。

加えて、瓜や茄子には「身体を冷やす」作用があると考えられていました。諺「秋茄子は嫁に食わすな」は、一般には美味しさゆえの嫁いびりと解釈される一方で、茄子の寒冷作用から妊婦を守るためという説もあります。なお、この作用は加熱により失われます（本朝食鑑）。当時の人々が瓜や茄子を生で食していたのは、身体を冷やして涼感を得るためだったのかもしれません。

蕪村の句は「水桶」ですが、これと似た趣向で、漬物桶に居合わせる瓜・茄子を描いた其角の句があります。

廿七日　豊年《ほうねん》

ぬか味噌に年を語らん瓜茄子

この句を収める『花摘《はなつみ》』（元禄三年〈一六九〇〉刊）は、句日記仕立ての俳書です。前書の「廿七日」は六月二十七日を指します。ちょうど、瓜や茄子が収穫期を迎える頃です。「豊年」は、豊作を喜ぶ言葉です。

しかし、「ぬか味噌に」からは、ここに詠まれた瓜と茄子が、収穫したばかりの瑞々しい姿ではなく、漬物になった状態であるとわかります。一年前に収穫され、漬物桶の中で長い月日を過ごしたため、表面に深い皺が刻まれたのでしょう。その様子を「年を語らん」、年を経て老いを語るようだと、擬人化めかして形容したのです。

採れたての新鮮な瓜茄子ではなく、漬物桶の古い瓜茄子に着目するという逆転の発想には、どことない諧謔が漂います。食べ物を含め、和歌では詠まない題材を積極的に扱うのは、先述したように「俳諧」の基本です。そして、題材の選択のみならず、趣向の面でおかしみを追求する句作りもまた、俳諧のあり方として好まれました。

二　故事と諺

也有の俳文

俳諧には「俳文」と呼ばれる形態があります。俳諧性を備えた文章のことで、芭蕉も熱心に取り組みました。その俳文を得意とした近世中期の作者が、横井也有《やゆう》です。

彼の俳文集である『鶉衣《うずらごろも》』（天明七年〈一七八七〉刊）後編・下巻に、瓜と茄子が登場する「二客《にきゃく》を夢みる賦《ふ》」があります。少々長い作品ですので、一部省略して紹介します。

秋の蝉、猶《なお》梢の暑さをのこし、暮《くれ》待つ翁の肱《ひじ》を曲《まげ》たるかりの夢に、怪しき二客の争ひを見ける。一人は色黒くして疎《まばら》なる髭針の如く、みづから崑崙《こんろん》先生と名のる。一人は面長に頂《いただき》すこし窪《くぼか》なるが、真桑《まくわ》居士と称す。共に酒臭きは、いたく酔たるやらむ。

未だ暑さの残る初秋、白昼夢の中で、怪しい二客（二人）の争いを見たというのが、この俳文の冒頭です。一人は色黒で、針のように尖った髭がまばらに生えた「崑崙先生」、もう一人は面長で、頭の先が少しくぼんだ「真桑居士」、二人とも酩酊した状態でした。

色黒は茄子の形容です。髭はへたに生えるトゲでしょう。「崑崙先生」は、隋の煬帝《ようだい》が茄子を「崑《こん》崙紫瓜《ろんしか》」と呼んだ故事（杜宝『拾遺録』）に由来します。一方の「真桑居士」は、その名の通り「真桑瓜」に拠ります。

先生まづ進で云、我そも居士の下に立べくもあらぬを、今一桶の内に在て、何ぞ我より上《かみ》つかたに横たはれるやと。居士云、我もまたいかでか先生の下とは定らむ。

二人は、一つの桶の中にいます。瓜と茄子が「水桶」や「漬物桶」の中で居並ぶのは、前章に述べた通りです。しかし、桶の中での相手に対する位置が、そのまま上下関係を示すかのように、二人には思えてしまいます。かくして、酔っ払い二人の議論が始まりました。

瓜・茄子と漢故事

以下、便宜のため、発言の主を注記して引用します。

〈真桑居士〉予はひたぶる賤しき農夫の手にのみもなれず。昔邵平《しょうへい》が東門に作り、殊に驪山《りざん》の温湯《おんとう》を分ちて、二月中旬の走りをも献ぜしものを。〈崑崙先生〉いな、もろこしの事はしらず、山時鳥《やまほととぎす》里馴《なる》る頃は、駿河のはつなり価《あたい》玉のごとく、籠に盛り馬にのぼりて、東都に下る勢ひを見ずや。

まずは真桑居士（瓜）が、「自分を手に取るのは、下賤の農夫だけではない（だから自分は偉い）」と主張を述べます。その根拠は、二つの漢故事です。一つは『史記』「蕭相国世家《しょうしょうこくせいか》第二十三」を出典とする、「邵平の瓜」です。この故事は、和漢の様々な書物に言及があり、人口に膾炙していました。ここでは、江戸時代の日本で重用された作詩辞書『円機活法《えんきかっぽう》』巻二十一・百果門「瓜」から引用します。

邵平は故《いにしえ》の秦の東陵《とうりょう》侯なり。秦破れて布衣《ふい》となる。瓜を長安城の東に種《う》ふ。瓜美なり。故《ゆえ》に世、東陵の瓜と号す。邵平により始まるなり。青門もまた東陵。

「侯」は、江戸時代の大名のように、ある地域を支配する人物を指します。しかし、秦が滅び漢が興ると、邵平は東陵侯の地位を捨て、長安の郊外に布衣（庶民）として隠棲しました。その彼が畑で育てる瓜がたいへん美味なので、世間から「東陵の瓜」と呼ばれた、という故事です。なお、「青門」は長安の東門を指します。

真桑居士がもう一つ挙げる「驪山の温湯」「二月中旬の走り」は、楊貴妃にまつわる故事です。王建「華清宮《かせいきゅう》」（『三体詩』所収）により、日本でも広く知られました。

酒幔高楼一百家　酒幔《しゅまん》　高楼《こうろう》　一百家《いちひゃくか》
宮前楊柳寺前花　宮前《きゅうぜん》の楊柳《ようりゅう》　寺前《じぜん》の花
内園分得温湯水　内園《ないえん》　温湯《おんとう》の水を分ち得て
二月中旬已進瓜　二月中旬　已《すで》に瓜を進む

唐代、驪山の温泉に造られた離宮が華清宮です。玄宗と楊貴妃が冬を過ごしたと言われます。引用した詩の後半は、まだ春も半ばの二月中旬に、晩夏の作物であるはずの瓜を、温泉の力を借りて収穫し進上するという、この世の贅を尽くした様子の表現です。

高い地位を捨てた隠者と、栄華をほこる楊貴妃と、趣向こそ異なりますが、有名な漢故事に「瓜」が登場します。また「瓜」は、これらに限らず広く漢詩文の題材として用いられました。

反対に「茄子」には、先述した煬帝の他には目立った逸話もなく、漢詩文に詠まれた例も、江戸時代を除くとほとんどありません。真桑居士はこの文学的伝統を拠り所に、瓜が茄子より優位であると主張したいのでしょう。

崑崙先生も「もろこしの事はしらず」と、中国の古典に縁のないことを認めています。しかし、江戸時代当時、縁起物として民衆から珍重され、「玉《ぎょく》」などの宝飾品に匹敵する高値で取引されるのは「初茄子」でした。「瓜」は文学的な歴史の深さを、「茄子」はその時代における扱いの高さを根拠に、自分が優位であるとの主張を試みます。

瓜・茄子と和歌

論争が続く中で、今度は和歌が語られます。

〈真桑居士〉「山城のこまのわたりの瓜作り」と、故人の詞にもつらねしぞかし。〈崑崙先生〉扨《さて》はかの「わささの糟《かす》につけ置て」と読ける歌はしらざりけるよ。〈真桑居士〉うたてやそれは秋茄子の娵《よめ》に立けるうき名ならずや。

真桑居士の言う「山城のこまのわたりの瓜作り」は、もとは催馬楽《さいばら》の一節です。これに基づく和歌が『拾遺和歌集』巻九・雑下にあります。

　おとにきくこまの渡《わたり》のうりつくりとなりかくなりなる心かな

歌中の「こま（狛）」は山城国の地名です。そのあたりの瓜作りは、瓜が「となりかくなり」すなわち「ああなったり、こうなったり」と生えるように、ああでもないこうでもないと移り気だ、という歌です。

先述の通り、和歌は基本的に食生活を詠みません。この歌も、「瓜作り」という職業を題材としたものです。また、内容も狂歌めいた戯れです。しかし、仮にも勅撰集、それも三代集に含まれる『拾遺集』に「瓜」という言葉が存在することには、重要な意味があります。

近世以前の和歌の世界には、言葉の制約がありました。藤原定家の『詠歌大概《えいかのたいがい》』には、「詞は『三代集』の、先達の用ゐるところを出づべからず。しかれども『新古今』の古人の歌は、おなじくこれを用ゐるべし」とあります。古今集・後撰集・拾遺集と、新古今集の古い歌が、正統な和歌で用いることのできる「歌語（歌ことば）」の基礎となりました。真桑居士の言う「故人の詞」とは、「瓜」が『拾遺集』に登場する格の高い題材であることを意図したものです。

一方の茄子は、勅撰和歌集に見出すことができません。しかし、江戸時代の人々にはよく知られていた歌があります。崑崙先生は負けじと、それを挙げます。

秋なすびわささ（早酒）の数につけまぜてよめにはくれじ棚に置《おく》とも

ここでは、俳書『雲喰ひ《くもくら》』（西国編、延宝八年〈一六八〇〉刊）から引用しました。同書には「万」という出典注記がありますが、『万葉集』にこの歌はありません。また、『夫木和歌抄』を出典に挙げる書物もありますが、これも誤りです。

真桑居士は、この歌を諺「秋茄子は嫁に食わすな」による噂として、自分の『拾遺集』の例と比較するにあたらないと批判します。確かに、歌の格式としては、先の「山城の」と比べるまでもありません。しかし、この歌は江戸時代の諸書に引用されています。世間での知名度は、こちらがよほど高かったと思われます。

瓜・茄子の尊卑

漢詩文と和歌の例が示すように、古くから文学の表舞台に登場した「瓜」は、伝統を背景に持つ題材と言えます。一方の「茄子」は、古典文学にはほとんど登場しません。しかし、江戸時代当時の俗世間では、「初茄子」や「正月の吉夢」など、めでたさの象徴として重んじられました。また、民間に広く知られた歌や諺もあります。

二人の軸足は、それぞれ「過去の文学」と「現在の世俗」であり、根本的に異なります。結果、二人の論争は平行線をたどり、終わる気配を見せません。これを聞いていた翁（也有）はついに、口を出します。

かくいひいひて果しなければ、今は翁も枕をもたげて、「あな、よしなしよしなし、かれはかれ、これはこれ、瓜の蔓に茄子はならず、只己《ただおの》がさまざまにて、何ぞ尊卑の品あらむや。不用の争ひをして、なれそこなひ味変じなば、人に疎まれ捨られて、畠のこやしと成や果なむ、やみねやみね」と扇を把《とり》て席をうつ事三下《みくだり》。ふたつの姿たちまち消て、夢も亦《また》さむれば、只青丹《あおに》よし奈良漬桶のみ依然として棚本《たなもと》に残れり。

翁は「瓜の蔓に茄子はならぬ」という諺を引き合いに出します。あれはあれ、これはこれ、瓜は瓜、茄子は茄子なのだから、尊卑を争うのは無駄だと言うのです。どちらが上か下かという無用な争いにかまけて、漬物桶の中で発酵し損なえば、味が悪くなる。そして、捨てられて畑の肥やしとなるだけだと切り捨てます。

日本文学における「雅俗」の価値観に基づけば、一見、瓜に軍配が上がるかのように感じるかもしれません。しかし、少なくとも俳諧に関しては、題材における伝統の有無と、文芸上での重要性は、全く別の問題です。伝統や格式を伴う題材（和歌題）と、伝統はなくとも俗世間で親しまれる題材

（俳諧題）は、ともに大切にされました。

俳諧題は、それ自体が俳諧性の拠り所となります。また、和歌題をいかに俳諧的に表現するかも、この文芸の命題でした。そして、和歌題と俳諧題のたくみな取り合わせは、古典の高雅を漂わせつつも目の前の俗世を映すという、俳諧ならではの表現をなし得ます。

真桑居士と崑崙先生の姿は消えて、翁の夢は覚めます。ただ奈良漬の桶がひとつ、棚の下に残されていました。二人は、この桶に漬かる瓜と茄子の化身でした。漬物桶、あるいは水桶の中で、二者が居を共にするというのは、「瓜茄子」の現実に即した趣向です。しかし、この取り合わせの背景には、文学史上の位置づけが対照的であるという、俳諧の常套に適う性質が備わっていたのです。

三　発展する表現

「邵平の瓜」と茄子

俳諧ではしばしば、古典文学の知識が作品に織り込まれます。前章で挙げた故事「邵平の瓜」にも、その例があります。

瓜小屋の月にやおはす隠君子《いんくんし》　蕪村（几董編『蕪村句集』（天明四年〈一七八四〉刊）所収）

隠れ住む君子は、邵平を示します。瓜小屋では、かつて貴い地位にあった隠逸者が、夏の月を静かに愛でておいでだろうという句です。

通常、邵平の故事はこのように「瓜」の表現に用います。しかし、中には「瓜茄子」の取り合わせに引かれた例、更には「茄子」にその趣向を見出そうとした例もあります。

まずは、故事の利用が明らかな「瓜茄子」の例として、森川許六《きょりく》の俳文「五老井記《ごろうせいのき》」の一節を挙げます。

> 抑《そもそも》庵《いおり》は、纔《わずか》に莚《むしろ》三枚を設《もう》けて膝《ひざ》を窄《すぼ》め、賓主《ひんしゅ》六人一座に全《まった》からず。茶碗五つ、枕五《いつつ》、筆・墨の外に物なし。月に杜鵑《ほととぎす》をそへ、駅路《えきろ》の鈴に里の砧《きぬた》を合せて、秋をかなしむ。庭に箒をあてず、樹《き》に木鋏《きばさみ》を入《いれ》ず、窓前《そうぜん》の草をのづからなり。たまたま畑《はた》を穿《うがち》ては、狛《こま》の瓜種《うりだね》を求め、五色《ごしき》の茄《な》子《す》を植《うう》るといへども、山蟻《やまあり》の為にせせり落《おと》さる。

許六は彦根藩士でした。俳諧に傾倒し、参勤交代に伴う江戸滞在中の元禄五年（一六九二）、芭蕉に入門します。翌々年に芭蕉が亡くなった後、官を辞して彦根郊外に庵を築きました。その経緯を綴ったのが「五老井記」です。引用箇所は、庵の様子を描写した部分です。

豊かな四季の風物に囲まれたこの庵は簡素で狭く、物も茶碗と枕、筆と墨しかありません。庭はなるがままに任せ、手入れもしませんが、畑仕事は時折すると述べています。庵のそばに畑があるのでしょう。

その畑に植わるのが、傍線部の「狛の瓜種」と「五色の茄子」です。「狛」は前章の和歌の用例で述べた通り、山城国の地名を指します。催馬楽や『拾遺集』に由来する「狛のわたりの瓜」は、一つの定型句でした。

一方、茄子に冠された「五色」は、瓜と関わりを持つ言葉です。これについては、唐代初頭に編纂された類書『芸文類聚《げいもんるいじゅう》』（巻八十七「瓜」の項）が参考になります。邵平の故事に関する記述の中、「瓜を長安の城東に種う」の直後に、「瓜を種う、五色有り」という、出典の『史記』には存在しないテキストが挿入されているのです。

この異文の典拠は探り得ませんでしたが、邵平の故事を「五色」という言葉とともに詠んだ唐詩が多数ありますので、その頃に定着したかと思われます。そしてこれは、日本にも受け継がれました。日本の古辞書類には、瓜の別名として「五色」を載せるものがあります。中でも『下学集《かがくしゅう》』（文安元年〈一四四四〉序）は、『芸文類聚』とほぼ同じテキストを引用しています。また、藤原明衡《あきひら》の手紙文をもとに作られた『明衡往来《めいごうおうらい》』（寛永十九年〈一六四二〉刊本）下巻にも、これを踏まえた表現があります。

桂《かつら》の辺に領地有り。邵平が跡を尋ねて〔邵平、東陵に於いて瓜を殖《う》るを業と為す〕五色の瓜を殖《うえ》しむ。村男《そんなん》、毎夜《まいや》之を掠《かす》む。

邵平の故事に倣い「五色の瓜」を植えたとあります。「五老井記」を書いた許六もまた、「五色」をこの故事に関する言葉として認識していたのでしょう。そして許六は、これをそのまま「瓜」の修飾語とせず、「茄子」へと付け替えました。文学史上、長い伝統を備える「瓜」は、貴い古人が愛した高雅な存在と位置づけることができます。「五色」という語が持つ隠逸性はふまえつつ、敢えて世俗的な「茄子」と取り合わせたのです。

「五色の茄子」とは、「君子」であった邵平に対し、平凡な一武士に過ぎない自分という位置づけを反映させたものなのでしょう。更に、邵平はよい瓜を育て評判となりましたが、許六の瓜と茄子は山蟻の害に遭ってしまいます。身分や能力をも対比に織り込むことで、漢故事を俳諧化しようと試みた表現だったのではないでしょうか。

「秋涼し手毎にむけや瓜茄子」

芭蕉の『おくのほそ道』に、「瓜茄子」を詠み込んだ句があります。

　ある草庵にいざなはれて

秋涼し手毎にむけや瓜茄子

この句は、『ほそ道』が執筆されるより前に編集された金沢の俳書『西の雲』（丿松《べつしょう》編、元禄四年〈一六九一〉跋）にも見えますが、前書きと句の内容がともに『ほそ道』とは異なります。

　松玄庵参会即興

残暑《ざんしょ》暫《しばし》手毎にれうれ瓜茄子　芭蕉

『西の雲』の前書は、「松玄庵にて行われた句会に参加して、即興で詠んだ句」という主旨です。「れうれ」は動詞「料る（料理する）」の命令形です。この句の後には、十二名の連衆による半歌仙が続きます。元は、金沢の人々が大勢集まった場で、連句の発句として詠まれたものでした。

しかし、この「大規模な句会」という賑やかな状況を、『ほそ道』の「ある草庵にいざなはれて」から想像するのは、困難ではないでしょうか。この前書からは、むしろ「閑寂な庵で隠遁生活を送る人物から誘われて、風流な時間を共有した」という印象が導かれます。

大規模な句会、隠逸者同士のひととき、いずれにしても、句中の「瓜茄子」は客（芭蕉）に出された品であると読み取れます。俳諧の発句には、連句の主催者（この場合、庵の持ち主）を讃える「挨拶」という性質が求められました。まだ暑さが残る初秋であれば、冷やされた生の瓜茄子がもたらす涼感はありがたいものです。それを皆で食すという、その場その時のありのままを詠むことで、庵主の気の利いたもてなしを褒めたのが、『西の雲』の句でした。

一方、『ほそ道』所収の前書は、もてなしのみではなく、庵主その人の風雅を讃える趣向を付加したものと考えられます。「邵平の故事」から、「瓜」は隠者の畑の象徴として文学に用いられました。題材に備わるこのイメージを引き出し、庵主の人物像を賞賛するために、隠逸性を示唆する「ある草庵に」という形となったのではないでしょうか。

茄子畑が意味するもの

最後に、「茄子」にも「隠者の畑」という連想がはたらき得た可能性を示す例を紹介します。

見せばやな茄子をちぎる軒の畑　惟然《いぜん》
その葉をかさねおらむ夕顔　翁（芭蕉）

引用は『笈日記《おいにっき》』（支考編、元禄八年〈一六九五〉成立）に拠ります。惟然は美濃出身で、のちに行脚僧となった芭蕉の門人です。同書には前書「茄子絵」と、左傍「是は惟然、みのに有し時の事なるべし」があります。

一方、惟然が素牛《そぎゅう》と名乗っていた頃に編集した俳書『藤の実』（元禄七年〈一六九四〉刊）には、「芭蕉翁、岐阜に行脚の頃したひ行侍て」という前書があります。句の解釈は、前書次第で変化します。仮に『藤の実』の、惟然本人が付したと考えられる前書に従えば、芭蕉が近くを旅していると聞き、あとを追いかけた時の句となります。つまり、句が詠まれた場所は、惟然の住居ではありません。

惟然の句は、「茄子畑を見せたい」と芭蕉に呼びかける趣向です。この茄子畑は、惟然の庵にある畑でしょう。それに対し、芭蕉は「その庵の軒には、夕顔の葉が重なり合っていることでしょう」という連想で応えます。

夕顔は花の名として知られますが、「かんぴょう瓜」とも呼ばれる瓜の一種です。この瓜は食用として、しばしば庶民の軒に植えられました。質素な暮らしを送る僧（惟然）の庵に夕顔があったとしても、ごく自然なことです。

重ねて夕顔には、『源氏物語』に描かれた「寂れた場所に隠れ住んでいるが、実は高い教養を備えている人」という連想があります。「軒の夕顔」は、庶民の家の形容であると同時に、そこに住む者の人物像を暗示する題材でもあるのです。

芭蕉の付句は、茄子畑の主（惟然）が、優れた素養を備えた「夕顔の軒の住人」であると示唆しています。しかし、芭蕉は惟然の庵を見ていません。惟然の人柄を見出す根拠は、前句の内容しかありません。

芭蕉は市井を離れ、深川の芭蕉庵で隠遁生活を送りながら、自身の俳諧を深めました。「茄子畑を見せたい」という惟然の誘いが、彼が自分と同様の、俳諧の心を持つ隠遁者だというアピールであると、芭蕉は気付いたのでしょう。つまり芭蕉は、「軒の茄子畑」という趣向から、俳諧的な隠逸性を読み取ったと考えられます。

前掲の許六「五老井記」では、「五色の瓜」を「五色の茄子」に付け替えることで、漢故事を俳諧化していました。「瓜畑」は、邵平のように高雅な人物における隠逸の表現です。伝統と格式を備える「瓜」を、庶民の生活文化に即した「茄子」に代えることは、平俗な人物の隠逸の表現となり得たのではないでしょうか。

江戸時代、俳諧の主な作者層は庶民でした。芭蕉や惟然、武士である許六も、身分はさほど高くありません。もとより隠逸は身分の貴賤を越えた概念ですが、「茄子」はその俳諧的な側面を、より際立たせる題材だったのかもしれません。

おわりに

本稿の前半で述べたように、ほぼ同時に収穫期を迎え、同じような食べ方・調理法で用いられる「瓜」と「茄子」は、大変近しい存在でした。ただし、古典漢詩文の題材であり、勅撰和歌集にも詠まれた「瓜」の方が、文学史上の格式は上でした。

しかし、古典的で高雅な題材も、現実に即した俗世的な題材も、俳諧はともに重視します。その結果、「瓜茄子」という取り合わせを通して、「瓜」が備える文学的な背景が、「茄子」における「俳諧的な隠逸性」の表現へと転化した気配が、用例から読み取れます。

漢故事「邵平の瓜」の俳諧化として、瓜に近しく、かつ世俗的な「茄子」が、「俳諧の心を備えた人物の庵」に似つかわしいと表現されたのです。昔の高雅な風流人は、瓜を作りました。それに対する俳諧的なものが、より世俗的な食文化である「茄子」だったのでしょう。

【参考文献】

植木朝子「茄子の文学史―近世を中心に」(『梁塵　研究と資料』二〇号、二〇〇二年)
深沢眞二「「めづらしや」歌仙注釈」(『風雅と笑い　芭蕉叢考』二〇〇四年)
堀切実校注『鶉衣(上)』(岩波書店、二〇一一年)
鈴木健一・纓片真王・倉島利仁編『おくのほそ道』(三弥井書店、二〇〇七年)

錦木・海苔飯・蜆汁―狂俳句をとおして探るイメージ―

冨田　和子

はじめに

わつさり　錦木に伊丹と来とる

これは、明治時代に名古屋で出版された狂俳雑誌「水の音」三十四編（明治十八年〈一八八五〉三月）に載る狂俳の句です。ここでは、このような東海地方独特の狂俳の句をきっかけにして和食文化を考えたいと思います。

ところで、狂俳とは、簡単にいえば、江戸時代に京都から伝播した短詩形文芸に東海地方の人々が改良を加え、江戸時代末期から狂俳という独自の呼称で、他と区別して盛んになった短詩形文芸です。現在も庶民的な文芸として、全国的に有名な俳句や川柳とは別の趣味として途絶えることなく、受け継がれ楽しまれています。その句は「（後期）伊勢（笠付）の放埒に比して上品で俳諧的味わいをとどめる」（『日本古典文学大辞典』岩波書店）と評価されています。俳句や川柳と大きく違うところは、五・七・五の上五文字（音）を題として、中七文字（音）と下五文字（音）の合計十二文字（音）を作ること、題は五文字（音）とは限らず、長いものもあれば短いものもあること、そして、末尾は原則、終止形で止めることです。もちろん、季感のある句もあれば、季感のない句もあります。

この句の場合、題は「わつさり」の四文字、次の十二文字（音）は創作したもので、これを付句といいます。題と付句の間は少し開けて表記します。

また、狂俳雑誌「水の音」は明治十五年五月に水音社の月次集として創刊し、少なくとも三百六号（大正五年〈一九一六〉十月頃）までほぼ毎月継続発行した複数の点者による撰句集です。初編から名古屋だけでなく、尾張（一宮・津島他）・知多（大野・半田）・三河（岡崎・刈谷・豊橋他）・岐阜に販路を持つほど、東海地方では人気がありました。

この句がこの雑誌に掲載されたということは、作者の他に、この句を評価して選んだ点者がいて、点者もこの句を理解できたということです。

一　錦木

わつさり　錦木に伊丹と来とる　　巴太郎（クツカケ　雲梯舎登山評）

まず、この句の作者は、近藤巴太郎といい、現在の愛知県岡崎市に住み、狂俳点者としても活躍しました。職業は本屋（出版業）を営み、三河で初めての新聞「額田懸彊記聞《ぬかたけんきょうきぶん》」（明治五年）を発行したり、京都で発行された『二十八題弁略』の全国の売捌所百二十八店に名を連ねたり、後に、東京に進出する出版社の三盟社のメンバーで、当時、東京にもあった狂俳結社と交流をもっていたりと活動的な人物です。そして、この句を選んだ点者は沓掛（現在の愛知県豊明市）に住む雲梯舎登山です。

では、この句を解釈してみましょう。題の「わっさり」とは「あっさり」と似た意味ですが、後でそのニュアンスの違いを見たいと思います。

そこで、まず、目につくのは「伊丹と来とる」だと思います。「来とる」は方言で「来た・来ている」という意味です。「伊丹と」とあるので、江戸時代から最上酒とされた伊丹酒のことであろうと推測できます。伊丹の近くで並称された池田酒は「香味勝れ（中略）辛口酒」と評されましたが、伊丹酒は「香味甚美」（『摂陽群談』元禄十四年〈一七〇一〉）と評されました。

では、「錦木」とは、雅な印象の言葉ですが、どういうものなのでしょうか。一般的には、各地の山野に生え、秋、紅葉するニシキギ科の落葉低木のことでしょう。材は細工に使われ、樹皮から紙をつくります。秋の季語になっています。また、『後拾遺和歌集』（一〇八六年）の恋の部に載る能因の「錦木はたてながらこそ朽ちにけれけふのほそ布胸あはじとや」の歌で知られるものでしょう。この錦木は、昔、奥州で、男が恋する女に会おうとする時、その女の家の門に立てた五色にいろどった一尺（約三〇センチメートル）ばかりの木のことです。女に応ずる意志があれば、それを取り入れて気持を示し、応じなければ男はさらに繰り返して、千本を限度として通ったという風習があるようです（『日本国語大辞典』第二版）。この意味では江戸時代初期の俳諧集『犬子集』（一六三三）などにも詠まれています。

しかし、「伊丹」が香りも味もよい最上酒の伊丹酒であり、「錦木に」とあるので、これらの意味ではなく、食べ物であろうと推測できます。これについては、江戸期に板行された古典料理書五十種を紹介した『江戸時代料理本集成』（臨川書店）には載らず、主要な辞書には「料理の名。材料や作り方は未詳」として、文化七年（一八〇七）の用例が載るだけです。しかし、美食家で有名な北大路魯山人が「夏日小味」（『魯山人味道』所収）の中で紹介しているので、少し長くなりますが引用しようと思います。傍線・傍点は説明のために付したものです。

錦木《にしきぎ》――京の木屋あたりで流連《りゅうれん》でもしたご経験のある方なら、先刻ご存じのもの。宵の遊び疲れで、夜の明けたのも知らず、昼近くなって、やっと重い頭を持ち上げ、

　蒲団着て寝たる姿や東山

目前に加茂川の清い流れのせせらぎを耳にしつつ、どうやら眼の覚めて、用意の控えの座敷に直ったとき、にこにこ、ぞろぞろ這入ってきた紅裙《こうくん》さんたちの年頭《としがしら》が言う、

「お早うさん……」

の次は、直ちに、

「今朝、なんでまま（御飯）おあがりやす。今日は、あっさりと、錦木でままおあがりやすな」

とくる。この錦木でまま食べて、はじめて、ために心気爽然となるてふ代物なのである。

上等のかつおぶしを、せいぜい薄く削り、わさびのよいのをネトネトになるよう細かく密におろし、思いのほか、たくさんに添えて出す。で、これが食い方は、両方適宜に自分の皿に取り、ざんぐりと箸の先で混ぜて醤油を適量にかけ、それを炊きたての御飯の上に載せて、口に放り込めばよいのである。同時にアッと口も鼻も手で押えて、しばし口もきけないようなのが錦木の美味さである。この場合、浅草のりなぞを混ぜてもよいが、むしろそれは野暮であろう。最高の錦木とは、上等のかつおぶしの中心である赤身ばかりを薄く削ること、太いよいわさびを細かいお

> ろし金で密におろすこと。御飯をこわくなく、やわらかくなく、上手に炊くこと。そして炊きたてであること。食器は平らな皿に入れないで、やや深目の向付に盛ることである。
> 錦木と称するのは、削ったかつおぶしの片々を、木の錦木のへらへらになぞらえたものにほかならないと思う。

（北大路魯山人著　平野正章編『魯山人味道』「夏日小味」〈昭和六年〉ＫＫ東京書房社　昭和五十三年）

これで、材料や作り方・食べ方は判明しました。

因みに、「京の木屋」は京都市の二条から五条までの間、高瀬川に沿い、南北に通じる街路。旅館、ホテル、料亭などが並び、三条から四条の間はバー、喫茶店などが集中する歓楽街。「流連」は遊びや楽しみにふけって家に帰るのを忘れること。遊興にふけって日を送ること。「蒲団着て」の句の作者は、蕉門十哲の一人、嵐雪。「木の錦木のへらへら」は先に紹介したニシキギ科の落葉低木で、細工用の薄い材にしたものでしょう。魯山人の説明なので、当時、寿司屋の土産用の折り箱などに使われた経木《へぎ》にたとえているのではないでしょうか。

ところで、錦木はいつ頃からこのように食されていたのでしょうか。そこで、辞書の用例を見てみます。

むかひ酒ならあっさりと湯豆腐に錦木《ニシキキ》といふ所を、鴨の鋤焼とは恐入ました

（『日本国語大辞典』第二版）

これは盛田小塩《もりたおじお》という戯作者が文化七年（一八一〇）に書いた洒落本の『竊潜妻《ていけのはな》』下巻に載る場面です。小塩は京都大原にすみ、江戸時代後期の文化〜文政（一八〇四〜三〇）のころ活躍した人物

（『日本人名大辞典』）ですので、魯山人が紹介した京都と合致します。また、書名の『竊潜妻』は「手活けの花（美女・遊女）」の意味とされますが、直接、花街の世界を描いた作品ではありません。この場面は、下巻の前半で、知恩院古門前に仮り宅の江戸の大家の息子が、江戸からの送金が遅れた大晦日、座頭や出入りの肴屋相手に酒を飲んだ翌朝で、これは座頭が大家の息子に言った言葉です。魯山人が紹介した料理旅館で遊興にふけった翌朝の場面と合致します。どうやら「錦木」は、既に文化七年には京都では二日酔いの朝の食事の定番の食べ方であったようです。

　このように見てくると、「錦木」は、京都の料理名で、二日酔いの定番の朝食として、文化七年にはこの名で食されており、魯山人のような粋人の間では昭和六年（一九三一）でも食されていたことがわかりました。そして、「錦木」の句は「水の音」三十四編に載り、作者は岡崎に住む近藤巳太郎、点者は豊明に住む雲梯舎登山であることから、「錦木」という料理は遅くとも明治十八年には東海地方でも認知されていたことが窺えます。しかし、『江戸時代料理本集成』には載らず、主要な辞書に「材料や作り方は未詳」とされることから、「錦木」という名称は、主要な料理名とはいえず、関東までは知られていなかったのではないでしょうか。

　次に、題の「わっさり」と「あっさり」のニュアンスの違いを見たいと思います。

まず、「わっさり」の句は「水の音」三十四編に次の三句が載っています。ここからは、句の作者名と点者名を省略します。

　わつさり　芳町へ揉《モ》メ売つとる

　わつさり　爪弾て床ｺ酒と有る

わつさり　仲居の笑ひ草にせる

一句目の「芳町」は東京都中央区日本橋の町名で、江戸時代には、陰間茶屋の多い所として知られた町名でしょうから、恋の揉め事なのでしょうか。二句目は、寝床で酒を飲みながら三味線でもつま弾いているのでしょう。三句目は仲居が登場するので、料亭か旅館か、宴席にかかわる場所だと思われます。いずれもお酒や宴席にかかわる印象を受けます。

次に、「あっさり」の句は、三十四編には載らないので、載っている「水の音」二編（明治十五年六月）から引用します。

アッサリ　涼しそに掛け替えへて有る

あつさり　舟の一ト幕土地に合う

あつさり　面白ひ丈ヶ惚れて置く

一句目は、夏向きに掛け替えた床の間の軸なのでしょうか、それとも、出入り口の暖簾なのでしょうか。二句目は芝居の一場面でしょう。三句目は何が面白いのかはっきりしませんが、面白い分だけ惚れるという少しちゃっかりとした印象の句です。いずれもお酒や宴席にかかわる印象があるとはいえません。

これらから推察すると、「わつさり」は「あっさり」に比べて粋筋・宴席に関する場面で使われているように感じます。そのため、本句は「あっさり」よりも「わつさり」の方が適していたようです。そして、山口素堂の有名は「目に青葉山ほととぎす初松魚」の句のような、錦木と伊丹酒という好ましいものの取り合わせというだけではなく、点者の雲梯舎登山には二日酔いの朝食の情景が思い浮かび、一層おかしみを感じていたことでしょう。

とはいえ、「水の音」三十四編には十八名の点者それぞれが撰んだ十句、のべ一八〇句が載る中で、撰んだのは登山だけでした。やはり、「錦木」は、二日酔いの定番の朝食であったものの、元来、京都の粋筋や宴席にかかわる場所での食べ物（食べ方）であったように思います。

二　海苔飯

次に、「海苔飯」を取り上げたいと思います。「海苔飯」とは、海苔をもんで細かにしたものと、少量の塩とをまぜこんだ飯のことです（『日本国語大辞典』第二版）。既に、士朗門の八木庭雅編『由女能《ゆめの》与古津智《よこつち》』（文化十四年〈一八一七〉序）に、

　海苔飯や七里が浜は膳の先

が載り、食されていたことが窺えます。七里が浜は現在の神奈川県鎌倉市南西部にある砂浜海岸です。なお、「海苔」は、俳諧作法書の『誹諧通俗志』（享保二年〈一七一七〉）に「海苔類」が春（三春）の季語として挙げられています。つまり、享保頃には季題に挙げられるほど身近な食材であったようです。そして、支考編の俳諧作法書『俳諧古今抄』（享保十五年〈一七三〇〉跋）の「海苔」の項に

　此名ハ故実ナリ。桜海苔《ノリ》・甘海苔・海髪《ヲコ》・蔆《ヒジキ》・海雲《モツク》・和布《ワカメ》・青海苔。此類ハ総テ春ニシテ海松ハ但夏ナリトソ。然ルニ雪海苔《クロノリ》ト云物アリテ、例ノ加減ヨリ冬ト成セル。其故ハ冬ノ部ニ見ルヘシ。

とあります。「海苔」はいろいろな種類の海苔の総称であったようです。因みに、「海苔」は養殖業が江戸時代中期（享保頃）に江戸品川浦あたりで開発されて発展し、江戸時代末期にはその需要増加に対応して、養殖法が各地に伝播したということです（『国史大辞典』）。今では日本人の食生活には欠かせない食品の一つです。

では、句を「水の音」三十六編（明治十八年五月頃か）から引用します。なお、これには十九名の点者それぞれが撰んだ十句、のべ一九〇句が掲載されています。ここでは、句の下に、何番に選ばれたかを記します。なぜなら、狂俳の句を十句撰ぶとき、連句に似た配列基準があり、これを意識すると点者が句のどこに着目したのかが窺えるからです。この基準については、本稿の末尾に、水音社の主要メンバーである涼川居其風（一八三三〜一九〇九年）による『撰評十内の資格』という記事を載せておきます。適宜、ご参照ください。順位が複数あるのは、複数の点者が選んだ人気のあった句です。

海苔飯　翁《オキナ》の軸《チク》(ママ)に手が打テる　一番句・三番句・七番句
海苔飯　雨に山吹ぬれて居る　五番句・五番句
海苔飯　花時候の封切て有ル　一番句・七番句
海苔めし　好事な阿弥名披露蒔く　六番句
海苔めし　垣外も茶事咄いて行　三番句
海苔飯　雨に話せる友得とる　三番句・五番句
海苔飯　魯文に鍬の胼胝《タコ》見せる　三番句

海苔めし　春潮の誘引ふ旅催ふ　　三番句
海苔飯　雨中漕せる舩人呼ぶ　　一番句
海苔めし　牢《ロウ》へ骨董《コットウ》屋免《ユル》いたる　　三番句

まず、付句の意味を見ていきます。一句目の「翁の軸に手が打テる」とは、芭蕉翁の軸を手に入れる・買うことができるという意味でしょうか。二句目は、庭に咲く山吹の花が雨に濡れているのをながめている情景でしょう。三句目の「花時候」は花の季節、「封切」は封を切ることから転じた、物事のしはじめという意味でしょう。他の花に先立って咲くことから花の兄とか春告草などの異称を持つ梅が咲いているのでしょう。四句目の「阿弥名」は、元は仏号ですが、三代にわたって諸芸に秀でた三阿弥にちなんで江戸時代の通人がつけた阿弥号のことでしょう。風流な阿弥号を披露する句会を開いたのでしょう。これは六番句なので人情の世話句として選ばれています。五句目は「垣外も」とあるので、こちらでは茶事が催されているのでしょうか。庭の垣根の外でも茶事の話をしながら通って行くのが聞こえるという情景でしょう。茶事には簡単な食事である懐石を伴うもので、海苔飯が供されたのでしょう。ここまでは、句会や茶事、庭の情景を海苔飯に付けています。

六句目は、雨の日におしゃべりをする友人を、海苔飯があるからと言って誘ったのでしょう。七句目の「魯文」は、「西洋道中膝栗毛」などの作者である仮名垣魯文（一八二九～一八九四）のことでしょう。ペン胼胝ならぬ、鍬を使いすぎて掌にできた胼胝を、魯文のようなペン胼胝のある人に見せるという情景でしょう。この二句は、海苔飯を間において誰か親しい人と一緒にいるように感じます。

八句目の「旅催ふ」は旅支度をすること。干満の差が激しい春潮の時期になると旅支度を始めるという意味でしょう。九句目は、雨の降る中、どこへ行こうとしているのか、何をしようとしているのかは分かりませんが、船を出してくれる船頭を呼ぶというのでしょう。この二句には、そぞろなく揺れる心情を感じます。

最後の句の「免《ユル》いたる」は方言で「許している・許してやった」という意味です。他の句とは少し趣が違います。三番句なので人物の動作に着目します。海苔飯を骨董屋が牢屋に入った人に差し入れしたのでしょうか。それとも牢屋に入った骨董屋に差し入れしたのでしょうか。

これらの情景が海苔飯と結びつく、海苔飯のイメージはどのようなものでしょうか。まず、入選句が多いことから、身近で句にしやすい食べ物であったことは間違いのないことでしょう。そして、使った海苔は鮮やかな緑色の青海苔なのでしょうか。ちらしずしや五目飯のような見た目の華やかさは少ないですが、披露句会や茶事に供されたり、友人を呼んで会食したり、差し入れにしたりと、ちょっとしたハレの日のご馳走というイメージが感じられます。そして、一人で食べるではなく、誰かと一緒に食べるものであったのではないでしょうか。

もしそうであるなら、『由女能与古津智』が米文亭三回忌追善の書であったことからも、「海苔飯や七里が浜は膳の先」の句には、一人ではなく、誰かと一緒に海苔飯を食べている情景が想像されたのかもしれません。

三　蜆汁

最後に、「蜆《しじみ》汁」を取り上げたいと思います。「蜆汁」は「殻のままの蜆を入れて煮たみそ汁。黄疸にききめがあるといわれる」（『日本国語大辞典』第二版）と解説されます。しかし、曲亭馬琴の随筆『羇旅漫録』（享和二年〈一八〇二〉）には、有名な「瀬田の蜆汁は醤油のすまし吸物也。塩梅又くらふべからず」とあり、味噌仕立てだけではなったようです。瀬田は琵琶湖から流れる瀬田川のことです。また、蜆は、俳諧作法書の『毛吹草』（正保二年〈一六四五〉）に二月の季語として挙げられています。そして、「蜆汁」は『藤の実』（元禄七年〈一六九四〉）の連句に、

　天目ふきてかぶる手拭
せはしなき出立の膳の蜆汁

と詠まれています。気ぜわしく旅立ちする際の食事に蜆汁が出たのでしょう。これは、

沢山に箸が骨折るしゞみ汁　『あかゑぼし』（元禄十五年）
ことごとく〳〵　くはれぬものはしゞみじる　『浮世笠』（元禄十六年）

などと詠まれたように、美味しいとはいえ、小さな殻付きの蜆がたくさん入った蜆汁を食するのは大変です。それを気ぜわしく旅立ちする際の食事に出されたのでは、美味しさも半減、一層気ぜわしさが増すというものです。馬琴が「塩梅又くらふべからず」と記したのもこの大変さによるのではないでしょうか。

では、『水の音』初編（明治十五年五月）から引用しましょう。

蜆汁　加茂堤ミ行画工呼ぶ　　八番句
蜆汁　雨の石山見上ヶとる　　七番句
蜆汁　顔摺る柳結んだる　　一番句

一句目は、加茂川の土手を行く画工を呼び止めるのでしょう。二句目の「石山」は、『枕草子』「寺は」の段に「石山」とある現在の大津市、瀬田川西岸にある石山寺のことでしょう。瀬田川で採れるのが有名な瀬田蜆です。三句目は、顔を摺るように垂れ下がった柳の枝を結んであるというのでしょう。これは、一番句に選ばれているので、「万物の首として品位備はる泰然たる句」と理解するべきですが、蜆汁とどのように関わるのでしょうか。

『水の音』三十四編に、次の句が載ります。

結んだ柳　小舟で蜆汁運ぶ　　五番句・十番句

小舟で蜆汁を運ぶ情景ですが、「結んだ柳」は何かの目印のようです。先の「顔摺る柳」の句もおそらくこの情景を詠んでいるのでしょう。「品位備はる」というのですから、慶事の風習なのでしょうか。他に「結んだ柳」の句を探すと次の三句がありました。

結んだ柳　青穂の添々お茶来とる　　十番句
結んだ柳　鶴の茶碗で嘉例《カレイ》点《タ》ツ　　九番句
結んだ柳　景物の台売に困る　　九番句

初めの二句は、どちらも「茶道で、正月に行なう初釜

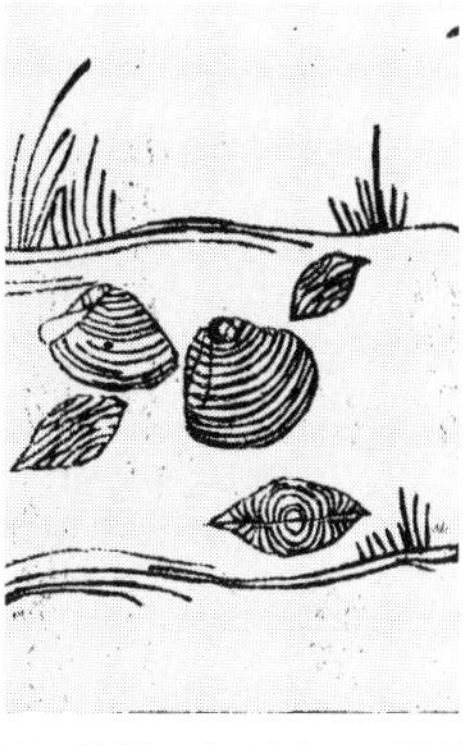

図　『倭漢三才図会』より「蜆」国立国会図書館デジタルコレクション

の床飾り。長い柳の枝を二三本たばねて、中間で輪にして結び、柳釘に掛けた青竹の花入に活ける」（『日本国語大辞典』第二版）と解説される結び柳のことでしょう。三句目は、立机や襲名披露句会などお祝いの会で供された賞品の文台なのでしょう。売れそうな立派なものでも、何とか記念などとしっかり書かれていては売ろうにも売れません。現代でも、例えば結婚式の引き出物の扱いに困るのと同様です。

このように見てくると、一句目で加茂川の土手を行く画工を呼び止めたのは、慶事の様子を描かせようとしたのではないでしょうか。今なら写真やビデオで記念撮影するところです。

また、大きな蛤の潮汁ではなく、蜆汁が慶事にも供されたようです。そうであるなら、『藤の実』の「出立の膳の蜆汁」には、旅の安全を願って門出を祝う意味が込められていたのではないでしょうか。蜆汁が黄疸にききめがあるといわれることが理由の一つなのかもしれません。

おわりに

「錦木」という雅な名称をもつ食べ物は、なんと二日酔いの定番の朝食で、京都の粋筋や宴席にかかわる場所での食べ物でした。この名称が現在も使われているどうかについては未確認なので、ご存知でしたら編集部をとおしてご一報いただければ幸いです。

一方、「海苔飯」は、今でも食され、身近で句にしやすい食べ物です。明治期の名古屋では披露句会や懐石を伴う茶事に供されたことから、少し特別な食べ物でもあったようです。誰かと一緒に食べるものであったのではないでしょうか。

そして、美味しいとはいえ、小さな殻についた身の扱いに迷う「蜆汁」は、慶事にも供されたようです。そこには、旅の安全を願って、門出を祝う意味があったように感じられます。

東海地方独特の狂俳の句をとおして、これらの食べ物が持つ現代のイメージとは、少し違ったイメージが浮かび上がったのではないでしょうか。

【補一】涼川居其風『撰評十内の資格』「狂俳」第三号（明治四十二年十一月）（未見のため「自由塔」一一四号〈昭和三十一年五月〉「温故知新欄」に転載分を引用）

巻頭二三は天地人の位置に仮称すれば、則ち天は万物の首として品位備はる泰然たる句を据べし。第二は天の陽に対して陰なれば女性の軟和なるを撰み、第三は転じて人物の動作など見はからふべし。第四は天地人の意義を変じて軽き詞調をとりて可也。第五は巻頭、の資格あるを用ゆべきも同意同体を嫌ふ。第六は人情の世話を穿てる作意を探るべし。第七は成る可く季題を避け句中に季を貯ふものか、或は濃厚ならざる恋情を据るもよし。第八は食服又は詞にはたらき有る句をとり。第九は人物滑稽調をよしとす。第十は普通折句を据るといへども十座に適ふ句なき時は、前句に屏立して故障無き季節の句、或は神釈をとり結びたるも妨げなし。第十一よりは右拾内を比較一座の見渡しよき程に採備すべし。尤も大巻に用ゆる我管見を述べたれば不具なる廉は後進者の補助を乞ふ。些少なる巻は首座に世話句を据るも適宜なれば其辺臨機の計らい有るべし。

【補二】引用した文献については、小学館『ジャパンナレッジ』、『国立国会図書館デジタルコレクション』などのデータサービスの他、岩波書店『日本古典文学大辞典』、各種翻刻本・影印本・版本・影写本などによりました。

芭蕉の食膳―晩年の深川と伊賀の月見―

小林　孔

緒言

『奥の細道』の冒頭に次の一節があることはよく知られている。その出立に際し、

　住めるかたは人に譲り、杉風が別墅に移るに、

と、芭蕉は元禄二年（一六八九）二月下旬に、みずからが二度目の深川の庵をひき払って陸奥の旅に出る準備を始めた。それから再び深川に居を構えたのが、いわゆる第三次芭蕉庵であり、元禄五年の、おそらく五月中旬の頃であろうと思われる。およそ三年三ヵ月ぶりのことであった。本稿は、芭蕉晩年のここから文章を書き起こす。

深川の新畑

第三次芭蕉庵は、この旧庵近くに土地を得、江戸の門人の出資で新たに建てられた。その庵の様子を白居易の廬山《ろざん》草堂の「三間茅屋《さんげんぼうおく》」になぞらえた芭蕉の文章（『芭蕉を移す詞』）が残されているが、

おそらくこれは修辞上のことで、事実は「三間《さんげん》」ならぬ「三間《みま》」の部屋がしつらえられていたようである。南側の一間（おそらく四畳半）には縁が設けられ、庭には月見をするための大きな池が造られていたという。その新庵のこの部屋に、最初の同居者が現れる。近江膳所《ぜぜ》の門人、高宮洒堂《しゃどう》である。元禄五年の霜降《そうこう》にあたる九月十一日頃のこと、夜に芭蕉庵でこの洒堂を歓迎する四吟歌仙が催された。その時の芭蕉の発句が、

　青くても有《ある》べきものを唐辛子

であった。注目したいのは唐辛子である。なぜ、洒堂の歓迎の場で赤く色づいた唐辛子が詠まれたのであろうか。その第一の理由が、九月中旬には色づくからで、その二に、この唐辛子が芭蕉庵のわずかな狭い作り畑《ばた》で育っていたからであろう。そして第三に、この唐辛子で歓迎の意味を十分に表現しうると考えたからにほかならない。

　まず、第一と第二についてであるが、唐辛子は、新庵に入庵した直後、すなわち五月中旬には、この庵の西に向いて作られた前庭に種が蒔かれたものであろう。江戸での種の蒔きどきとしてはやや遅い時期にもなろうが、元禄五年の暦によれば、十五日以降二十一日まで、種を蒔くには適した日が続く（『新板長暦』寛文十二年〈一六七二〉刊にもとづく）。では、この唐辛子は江戸で求めた種かというと、それでは洒堂の歓迎の意にそわない。ここに、芭蕉がかつて書いた元禄三年の春の句文を引用してみよう。二年半をさかのぼる故郷伊賀上野で執筆された、いわゆる「種芋や等三句草稿」である。成立の順を考え、紙面の裏から表への推敲過程を容れて引用すると、

（裏）

旧里このかみが園中に
種つものをふせて
いもだねや花のさかりに売あり〔く〕
唐辛子おもひこなさじもの〻た〔ね〕
旧里このかみが園中にもの〻〔種〕
ふせて　　　　　※〔　〕内は欠字

（表）

種芋や花の盛に売ありく
春雨や二葉にもゆる茄種
此種とおもひこなさじ唐辛子
芭蕉桃青
（印）・（印）

となる。芭蕉の生家で収穫される三種の作物にちなんだ春興の三句である。誤解のないように断っておけば、この場合、芭蕉の生家で年を越した種芋が外で売られているのではない。この地方のどの家々でも作られている身近な作物として芋を挙げ、それが花見の頃に売られているとした嘱目《しょくもく》の実景を踏まえたのである。伊賀・伊勢の地では、里芋はことに食材として重宝され、後に、詳しくふれる元禄七年八月十五夜の「月見の献立」の中に記録されている里芋も、おそらく自家用に作られていたものであろう。ちなみに、この「種芋や」を発句とした芭蕉・半残《はんざん》・土芳《どほう》・良品《りょうぼん》による四吟歌仙が知られているが、これは、日頃から何くれと世話になっている三名を生家に招き、平素からの心遣いに感謝する意図を含んだ興行であったろう。その意味では、身近な嘱目吟であることにこの場の説得力があったのである。

さて、ここに想像の私見を加えるとすれば、芭蕉の伊賀の生家で作られていたこの三種の作物は、おそらく場所を替えて、深川の新庵でも作られていたということである。いわゆる第三次芭蕉庵が落成したのは、元禄五年五月に入ってからのことであろう。元禄四年の冬以来、しばらく江戸市中の裏店の水に悩まされていた芭蕉は、中旬には深川での生活を始め、これにともない、早速、故郷から持ち帰った種を新庵の作り畑に蒔いた。先の草稿本文に見られた「唐辛子」の種が、それに適した最後の時季となっていたのである。唐辛子は暑さを好むとさえいわれている。前述のとおり、五月中旬に蒔いた伊賀の種が生長し、四ヵ月後の九月中旬には赤く熟した収穫期となる。伊賀の古園の種が、場所を替えた深川で実りの時季となり、ちょうど折も折、故郷の膳所を離れて俳諧修行の目的で東下してきた洒堂を新庵に迎える。芭蕉を含めた四名(ほかに洒堂、嵐蘭《らんらん》、岱水《たいすい》)がともに目にする赤い唐辛子を前に、迎える者、迎えられる者が銘々に、この唐辛子の由来を共有する。そして、芭蕉があえて庵主として「青くても有べきものを唐辛子」の発句を詠んだことの意味を考えれば、句の解釈は次のようになろう。

故郷を離れた唐辛子の種が、いま場所を移して深川の新庵の作り畑で赤々と熟し、青いままでもよいものを、古園にあった時と少しも違えず、このように変わらぬ実りを見せている。つまり、故郷を離れて江戸深川の新庵まで訪ねてきた洒堂へのねぎらいを込め、久しぶりの再会を喜び、今後への期待を含んだ発句となったわけである。唐辛子は保存のきく調味用の食材であり、また、これから迎える冬場には体を中からあたためる滋養の食材として珍重される。元禄五年の九月から翌六年の一月まで深川に滞留した洒堂との、朝な夕なの食膳にも、たびたびこの唐辛子が細かく刻まれ、冬の菜《さい》の色どりに用いられたと想像する。

以上、ここまで元禄五年夏からの、深川の新庵をめぐる長々しい文章を記してきたのは、ほかでもない、江戸深川に故郷伊賀につながる生活の種が植えられ、それが根づいていたことを確認したかったからである。言い換えれば、芭蕉の生きる根本が故郷と強くむすびついていたということである。ちなみに、元禄六年の正月、洒堂の後見役にも擬せられる膳所藩士菅沼曲翠《きょくすい》が江戸勤番中のことと て、深川に芭蕉を訪ねた。洒堂の様子を見に、芭蕉への新年の挨拶を兼ねたものであったろう。翌元禄七年正月二十九日付の曲翠宛芭蕉書簡に、一年前を次のように回想した一文がある。

去年は当府に御入、初春の出合、初笑の興もめづらしく候へば、一入ことし御なつかしく奉存候。まれ〳〵なる雑煮を御振舞申候。

この折、芭蕉みずからが雑煮をふるまったことが記されている。曲翠、洒堂と三人が芭蕉庵の一間に簡単な雑煮膳を据えて談笑した様子が偲ばれるが、この日の雑煮もまた、近江と伊賀につながる故郷仕立てのそれで、江戸で調達するには思うに任せぬ、ほんのわずかな食材による「まれ〳〵なる」ふるまいとなったのである。

芭蕉は器用に日々の食事も作るが、もてなしの膳にも腕をふるう。生きることへの知恵を磨き、そしてまた、時どきに客となる者との人和を育むためでもあった。

伊賀の月見

ところで、芭蕉が長く過ごした江戸深川と、もうひとつ伊賀上野をむすんで、以下、ここからは芭蕉の故郷に場を移してみよう。時は元禄七年八月のことである。しばらく江戸の深川で過ごした芭蕉は、この年の春先には伊勢方面への旅を心にあたためていた。帰郷を兼ねたそれである。七月十五日の盆会を実家で営む目的もあったが、この年は、伊賀の門人の出資によって、生家の後庭に芭蕉のための新庵が準備される手はずであったからでもある。すでに芭蕉には、故郷の生家の母屋の離れに土間を備えた六畳ほどの庵があった。これが「釣月軒《ちょうげつけん》」である。それにこのたびの新庵がさらに建増しされるというかたちをとったのである。伊賀の門人は、四畳半に三畳間の二間の草庵を用意した。それが図1である。

芭蕉歿後の宝暦年間のことであろうか、この庵を移築して「再形庵」と名づけて保存した。その平面図である。これに一間の釣月軒が加わる三間の栖《すみか》が完成するわけである。松尾家の当主である兄半左衛門は、芭蕉の最もよき理解者で、門人を迎えるための土地を快く提供した。時には兄が気をきかせて、門人に声をかけて家に来てもらうよう促したこともある。年次不明の二十七日付伊賀の窪田意《い》専《せん》に宛てた芭蕉書簡（私見では元禄七年七月）に、そのような事情が垣間見られる。

釣月軒の脇に新庵が完成するのは、七月の中頃から末にかけてのことであろうか。伊賀の人々がこの新庵を設計するにあたって参考にしたのが、ほかでもない深川の第三次芭蕉庵の「三間」の間取りであったと思う。このはからいをよく理解する芭蕉が、十五夜の日に多くの客を迎えて新庵を披露した。どのようなもてなしをしたかは分からないが、この日の晩には、とくに親しい人々を招き、月見の宴をひらいた。間取りから考えて、限られた人数であったろう。その時の「月見の献立」(図2)が今日にまで残されている。芭蕉が歿する二ヵ月前の筆蹟で、この夜招かれた服部土芳が記念にもらいうけた一紙である。現在は軸装されてはいるが、月見の当日は一枚(およそ縦二三・八×横三二・七センチ)の懐紙であった。

ところで、この品書きがどのように用いられたのかは、もはや想像の域に入るが、何枚も書いて各々の膳に備えたとする考え方もあってよい。ただし、この想像はあくまで現在の基準で考えてのことであり、当時の風習に従えばやや唐突といえようか。招いた客人に膳の料理を披露し、そのうえで回覧に供して話の種としたものであろう。芭蕉の仮名書きがことに美しい。そして、さらに注意深くながめれば、この懐紙には墨絵が施されている。総じて淡墨、文字を邪魔せず、むしろ調和のとれた感さえある。かつては反故紙の上に献立が書かれたとする説もあったが、そうではなく、この日のもてなしの趣向のひとつであったと思われる。

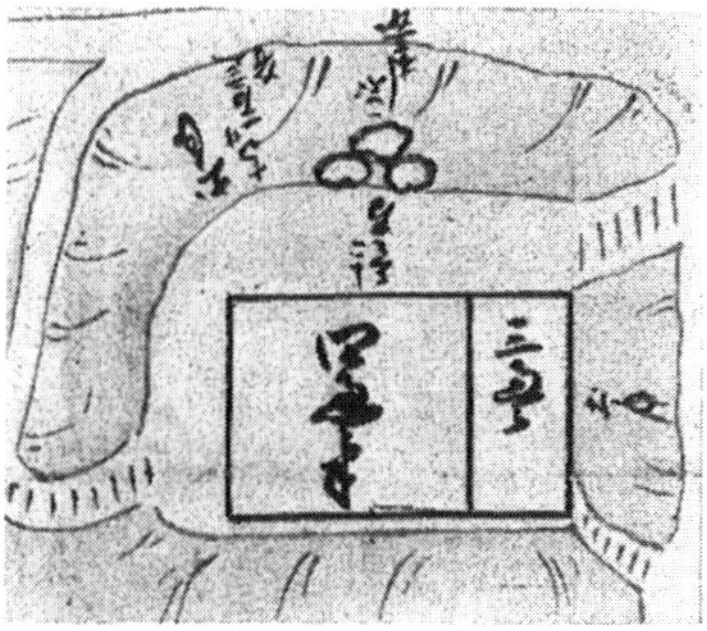

図1　新庵の間取り
所蔵者不明のため菊山當年男氏『芭蕉研究』(角川書店・昭和37年)より転載。

図３

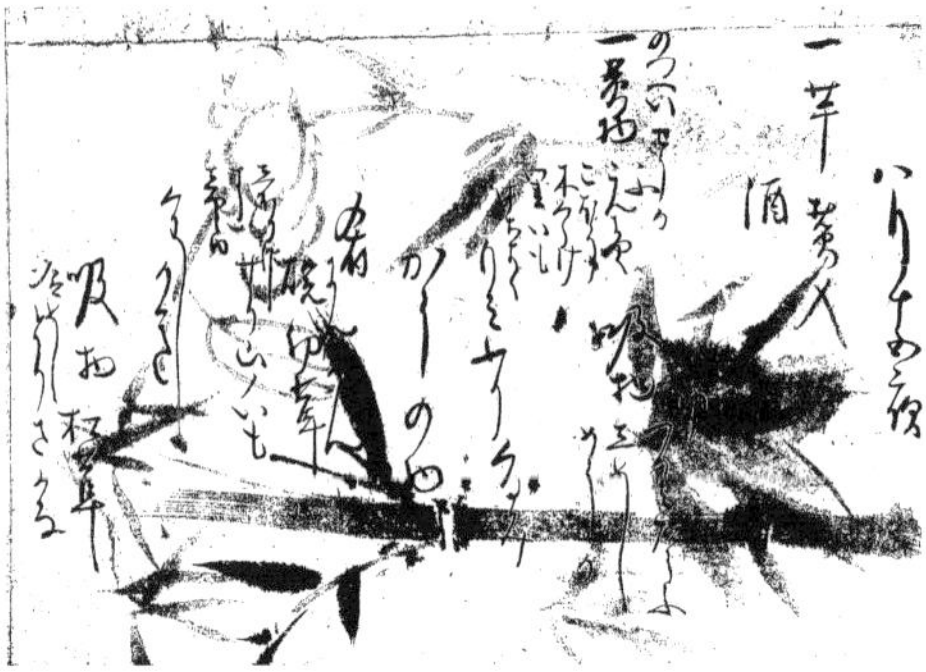

図２　芭蕉自画自筆の「月見の献立」

〔翻刻〕

八月十五夜
一　芋　煮〆
酒
ゆ
のつぺい　せうが　つかミだうふ
一　煮物　ふ　吸物　しめじ
こんにやく　めうが
ごぼう
木くらげ
里いも
中ちよく
もミふり　くるみ
かうの物
肴
にんじん
焼初茸
しぼり汁
す　すり山ノいも
しやうゆ
くわし　かき
吸物　松茸
冷めし
とりざかな

新庵披露という目的がある以上、内輪の会席ではあるものの、晴れの観月の献立に反故紙を用いる心境はかりかねる。問題は、この下絵がやはり当日の宴に何らかの意味を持たなければならないが、その判断が難しい。

図3をご覧いただきたい。献立を書いた懐紙を縦に九十度回転させた画像である。墨絵のうち左正面の正体は、竹の絵であることがただちに了解されるであろう。芭蕉の画賛にもよく扱われている。が、その右に描かれた墨色がひかえられた対象をどのように把握するべきか。従来の説では菊、牡丹とするもの、もしくは綿花とする見方があったが、しかし、そのいずれの見方も承服しがたい。芭蕉の画業に比較しうる対象があればよいのであるが、菊は論外として、牡丹、綿花の絵はこれまでに報告例がない。わずかにあやうい所伝のひとつに、宝暦版『別座鋪』が掲載する芭蕉の「牡丹郭公図」があるのみである。二調《にちょう》なる人物が芭蕉の絵を写しおいたもののようで、かりに忠実に模写をしたと考えてこれと比較しても、茎と葉の形状の差は歴然としている。甥の桃隣《とうりん》の新宅祝いに与えた画賛（「贈桃隣新宅自画自讃」とある）であるから、ともに最晩年の画業として比較の対象にはなろう。また、新宅祝いと新庵披露という状況の類似性にも見を向ける必要があろうか。ただ、花の形状にのみ注目すれば納得もできるが、薄墨で淡く描かれた茎の状態はやはり草木類と判断される。葉の形状ともども考慮して芍薬の可能性が一番高い。そのように見れば、下絵に描かれた竹と芍薬の墨絵は月見の季節に合わせた景物とはいえず、何らかの寓意のもとに選ばれたものと考えなければならない。これはあくまでありふれた想像ではあるが、竹になぞらえて客人のこれまでどおりの発展を祈り、芍薬をとりあげて、互いの無病息災を願ったというところであろうか。まずはこのような口上を述べ、膳を前

にした人々にこの一枚の懐紙を披露し、食材と料理の説明に入ったものであろう。

前述のとおり、四畳半に三畳間をもつ、さほど広い空間でもない場所である。「懐石膳五客」の伝もあり、後に記す配膳の数を勘案して、この夜の招待客は四名、芭蕉を含めて五名での会席ではなかったか。知己を招いての、膝をつき合わせての月見の宴である。そのような場で、一枚ものの懐紙の献立を銘々に備えたのでは、この一点をもって考えてみても趣向が重苦しい。後に回覧に供し、灯にかざせば下絵が浮き出て見える仕掛けであったろう。その献立の品書きについては再び図2とその翻刻を参照いただきたい。

まず、ひとつ目筆頭の一つ書きに「芋煮〆《しめ》」と記される。「芋名月」のことばがあるように、八月十五夜のこの日には欠くことのできない一品《ひとしな》である。芋の形状にあわせて皮をむき、今日のように形を揃えず、食材の無駄がでぬよう醤油味をきかせて煮しめたものであろう。次の「酒」はどの程度ふるまわれたものか分からないが、前日に大津の門人智月《ちげつ》に宛てた八月十四日付の芭蕉書簡によれば「なんばん酒一樽」がこの日のために差し入れられていたことが判明する。なお、この「なんばん酒」はただちに渡来物を意味するのではなく、国産の蒸留酒で焼酎を連想してもよいという（寺尾宗冬氏記す朝日新聞の記事「お台所メモ」年月不明）。銚子に入れて供されたものであろうか。

次の一つ書きの「のつぺい」は、「煮物」である。「ふ、こんにやく、ごぼう、木くらげ、里いも」を食べやすい大きさに切り（ないしは手でちぎり）、醤油を下地にした汁で煮込み、水溶きの葛を加えてとろ味をつける。最後に「せうが（生姜）」を摺るか、または、そのしぼり汁をかけるか、細かく刻んだものをのせたかのいずれかであろう。このうち「ふ（麩）」は、同じく智月からの差し入れを使用している。智月と関係の深い北陸金沢の生麩が味を引き立てたのかも知れない。着座した面々には、この点必ずや披露があったものであろう。ちなみに、「こんにやく」以下「せうが」の食材は、伊賀の地にあってなじみ深い、いわゆる定番もの。なお、参考として、元禄七年から十年をさかのぼる資料を、架蔵本（楽山文庫、鈴木敏雄旧蔵）から引用してみよう。「伊賀江被為入候格式《いがえいりなされそうろうかくしき》」のうち「貞享元年子年《じょうきょうがんねんねのとし》津《つ》奉行《ぶぎょう》衆《しゅう》と申合候定之覚《もうしあわせそうろうさだめのおぼえ》」の一条にある、津藩士御歩行衆《おかちしゅう》の伊賀入りに際する旅籠での膳の例である（図４参照）。

同じ秋の献立であるから、食材の多くが一致している。汁の「ざく〳〵」は大根、人参、牛蒡、里芋、椎茸などを大きくざくざく切って汁の実にするという。「に物」の「さといも、こんにやく」は、この地ではよく供された取り合わせで、相性のよい食材といえよう。本膳に「せんば鱠」の焼き物を配した一汁三菜の形式である。

再び芭蕉の献立にもどれば、この中に「吸物」が二つある。ひとつ目の「つかミだうふ」の吸物を醤油仕立てに、後の「松茸」の吸物を塩味のそれと考える。この判断については、幸田露伴の『蝸牛庵聯話』所収「芭蕉、利休の食單」を踏まえ、食材を生かす方向でこれが正しいと考えるからである。「つかミだうふ」（堅豆腐を手でつかみ、くずす）の汁椀に味噌仕立てを連想しないのは、吸口の「ゆ（柚）」（しぼり柚子であろう）が生きないためである。味噌汁では、せっかくの柚子の香が味噌の風味に負けてしまう。一方、「松茸」の吸物は、やはりその香りを楽しむ趣向を尊重するから、塩味のすましと見るのが妥当であろう。汁の二椀は当然味を変えて供される。その「松茸」は香りがとばないよう、ぬるま湯で丁寧に洗い、石づきを取って下ごしらえをする。

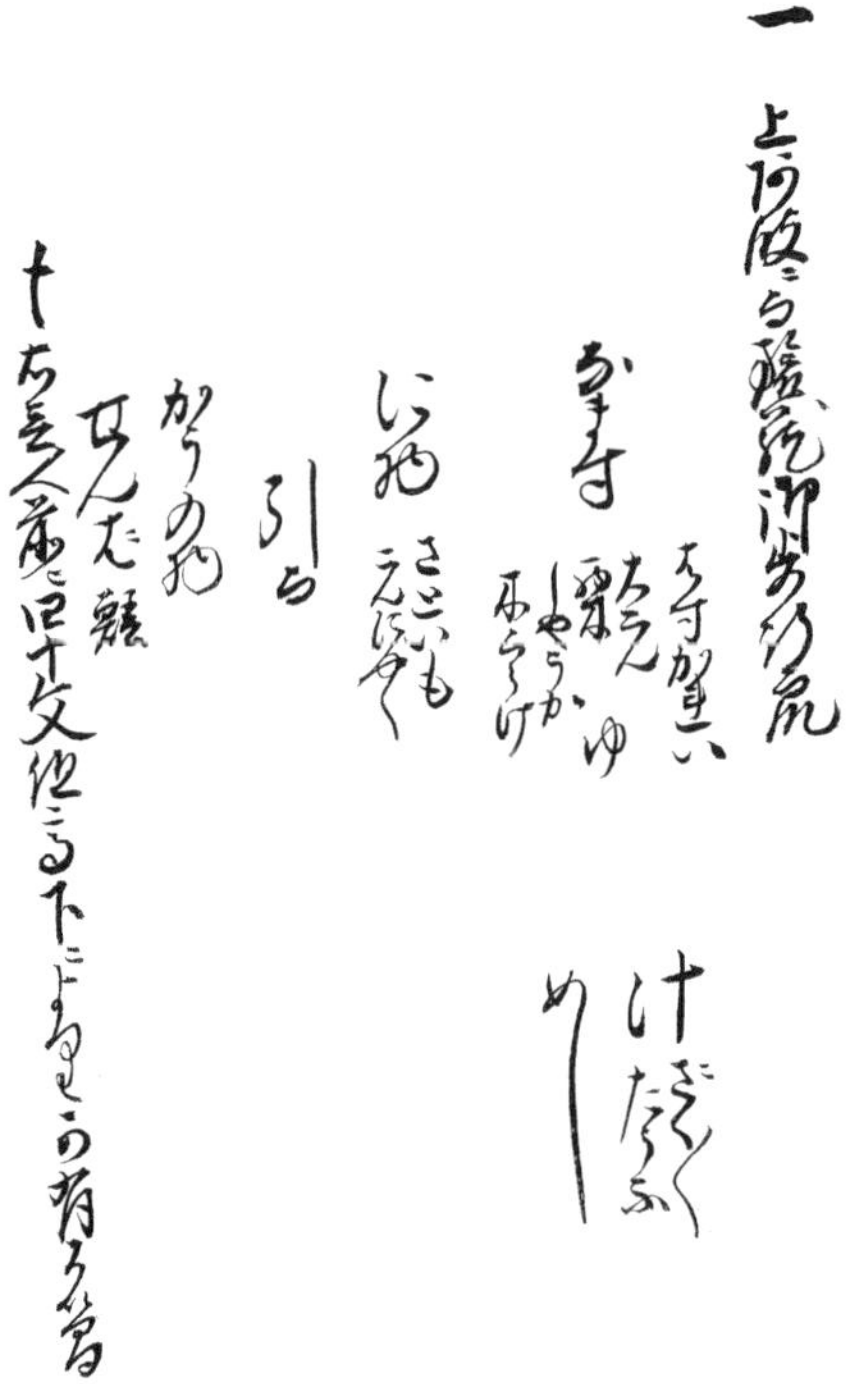

図４　御歩行衆の旅籠の膳

一

上阿波ニ而旅籠御歩行衆

はすかれい

大こん　汁　ざくく　たうふ

なます　栗　ゆ　め　し

しやうが

木くらげ

さといも

こんにやく

に物

引而

かうの物

せんば鯖

〆右壹人前ニ四十文但高下ニより可有了簡

献立の中央、右に「中ちよく」とあるのは猪口に入れて出される料理である。「もミふり」とは瓜を薄く切り塩もみをしたもの。もちろん水分をきって猪口に盛りつける。「くるみ」は火で煎った後、摺ってもよし、細かく砕いてもよしで、上からふりかけたと解しておく。中央左の「かうの物」をいかに考証すべきか、これには多くの選択肢がある。伊賀の「印籠漬け」(白瓜、前掲の寺尾宗冬氏説)などを選ぶ余地はあるものの、作りおきの自家用などをこの日の膳につけるという想像は退け、この時期に用意できる手近な食材に連想を働かせば、他の食材とも重複しない、伊賀盆地で収穫される大根を第一の候補としてはどうか。先の御歩行衆の膳の「なます」に用いられていた食材でもある。同じく浅漬けにした大根菜を刻んで添えれば趣向も加わる。

「肴」は酒の肴の意味で、このうち「にんじん」に少々問題がある。調理法としては茹でる、焼く、煮るの方法が考えられるが、「焼初茸」との取り合わせである点、同時に手早く調理ができる方法から「焼きにんじん」を想像する。色を鮮やかに、見た目を重視するのであれば、配色としては茹でる方法も考えなければならないが、夕刻から夜分の会席にそれがどれ程優先されるべき事柄であったのかは疑問である。むしろ「にんじん切り」(『伝演味玄集』・延享二年〈一七四五〉刊)ということばが伝えるように、月に見立てた輪切りの形状が、灯に照らし出されたうす暗い草庵の趣向として選ばれたのではないか。『古今料理集』(刊年不明)によれば、「ねにんじん」は八月から収穫される食材で、風味を楽しむのであれば焼く方法がよい。

「すり山ノいも」は山芋を摺りおろした、文字どおりの調理。これにわずかな酢、生醤油をかけたものであろう。「くわし　かき」はこの時期収穫できる柿を水菓子として供したもの。二つ目の吸物は、先にも記したように、塩のすまし汁で松茸の風味を楽しむ一品であったろう。

残る大きな問題が「とりざかな」の品目である。この表記だけでは当日何が供されたのか、まったく手掛かりがつかめない。これまでにこの月見の献立を再現した先例では、四品目（季刊「銀花」第三十五号・昭和五十三年秋所収田中家での膳）、五品目（「翁のもてなし」月見の献立再現の会結成10周年記念誌・月見の献立再現の会・平成二十二年八月）と一定しない。もとよりこれは当然で、大皿に人数分を盛りつけて出される「とりざかな」では、三品から五品といったところが妥当な数であろう。新庵の間取り、当日の膳の数から推定される人数（前述参照）を考えれば、いくら大皿とはいえ、大体三品目と見るのがよいのではないか。食材の選択については『聞き書三重の食事』（「日本の食生活全集24」・同書編集委員会・昭和六十二年）の「伊賀盆地の季節素材の利用法」と、先行例に鑑み、茄子、枝豆、栗（御歩行衆の食膳にも用いられている）のいずれかが、その中に加わっていたように思う。食材が重複しないという観点から川魚の鮒などを選ぶ余地は十分にある。

なお、前後したが、献立のうち「冷めし」は炊いた飯の熱をとり、器にもりつけただけのもの。これには野趣があると見る向きもあるが、これから始まる月見の宴が三更に及ぶも辞さないという、芭蕉のもてなしの心を読みとるべきであろう。露伴もこれを「俳諧味の頂上」と評している。

ところで、以上の品目、料理皿をどのように膳の上に並べたものであろうか。先にもふれたように、このたびの献立には汁物（吸物）が二つある。このことと、菜の数から推定して、膳の数を二つ、二汁五菜と考えてよいと思う。二汁五菜は江戸期の最も基本的な二の膳つきのもてなし料理である。なお、献立中の肴「にんじん・焼初茸・すり山ノいも」を表記にもとづき、並べて膳におくと見て、再びこれに番号を付し、一部に書き入れを施して配膳の首尾を一案として提示してみたい。

①芋 煮〆
②酒
③煮物 のつぺい せうが ふ こんにやく ごぼう 木くらげ 里いも
④吸物 ゆ（柚） つかミだうふ しめじ（しめじ茸） めうが（茗荷）
⑤中ちよく もミふり くるみ
⑥かうの物
⑦肴 にんじん 焼初茸 しぼり汁 すり山ノいも す しやうゆ
⑧くわし（菓子） かき（柿）
⑨吸物 松茸
⑩冷めし
⑪とりざかな

本膳に⑩冷めし、⑨吸物（松茸）、⑦肴 にんじん、焼初茸とすり山ノいも、①芋 煮〆、⑥かうの物、を配してみる。献立に生ものがなく膾の類いがない。そこで、しぼり汁を使った焼き物の肴を本膳に組み入れる。

二の膳に、④吸物、③煮物、⑤中ちよくをおく。⑧くわし（菓子）を加えると四品となるから②の酒の盃をともにのせて、数を奇数五とする。⑪とりざかなは、大皿に盛り、膳の向こうにおく。これは、酒の肴として、やがて着座の順番に廻されるのである。これを図示すると図5のようになる。

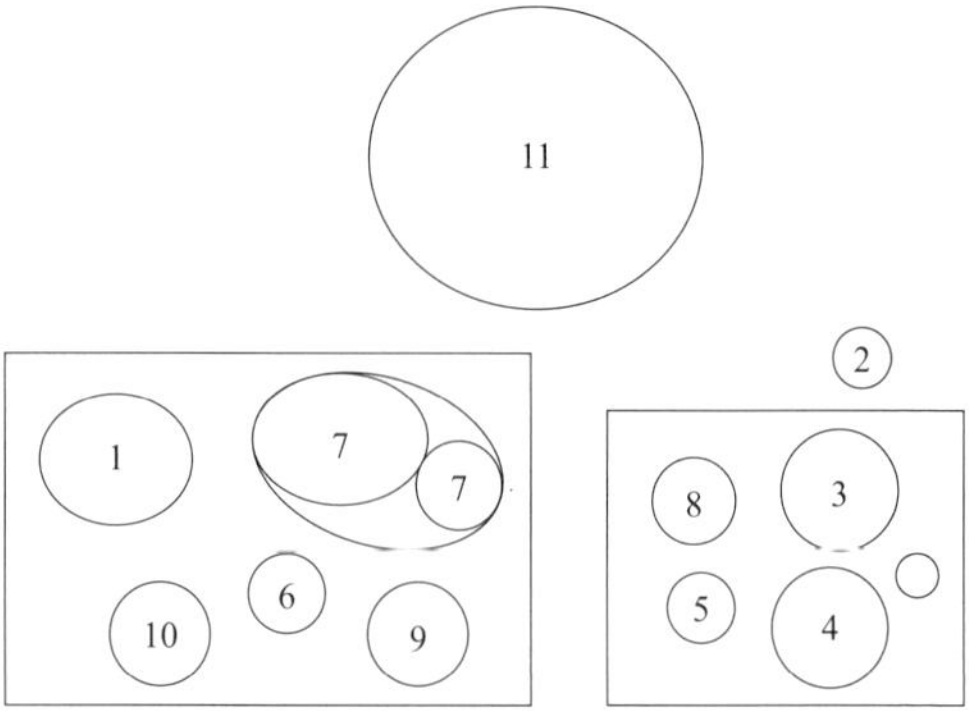

図５　配膳案の一例

結語

膳の料理には箸のつけ方を説く資料もあり、月見の酌の仕方まで指図する記録もあるが、気のおけぬ面々に、かた苦しい作法をこの場に応用することは、しばらく脇におくことにしよう。

おそらく深川でも、その生涯に何度か月見の日に芭蕉が膳を作って門人、知友を招くことがあったに相違ない。一年をとおしてたびたび行われる「月待ち」の行事にも食はつきものであった。時と場を共有し、人々が同じ目的で会するとき、もてなしの食膳がさらに集う者の心の和を育む。とりたてて珍しい風景ではないが、新庵完成の慶びに、腕によりをかけた今日の月見の膳はやはりご馳走であろう。

芭蕉最後の十五夜の月見の宴が始まる。

【付記】

芭蕉研究の注釈対象から漏れて久しい「月見の献立」をとりあげ、そこから想像される当日の膳の風景について概説を試みた。膳は盛る器、料理は食材の切り方によって大きく印象を異にする。したがって、それを再現することは難しいが、ただ、献立が記録に残っていれば、さまざまな角度から互いに議論し合うことの意義は小さくない。和食文化を考える文字どおりの文化遺産である。今後もこの「月見の献立」をもとに再現などの議論の輪が広がることを期待する。なお、本稿では、芭蕉(宗房)の青年期における藤堂新七郎家への勤仕の役目については、まったくふれることがなかった。料理人(二代目市川団十郎『老の楽』)であったのか、台所用人(遠藤曰人《わつじん》『芭蕉翁系譜』)であったのか、これもまた読者諸賢の想像に委ねておく。

食べる牡丹から観る牡丹へ—蕉門の牡丹狂騒曲—

岡本　聡

一　はじめに

　牡丹は古くから、薬用として日本に伝播して来ている。本稿は、和食に絡めたものという依頼を受けているが、医食同源という事で、薬として食べる牡丹から、江戸時代前期にブームとなった観る牡丹への変遷を史的に捉えていきたい。以前『芭蕉忍者説再考』（風媒社、二〇一八）という本の中で藤堂新七郎良長が、元禄四年に芭蕉に牡丹の珍しい品種を依頼して、それを芭蕉は一条政所家の侍医であった去来の兄向井元端に依頼していたという事を指摘した事がある。それは、牡丹が鑑賞用であるだけでなく、薬用である事に着目したものであり、去来の兄がその難しい品種を作る事が出来る事に目をつけたものである。去来の父は後水尾院の侍医であり、本草学者としても著名な向井元升である。

図１　『増補地錦抄』国立国会図書館デジタルコレクション

　本稿では、まず薬用牡丹の伝播から、鑑賞用牡丹の始まりを捉えていく。そして延宝九年（一六八一）『花壇綱目』の段階では四十一種類の牡丹の品種が元禄八年（一六九五）の『花壇地錦抄』の段階では四百九十四種類にも膨れあがってしまう元禄宝永期の狂騒の様子を随筆類を中心に把握する。また、その頃の蕉門の人々の牡丹熱を、江戸後期の戯作者柳亭種彦が描いている『柳亭筆記』についても検討した上で、江戸後期の衰退についても触れる。

二　薬用牡丹の伝来

薬用としての牡丹の伝来は、空海に始まる。大同十年（八〇六）に唐より帰国した空海が牡丹を初めて持ち帰る。最初は薬として使われていたが、やがて鑑賞用となっていく。麓次郎氏が『四季の花事典』（八坂書房　一九八五）で示しているように唐の高宗、則天武后の時代に牡丹が後宮で植えられ、園芸品としてもてはやされる以前の漢書の牡丹はマンリョウかカラタチバナだったとされる。日本の随筆の中にもそれに触れたものが多く見られるが、そこでは山橘（藪柑子）だったとされる。曲亭馬琴の『玄同放言』（日本随筆大成第一期5）には『万葉集』の「山橘」歌を挙げた上で、次のように記している。

こゝにいふ山橘は、藪柑子の事なり（中略）万葉集なる山橘を、牡丹なりと思ふはたがへり、この他、古今集十三、新撰六帖第六、夫木鈔廿八等に見えたる、山たちばなの歌も、皆平地木《ヤブカフジ》をよみたるなり、こは万葉集を、よくも見ざるもの丶為にいふのみ、牡丹はふかみぐさといはんこそ、正《まさ》しき和名なるべけれ、今さまぐ\なる異名を負《おは》するはうるさし。

『万葉集』に詠まれる山橘（藪柑子）を牡丹とするのは間違っていると馬琴は言う。岡本保孝の『難波江』（日本随筆大成第二期21）には狩谷棭斎の説を示し、「牡丹」には二種類あるとして次のように示している。

亡友狩谷棭斎の説に牡丹に二種あり。今いふ牡丹は、唐の開元天宝の比よりみゆるものなり。それよりさきには謝康楽の詩にみゆるばかり也。ふかみぐさと和名をおほせたるは、開元天宝の比よりのうつくしき花のかたにはあらず。今いふ藪柑子の事なり。一名山橘とも云ふ也。本草和名抄には、牡丹にふかみぐさとやまたちばなとのふたつの和名をのせたり。

これによると、牡丹の別名である「ふかみぐさ」は山橘（藪柑子）の事だったものと捉えている。林羅山の『梅村載筆』（日本随筆大成第一期1）には次のように示す。

牡丹をふかみ草とも、はつか草とも云。楽天が楽府牡丹芳に、花開花落二十日、一城之人皆若狂、と云によりて、はつかくさと云なるべし。昔は牡丹の沙汰なし、毛詩にも芍薬の事はあれども、牡丹をいはず、後世にいたり、牡丹を木芍薬と名づく。薬種にも用ひ、花をも賞する事は、李唐より盛なり。

林羅山が示す白楽天の詩「牡丹芳」には「千片赤英霞爛爛　百枝絳豔燈煌煌」（千の赤い花びらは彩雲のきらめき。百の枝に赤く咲く花は煌々たる灯火）という一節を見ると明らかに開元天宝以後、唐の宮中でもてはやされた牡丹の花の事であるものと捉えられる。また羅山は「ふかみぐさ」を山橘ではなく、牡丹の事であると捉えている。もともと薬用に用い、鑑賞用に用いたのは李唐以後であると述べる。

『日本国語大辞典』（小学館　第二版）の「ふかみぐさ」の項には、①牡丹の異名、②藪柑子の異名の二つを挙げている。「牡丹」は最初は「藪立花」「藪柑子」であったのを、『箋注和名抄』が誤って花として挙げた為に誤解が生まれたというのが、現在の解釈のようである。

ただ、それでは、鑑賞用の牡丹が、薬として扱われなかったかというと、どうやらそうでもないようである。漢籍、随筆類は、鑑賞用牡丹の初めは次項で紹介するように則天武后の時代からであった。それ以前は、牡丹には名前がなく、山に生えていて、仮に「芍薬」と名付けられた。青木昆陽の『続昆陽漫録』（日本随筆大成第一期20）には次のように示される。

続博物志ニ、牡丹初不載文字。唯以薬見本草。唐則天以後。洛花始盛。謝霊運言。永嘉竹間多牡丹。或日霊運之所謂牡丹ハ今ノ芍薬トアレバ、正集ニ載スル如ク、古ヘヨリ牡丹アルコトイヨ〳〵明カナリ。スベテ草花盛リニ行ハルレバ、種々ノ花出来モノニテ、唐以前愛スル人ナク、竹間ニアルユヘ、後ノ人芍薬トスルナリ。

これによると、竹間に自生する「牡丹」を唐以前は、ただ薬として求められ、鑑賞用の花として愛されたのは、唐以後である事がわかる。また、薬としての牡丹には、名前が無く最初は「牡丹」とはしていなかった事もわかる。

『中薬大辞典』（小学館　一九八五年）を見ると、「牡丹皮」「牡丹花」がそれぞれ薬効を持って記されている。

牡丹皮　清熱する、血を涼める、血を和ませる、瘀《お》を消すの効能がある。熱が血分に入ったもの、発斑、驚癇、吐血、鼻出血、便血、骨蒸労熱、閉経、腹中の硬結、癰《よう》傷、打ち身を治す。

牡丹花　1〔民間常用草薬彙編〕径を整え血を生かす。
　　　　2〔四川中薬志〕月経不順。径行腹痛を治す。

牡丹皮の原植物として、鹿韭、鼠姑、白朮、百両金、呉牡丹、木芍薬、花王、洛陽花、鉄角牛などが挙げられている。ここで挙げられているのは、藪柑子ではなく、鑑賞用の牡丹であり、牡丹がもともと薬用として効力があった事が知られるのである。

また、食べる牡丹についての記述は、正徳四年（一七一四）刊、高島某著の『当流節用料理大全』「青物料理遣用」の項（『翻刻　江戸時代料理本集成』第三巻　臨川書店　一九七九年）に次の記述がある。

牡丹の花　さしみ　ほして　にいろ　すあへ
芍薬の花　右同前也

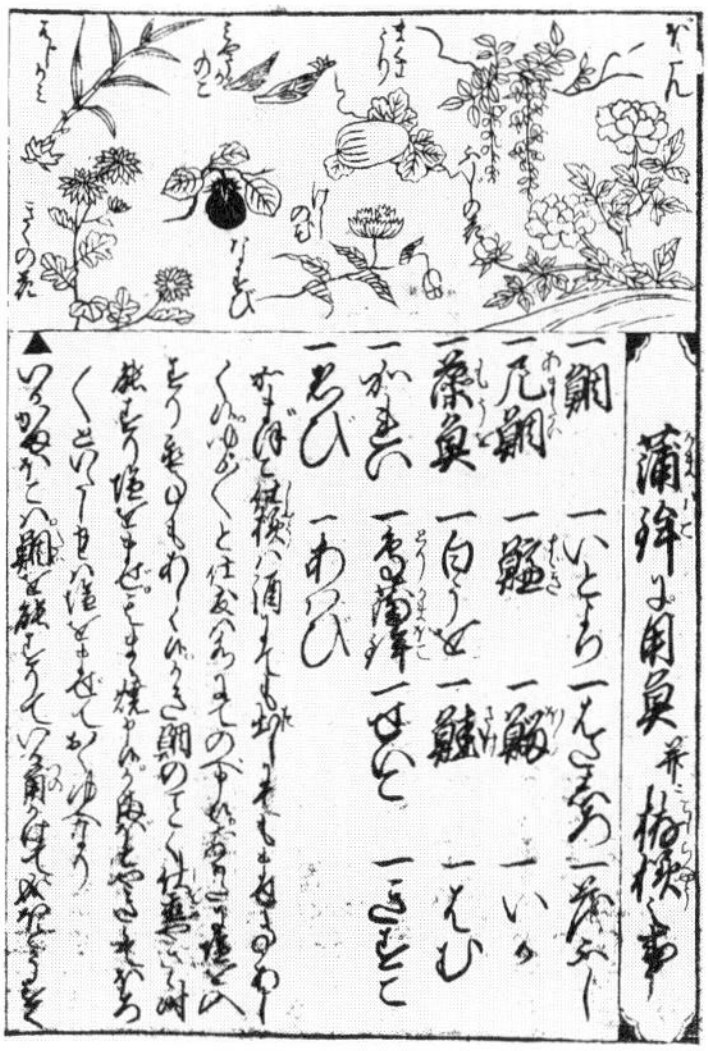

図２『節用料理大全』
（国文学研究資料館撮影／味の素食の文化センター蔵）

これを見ると、牡丹は芍薬同様、刺身や干物、煮物、酢和えなどにして食する事がわかる。また、貝原益軒の『菜譜』（宝永元年〈一七〇四〉成立、正徳四年〈一七一四〉刊）（八坂書房　一九七九年『花譜・菜譜』）には、次のように示されている。

花白きと、うす色なるをとりて、熱湯につけ、もみて醋《す》、塩、酒、或

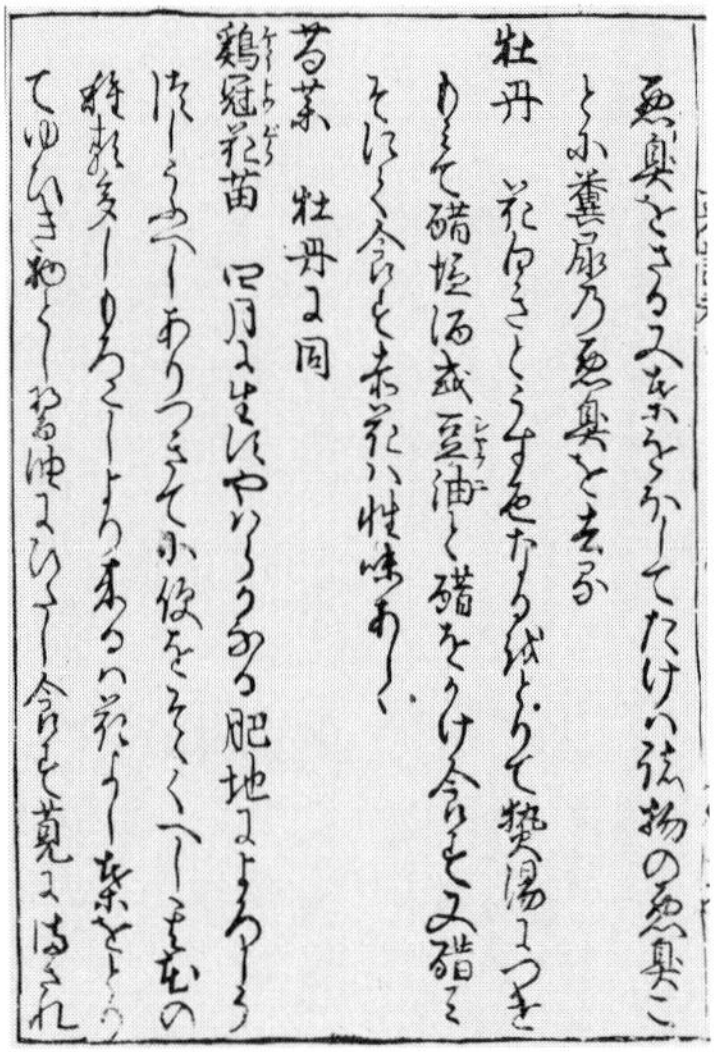

図３　『菜譜』国立国会図書館デジタルコレクション

豆油《しょうゆ》と醋をかけ食す。又醋みそにて食す。赤花は性味あしく

牡丹の花は、白い物と薄い色のもののみを食べるようである。赤い色の牡丹は、「性味あしく」と書かれている。煮て、酢や、塩、酒をかけるか、酢醤油で食べたようである。又酢味噌でも食べた事が記されている。益軒は、続けて「芍薬」を記し、「牡丹に同」としている。それ以前に成立している『花譜』（元禄七年〈一六九四〉序元禄十一年〈一六九八〉刊）にも益軒は「牡丹」の栽培法などについて多く筆を費やしている。ここでは、牡丹の食べ方については記していないが、薬として用いる牡丹について言及している。

　薬に用るには、ひとへの紅白を用ゆべし。八重、千重、雑色用ゆべからず。

天野信景の『塩尻』（日本随筆大成第三期14）には、次のようにある。

　曼茶羅の縁に牡丹を描くは、皇慶口伝にいふ天竺の法に食物に必牡丹をしく、此国の茅敷のごとし。故に世俗に准じて供養物に用ゆと云々。一説に牡丹は獅子愛して食之。（後略）

ここには、一説に獅子は牡丹を食すというものがある。薬になったり、人間も料理として食べる程であるから、獅子が牡丹を食すという説もまんざら根拠がない事ではないだろう。獅子と牡丹との関わりについては近年雨宮久美氏が「日本における牡丹と獅子文化の形成と謡曲『石橋』」(『国際関係研究』〈日本大学〉第三十六巻一号、二〇一五年十月)に詳説している。

三　観る牡丹の初め

ここまでは、薬として、あるいはまた食材として食べる牡丹について見てきた。先にいくつかの随筆に指摘されていたように、薬としてしか用いられなかった牡丹を積極的に、後宮の庭に植えて、観賞用にしたのは、則天武后(六二四〜七〇五)が初めだったようである。

先に引いた馬琴の『玄同放言』(日本随筆大成第一期5)には次のようにある。

牡丹は唐の武后の時より、盛になりぬといへども、花に五色を出せしは、宋に至りてなり、といへり、

武后は則天武后で、中国史上唯一の女帝である。唐の高宗の皇后となり、後には唐に代わり武周朝を建てた。『玄同放言』には、これに引き続き次の記述がある。

かゝれば随の時尚《すら》、牡丹に雑色あり、唐の時に黄花浅紅なしと思ふはたがへり、但深紅のものなしといふは一定ならん歟、清の康熙中には、緑牡丹黒牡丹さへありとなん。見池北偶談。巻二十五 造化も人の好むまゝに、工を尽ざることなし、しかはあれども、壮《さかり》なるものは必哀ふ、元明に至ては、洛陽に牡丹聞ゆることなしといへり。

馬琴は随の時代にさえ牡丹には、雑色があるのだから、唐の時代に黄花、浅紅がないというのは間

違っていると述べている。更に盛りなるものは衰え、唐の時代には、盛んだった牡丹も、元や明の時代には、洛陽の都に牡丹の噂を聞くことすら無くなったとする。

天野信景の『塩尻拾遺』（日本随筆大成第三期18）には則天武后より後の時代の唐で牡丹花が盛んだった様子を示している。

> 開元天宝遺事は唐王仁裕記之実録にはあらずといへども、当時の風俗これを以て知るに足れり。されば、玄宗太平を承けて日久しく、初志を喪ひ、開元の時は善政多し老いて弥みだりがはし。（中略）彼花妖牡丹奸燭物の感ずる所、涙粧肉陳は乱の兆、夢中の有孕を誣しかば、国忠が愚を弄せる也。盆池の活魚は、林甫戯を助けし也。申玉が酔興、岐天が暖手は、酒に酗し色に惑へるの甚しき也。（中略）其の春時花をもてあそぶこと狂へるが如く、闘勝裙幄千金を費してこれを風流とし、其華圃は百宝錦綉を以て、欄橋を飾り、沈水檀香をもて楼閣を荘ひ、敷花を待ちて賓客を聚め、酒色を恣にせしさま、前代未聞のことなりし。かくて、いつまでかは楽しむべき。やがて浅ましき乱いで来りて、上下屍をつらね、骨をすつるに至りて、禍患家々にみち、罪累族滅して後息めり。

ここには、唐王朝最大の繁栄を築き、開元の治とされた玄宗皇帝前期とは異なり、玄宗皇帝後期は、「花妖牡丹」を中心として千金を積んで花壇を花で飾りしめ、酒食をほしいままにし、楊貴妃を寵愛し、やがては安史の乱へ繋がっていく様子が描かれている。

天野信景は、本邦を振り返り「これら又、時尚とて、奇花怪草をもとめ植え、人に誇り他を嘲る習俗、天宝の凶民奢侈の悪俗に何れぞ」と結んでいる。爛熟した文化は「奇花怪草」を求めるようになるという所は、後述する元禄の牡丹熱にも通じる所がある。

四　本邦における観る牡丹の初め

それでは、次に本邦の牡丹鑑賞の初めについて見ていきたい。馬琴の『玄同放言』（日本随筆大成第一期5）には、次のように示される。

牡丹は皇国《みくに》にても、いにしへは薬剤にのみ用ひて、花を弄ぶことは聞えず、大治保延のころなどより、宮中にも植ゑさせ給ひけるにや、詞花集第一に、新院位にをはしまし丶時、牡丹をよませ給ひけるに、よみ侍りける、「さきしよりちりはつるまで見し程に花のもとにてはつかへにけり」関白太政大臣、廿日経《へ》に、仕《つかへ》をかけてよみ給へり、右のよみ人関白太政大臣は、藤原忠通公なり、当時新院と唱へ奉りしは、崇徳院のおん事なり、

この記事によると、『詞花集』に載る藤原忠通が崇徳院の詠んだ牡丹の歌に返したこの歌の頃からと考えられる。大治（一一二六～一一三一）、保延（一一三五～一一四一）頃宮中に牡丹が植えられたかと馬琴は推測する。それ以前は中国と同じく薬剤にのみ用いられていたようである。大同十年（八〇六）に空海が初めて牡丹を唐より持ち込んでから三百年ほどが経過している。唐が終わるのが西暦九〇七年であるから、それからでも二百年ほどは経っている。『玄同放言』（日本随筆大成第一期5）は先の記述に続いて次のように記している。

又本朝無題詩、巻之二植物部藤原通憲少納言法名信西が、牡丹の詩に云、唯惜飄々風底色、不堪二十日間粧、これらの詩歌は、白居易が詩に本づくならん、長慶集を考ふべし、か丶れば廿日草てふ名も、由来ふりたり。又同書、大江匡房の牡丹の詩に云、対花日夜倚欄干、再三沈吟憐牡丹　法性寺殿忠通

の歌は、右の両詩句とおのづからに合《かな》へり、前後ありといへども、皆同時の人なり。

馬琴は『本朝無題詩』の藤原通憲の牡丹の詩に「不堪二十日間粧」とある事から、白居易の詩の影響であろうと述べている。これは、先述の羅山の随筆の中で示されている白楽天の「牡丹芳」であり、藤原忠通の「はつかへにけり」も藤原通憲の「不堪二十日間粧」も、もともとの白楽天の詩句にある「花開花落二十日」を受けている。「皆同時の人なり」とある事から、日本で牡丹が鑑賞用として認識され始めたのは、大治保延（一一二六〜一一四一）の事であり、そこには、白楽天の『白氏長慶集』（八二四）や『白氏文集』（八四五）などの影響があったものととらえられるのである。『白氏文集』の日本への伝は、承和年間（八三四〜八四八）以後だとされる。『文徳実録』（八五一）九月乙未条藤原岳守の卒伝によれば、承和五年（八三八）に唐人の貨物から「元白氏詩筆」を得て仁明天皇に奉じられたとする。すると、先の「牡丹芳」という白楽天の詩が日本に伝来したのも、この頃という事が出来る。実際に日本の日記や物語、随筆の中には、先の大治保延年間よりも、早い時期に牡丹が鑑賞の対象となっている。天禄二年（九七一）六月、『蜻蛉日記』（日本古典文学大系　岩波書店　一九五七年）の本月条に牡丹の花が描写されている。

まだなにとんしら《も》ぬ草どももしげきなかに、ぼうたん草どもいとなさけなげにて、花ちりはててたてるをみるにも、散かかつはときといふことを、かへしおぼえつゝ、いとかなし。

九世紀初頭に薬用として導入された牡丹が、十世紀後半には鑑賞用になっていたことがわかる。これは、『白氏文集』などの伝来と期を一にしたものであろう。長保三年（一〇〇一）頃成立と推定されている清少納言の『枕草紙』には、一一六品の植物が登場し、その中に牡丹の名が見えている。『枕草紙』（日本古典文学大系　岩波書店　一九五八年）一四二段には、次のようにある。

　台の前に植ゑられたりける牡丹などのをかしきことなどのたまふ。

寛弘四年（一〇〇七）成立の『源氏物語』には植物が一一四品出ているが、何故かその中には牡丹を見いだす事は出来ない。

五　江戸前期の狂騒

　さて、前節では、本邦における牡丹鑑賞の発端について記してきたが、本節では、本邦における牡丹熱について触れておきたい。馬琴の『玄同放言』には次のように示される。

　宝永を真盛にして、この花漸々《しだい》に衰たり、さばれ余が総角《あげまき》のころまでは、駒込のあなた、西が原てふ処に、茶器を鬻《ひさ》ぐ、牡丹屋とかいふものゝ別荘に、多く牡丹を植しかば、俗《よ》に牡丹屋敷と呼《よび》做《なし》たり、そが家号《いへな》を牡丹屋といひつるも、牡丹を愛《めづ》るによりてなるべし、これもはや夢と覚けん、今は彼処《かしこ》に、さるものありとしも聞えず、海内の名産輻湊《ふくそう》して、よろづに乏しからぬ大江戸なれども、今にして牡丹の生花を見んことは、三千歳に一たび花さくといふ、優鉢羅花《うどんげ》よりもかたくなりぬ、明謝肇淛が洛陽の牡丹を論じて、気運有時而盛衰耶、といひけん宜《うべ》なり、今の俗《よ》に弄べる牽牛花《あさがほ》も、亦復《またまた》かくの如くならん、

これによると、宝永（一七〇四〜一七一一）を真盛にして、『玄同放言』が書かれたほぼ百年後の文政元年〜三年（一八一八〜一八二〇）には、「三千歳に一たび花さくといふ、優鉢羅花《うどんげ》」よりも、市中で

牡丹が咲いているのを見かける事が少なくなったという事である。その時代には牽牛花《あさがお》が流行っているが、これも文政における牡丹の状況などから類推すると、いずれは、廃れてしまうだろうと予測している。馬琴は、「寛永の巨菊、元禄の百椿、ちかくは寛政の橘、昨今の牽牛花と、異なることあらじかし」と記して、「宝永の牡丹」とともに、本邦における花の流行の変遷を記している。これは、先に中国の例で見たように、唐には盛りだった牡丹が、元や明の時代には、誰にも振り向かれなくなってしまっていたのと、同じ事であろう。

元禄宝永頃に牡丹は真盛だった事が類推されるが、まさにその時代の霊元院が牡丹好きであった事を示す逸話をいくつかの随筆の中から指摘する事が出来る。柳原紀光の『閑窓自語』（寛政五年〈一七九三〉～九年〈一七九七〉）（日本随筆大成第二期8）には、次のように示されている。

わが国にぼたんを愛せしこと、保元已前よりはじまれるなり。崇徳院、位におはしましたりける時、このはなの御うたをよませたまへりけるに、法性寺関白忠通公の、咲きしより散りはつるまでみしほどに花のもとにて二十日へにけりとよまれしよし、詞花集に見えたり。その後は霊元院法皇、ことにめでおはしましけるよし、たしかにしるせり。この外にはかにおぼえず。

柳原紀光は、本邦における牡丹鑑賞の初めとして、『詞花集』に収められる藤原忠通の「咲きしより」の歌を挙げ、「その後は霊元法皇、ことにめでおはしましける」と記し、牡丹の全盛期である元禄宝永期の院である霊元院の時代に視点を移している。霊元院が、牡丹の花に夢中だった事を示す逸話は神沢杜口の『翁草』（日本随筆大成第三期19）にも載る。

上皇霊元帝は、院附の武家前後を警固して、大仏妙法院御門跡の御本坊へ臨幸成る、（中略）扨御本坊に入せ玉へば、御門主迎奉らせ玉ひ、折柄御庭の白牡丹のやゝ綻びかゝれば、一枝折らせ玉ひ、叡覧に備へ玉へば、あやなく叡感有て、牡丹の御噺しのみにて回禄の御沙汰は一向《ヒタスラ》なく、天気殊更に常の如く穏なりしとかや。

神沢杜口は京都町奉行の与力でありながら、俳諧では半時庵淡々の弟子でもあり、文化にも造詣が深い人である。「宝永五年より今安永元年迄六十五年を経れば、此時の巨細を覚えたる人なし」とこの直後に書かれているから、この霊元帝の大仏妙法院御門跡の御本坊への臨幸が、宝永五年（一七〇八）の事であり、神沢杜口が、この文章を書いているのが、安永元年（一七七六）の事であったという事が知られる。妙法院御門跡の御門主が庭の白牡丹を一枝折って霊元帝に差し出した所、牡丹の話に終始して、回禄（火災）の話は一切なく、ご機嫌も常の如く穏やかであったというのである。これは、宝永五年三月八日午の刻（正午前後）から、翌九日の申の下刻（午後四時頃）まで京洛を襲った火事の事である。霊元院自身も焼き出され、下鴨神社に逃れた所、下鴨神社にも飛び火し、上鴨神社に逃れた後、風向きが変わって、翌日の午後四時近くに火が消された。そんな大事件の直後でも、白牡丹一枝をお見せしただけで、火事の話は一切なく、牡丹の話に終始されたというのだから、霊元院の牡丹好きは「病膏肓に入る」と言った類である事が類推されるのである。

少し前の元禄時代にも既に牡丹に魅せられた人がいた事を示す逸話がある。神沢杜口『翁草』（日本随筆大成第三期21）に次の話が載る。

元禄年中類焼有ける時、上野の火消を勤められ、根本中堂の前に行列を立おはしけるが、近習の者を申付、屋敷へ参て秘蔵の斗南小塩はいかゞ成たるぞ、みて参れと被申付、近習馳行き直に立帰て、御屋敷は不残焼候へども、斗南小塩は牡丹蔵へ入候と申ければ、悦ばれける。すぐれたる花数寄にて、名花多く有り、中に右の牡丹は参勤交代の往来にも持せられたり、日光大明院の宮、ひたすら御所望に仍り一株被進し、其余は此花他に無りしとなり。

松平吉品《よしのり》は福井藩主である。貞享三年（一六八六）に福井藩は改易廃藩となる所であったのを、結城秀康以来の名門である事から、特別の配慮を受け、松平綱昌の強制的な隠居と前藩主であった吉品が、所領削減された二十五万石を家督を継いで藩主に再任された。吉品という名前は将軍綱吉から「綱吉」の「吉」を偏諱《へんき》として賜って改名したものである。この松平吉品が、やはり火事の時にも、屋敷が焼けた事よりも、「斗南小塩」という銘柄の牡丹が残った事を喜び、しかもこの牡丹を大事にするあまり、参勤交代の往き来にも持って歩いたというのである。これは、宝永より前の元禄の時代には、既に牡丹熱があった事を示す逸話である。

六　蕉門の牡丹熱―『柳亭筆記』を中心に―

さて、芭蕉もこの牡丹熱に巻き込まれていた事は、拙著『芭蕉忍者説再考』（風媒社　二〇一八年）にも既に触れたので詳しくはそちらをご参照されたい。芭蕉は元禄四年（一六九一）に藤堂新七郎良長に、牡丹の上質の品種を探すように依頼され、元禄七年（一六九四）九月十日付去来宛書簡を出した時、すなわち亡くなる一ヶ月前までその事と関わっているのである。

芭蕉が藤堂新七郎家に依頼された「茂庵、くらはし、なびか」について、柳亭種彦の随筆『柳亭筆記』（日本随筆大成第一期4）の中に、「茂庵」に関する考証と、蕉門の牡丹熱について述べたものがある。種彦は、「茂庵」という白牡丹と「布施紅」という紅牡丹とを同時に考証し、さらに同時代の小説や、俳諧に「茂庵」「布施紅」がどのように詠み込まれているかについても言及している。

注目されるのは、蕉門における「茂庵」「布施紅」の詠み込み方である。芭蕉後七部集に入る『千鳥掛』には「見た事ははなしにもなる花の宿　路通」の句に「夏をこなたに布施紅の咲く　同」と本人が付けている。ここには、花とは記されるものの、牡丹とはどこにも書かれていない状態で、次の句に「布施紅」と付けられているのである。また、其角の『類柑子』には、「檜原の辛夷《こぶし》諸白を吸ふ甘巳」という句に「臥紅粉の色綻て春日影　其角」とこれも牡丹とはどこにも書かれていない状態で、「臥紅粉（布施紅）」と付られているのである。艶士撰『分外集』には、「つり台は四枚肩なり茂庵白破琴」「月に君眉毛やなでし茂庵白　幽独」が抽出されているが、どちらも牡丹とは記されていない。芭蕉七回忌追善杉風撰『冬かづら』には、「衣張かせばこちに事かく　千川」の句に、「薄色の奥は紀の国茂庵白　荊口」とこれも牡丹とはどこにもなく、「茂庵白」の名が載せられているのである。「紀の国」とあるのも、「玉津島」という薄色の牡丹の品種である事を柳亭種彦は『紫陽三月記』（元禄四年〈一六四一〉刊）という木陳居士の園芸書により裏付けている。つまり、少なくとも、路通や其角、破琴、幽独、千川、荊口らにとって、「布施紅」「茂庵」は牡丹の品種名である事が、共通認識としてあったものと考えられるのである。

柳亭種彦は、それ以後艶士撰『分外集』から、品種名を詠み込んだ句を取り上げている。

「出雲白」という品種がある。この木は『紫陽三月記』によると松平出雲守綱近の庭に生じたものであるとされる。「持国雲州取て名とす」とある。種彦は、紅牡丹にも「又出雲」という品種があると言及している。この松平綱近は、曽良が長島で仕えていた松平康尚の娘婿であり、芭蕉が、その屋敷で俳諧興業をしたと伝えられる土屋四友（老中土屋政直の親族）が仕えていたとされる人物である。永井一彰氏が近年紹介された『俳諧短冊手鑑』の中では、土屋四友の事を、土屋数直（老中土屋政直の父）の一門であり、松平出羽守（綱近）の家臣だとしている。柳亭種彦はこの「出雲白」についても『分外集』中の句を紹介している。「黄昏や手紙よまるゝ出雲白　楓子」という句である。この句も、これが牡丹の品種だと知っている人でないと読み取れない。

また、「夏衣」という品種についても、『分外集』の「夏衣先ヅ面くはす通りかな　湖梅」の句を紹介している。これも知らなければ、牡丹の品種と受け取る事が出来ない句である。種彦は「筑前牡丹名寄、白牡丹の部に、夏衣の名を載たり」として、この品種がある事を裏付けている。また「薩摩白」という句についても、「後見や明るわびしきさつま白　寸竹」という句を挙げ、種彦は「未考」としている。これは、当時の牡丹書などでまだ種彦が検討していないという意味であろう。ただこれについても、牡丹とは記されていない。「とち白」という品種については、「西本願寺にて、とち白のお八ツからはやどろ〳〵と　洛陽金色」の句を『分外集』から挙げ、種彦は「茅白、茅は花ぐき也。其白きをいふべし。」と考証している。また、『紫陽三月記』に「口紅粉、葩大平に短し、色背みありて白し、重ネ一重二重、此木西本願寺より出る珍花までなり」と出ているのを引いて「是等を茅白ともいひしか」としている。これも西本願寺にある珍花「とち白」というものなのであろうかと種彦は記しているが、これについても句の中で牡丹という事は示されていない。

以上示したように、蕉門を中心に、牡丹の品種名のみを用いて、句をなしているものが散見され、元禄当時の牡丹熱の過剰ぶりと、品種名のみ共通認識が出来てしまっている土壌があった事が示されるのである。

七　おわりに

本稿では、食に関するものをと依頼していただき、食べる牡丹から、観る牡丹への変遷を通史的に見てきた。「牡丹」という花がもともとは、中国でも日本でも漢方薬として用いられ、食材としても用いられた花である事を論述した。観る牡丹の方の最も盛んだったのは、中国では、唐であり、日本では、元禄宝永の頃である。芭蕉や、蕉門の俳人たちはその渦中にいた。芭蕉は元禄四年に藤堂新七郎良長に頼まれるままに、上花である「茂庵、くらはし、なびか」を探した。そして、芭蕉が思い至ったのが、当時『養生善道』（延宝四年〈一六七六〉刊）や『庖厨《ほうちゅう》備用《びよう》倭名《わみょう》本草《ほんぞう》』（貞享元年〈一六八四〉刊）を出して儒医としても著名で、さらにそれ以前に長崎で大目付井上筑後守政重の命令で、西洋医学をも学んでおり、京都において後水尾院の侍医でもあった去来の父向井元升であり、一条政所家の侍医であった兄向井元端である。向井元升については、若木太一氏「京都向井家墓碑考──文人向井元升の家系──」（長崎大学教養部紀要　人文科学篇　一九九三年一月）や、ヴォルフガング・ミヒャエル氏「儒医向井元升と西洋医学・本草学の受容について」（『長崎・東西交渉史の舞台』上巻　勉誠出版　二〇一三年）などがある。貝原益軒が、「向井氏霊蘭先生碑銘並序」という文章を書いており、これが元升に関する根本資料となっている。芭蕉は去来に依頼して、去来の兄元端にこの品種を作ってもらい、芭蕉が亡くなる一ヶ月前の九月十日付去来宛書簡を見ると、どうやらその品種を藤堂新七郎良長に届ける事に成功したようであり、去来に対して、良長に代わって御礼を述べている。当時の医学は本草学であり、去来に依頼したのは、「牡丹皮」や「牡丹花」を薬として作る必要上、去来の兄向井元端なら牡丹の上花を作る事が出来ただろうと考えた為であろう。あるいはまた、後水尾院や霊元院の周辺で牡丹の名花の逸話が伝えられていたという事は、後水尾院の侍医であった向井元升や、一条政所家に仕えた向井元端なら、この上花を栽培する方法を知っているだろうという予測から依頼したものと捉えられる。芭蕉がそれを思いついたのは、芭蕉が薬草などにも詳しく、ほぼ同時代の貝原益軒が食材として捉え、先に見た『菜譜』の中で牡丹の食べ方を扱っているように、食材としての牡丹の事も知っていたからであろう。芭蕉が藤堂新七郎家にいた時に「料理人」であったという事については二世市川団十郎の日記『老のたのしみ抄』(『燕石十種』中央公論社　一九八〇年)享保二十年二月八日の記事に次のように記されている事に拠る。

　芭蕉翁は、藤堂和泉守様御家来、藤堂新七殿の料理人のよし、笠翁物語

二世団十郎が、芭蕉の周辺人物である小川破笠《はりつ》(笠翁)から聞いたとする話で信憑性が高いものである。

　馬琴が『玄同放言』(文政元年〈一八一八〉~三年)を書く百年後の時代になると、牡丹の花はすっかり廃れてしまい、「三千歳に一たび花さくといふ、優鉢羅花《うどんげ》」を見つけるより、市中で牡丹の花を見つける事が難しいという状況になる。その後は、宣長の門人斎藤彦麿呂『傍廂《かたびさし》』(万延二年刊〈一

八六一〉）に見えるように、中国の牡丹や海棠と比較して、日本の桜を挙げ「かばかりすぐれたる花なき外戎は、国がらいやしき故なり」と、「漢心《からごころ》批判」のような言説も見受けられるようになってくる。

薬としてあるいは食材としての牡丹から、鑑賞用の牡丹への変遷を追ってきたが、「牡丹」を通して日中交流の文化史の一端をも捉える事が出来るように思えるのである。

【附記】

「牡丹皮」が消炎、解熱、鎮痛、浄血、通経の目的で漢方薬として利用する事、また磯野直秀氏編『日本博物誌総合年表』（平凡社　二〇一二年）の存在については、名古屋園芸の創業者であり、園芸研究家の小笠原左衛門尉亮軒氏に御教示いただいた。また、『分外集』については、佐藤悟氏よりご教示を賜った上、貴重な御蔵書も貸与していただいた。末筆ながら深謝申し上げる。

井原西鶴作品にみられる食文化
―『万の文反古』を中心に―

石塚　修

古典文学作品には、ほとんど食事の場面が登場しないことは、意外に知られていません。たとえば、卒業論文のテーマを決める頃になると、きまったように「○○における食事の表現」というテーマを提示してくる学生が出てくることからも窺えます。実際にその作品で調べてみてごらんなさいとアドバイスをしますと、たいていはテーマの変更を申し出てきます。そのことにたいしては、高校学校でもよく教材に採録されている『宇治拾遺物語』「ちごのかいもちひするにそら寝したること」には、ちごが僧たちが「かいもちひ」を「ひしひしとただ食ひに食ふ音」を聞いて我慢しきれずに、間の抜けた返事をして笑われるという場面があるだろうという反論もあるでしょう。しかし、ここでも具体的に僧たちがどのように「かいもちひ」を食べているのかまでは明確に書かれていません。たとえば、かじりついたのか、ちぎって食べたのか、それとも黒文字などの菓子切りで切りわけて食べたのかといった細やかな描写はなされていないということです。食事のマナーを説いた作法書は中世以降たくさん出ますが、ここにも「晴（ハレ）」の饗応での食べ方の作法が書かれているばかりで、日常の食事の姿が明確には見えてきません。それなのに、なぜ先ほどの学生のように食事の場面が文学のあちこちらに見られそうな気がするのでしょうか。それはおそらくはテレビドラマなどの影響が考えられます。日本のテレビドラマでは食事のシーンがしばしば取りあげられるからです。とくにホームドラマでは、ことあるごとに家族が集まって食事をしていますし、ドキュメンタリーでも家族の団らんの場面ではたいてい食事をしています。ちなみに国民的人気アニメの「サザエさん」や「ちびまる子ちゃん」でも同じく食事の場面は多く見受けられます。一方、宮中晩餐会などの中継では乾杯までの画像で、食事の光景は放映されないことにお気づきの方はいるでしょうか。それは、日本の食文化の伝統では、食事の姿を明らかに見せると言うことは、とてもはしたないこととされていることに由来していると考えられます。そのため貴族社会を舞台とした物語の世界では食事の光景が描かれることは稀だったのです。

ここで取りあげる井原西鶴（一六四二〜一六九三）は、浮世草子という新たなジャンルを日本古典文学に登場させた作家として知られています。それまでの文学と浮世草子との大きな差違は、日常にあり得ないような夢の世界を描くのではなく、ごくありふれた日常生活を描き出そうとしたという点にあります。ということは、日常の重要な生活の営みである食事の場面が数多く書かれていても、なんら不思議はないはずでしょう。しかし、『西鶴事典』（一九九六　おうふう）の「周辺資料・飲食」（広嶋進項目執筆）の項目を見てみても、そうした場面が頻出している気配は見られません。

たとえば、西鶴の代表作である『好色一代男』（一六八二）の巻六の四「寝覚の菜好」（以下、本文は『決定版対訳西鶴全集』明治書院によりますが、一部仮名遣いなどわかりやすく改めました）には大坂新町の揚屋での光景として、女郎たちが各々に食べたいものを口にしている場面があります。

越後町の北がわ、中程の格子に、寝覚えがちなる声して、「學鰹《まながつお》の指身《さしみ》が喰たい」といはれし。尾もかしらもしらず、……ひとつ〳〵覚侍る太夫殿の声として、「おれはくるみあえの餅をあく程」とあれば、又のぞみ替て、「庭鳥《にわとり》の骨ぬき」、或は「山の芋のにしめ」・「つちくれ鳩」・「芹やき」・「有平糖」、「生貝のふくら煎《いり》を川口屋の帆懸舟の重箱に一ぱい」と、思ひ〳〵に好まるゝこそ笑《おか》し。……過にし夏、よし岡に西瓜ふるまひ、出歯《でば》をあらはし、妻木《つまき》に海藻凝《ところてん》を喰はせ、「むまひなあ」といはせし事も、人の仕業《しわざ》ぞかし。一とせ住吉屋の納戸にして、きぬがへ・初雪、火《こ》燵《たつ》の火にて、おけそくの団子を手にふれ、茶事せし事見て興あり。女のまじはりさもあるべしと……。

ここではそれぞれの食材についての詳細は述べませんが、常日頃はお高くとまっている遊女たちが、客のいない時にくつろいでいる雰囲気を出すため、好物の食べ物が使われていることは注目に値します。

このように食べ方の細やかな描写までは、なかなか見られないものの、元禄時代は広嶋氏の指摘のように、『江戸料理集』（延宝二・一六七四）・『料理指南抄』（元禄二・一六八九）など「多くの料理書が出版された時期」でもありました。さらに、当時の紳士のたしなみを網羅した『男重宝記』（元禄六・一六九三）には料理の献立などについて、紳士の大切な知識として取りあげられていることは、この時期に、食文化がまさに「文化」として定着しつつあったことを教えてくれます。

西鶴の作品のなかで、食事をもっとも中心的な素材として扱った作品に、書簡体小説の『万の文反

図１　『万の文反古』「来る十九日の栄耀献立」より

古』（元禄九・一六九六）の「来る十九日の栄耀献立」があります。ある呉服屋が接待のため取引先の主人をもてなすにあたり、事前に献立を招待先の手代に手紙で問い合わせたところ、細かな指示が返信されて来るという話です。商家での接待のようすは、東北地方の酒田の豪商鐙屋の繁栄ぶりを描いている『日本永代蔵』（貞享五・一六八八）巻二の五「舟人馬かた鐙屋の庭」の挿絵にも見られます（図２）。

手代、船遊びには十分すぎるし、旦那様も病後のため、あまりごちそうは召し上がらないという前置きをしながらも、献立の細かなチェックは進んでいきます。以下がその献立にまつわる部分です。

……殊更御心遣ひの献立御見せなされ候。舟あそびにはけっかう過申候。諸道具万事やかましき物に候。旦那も此程は病後ゆへ、美食好み申されず候。無用と存候分に点かけ申

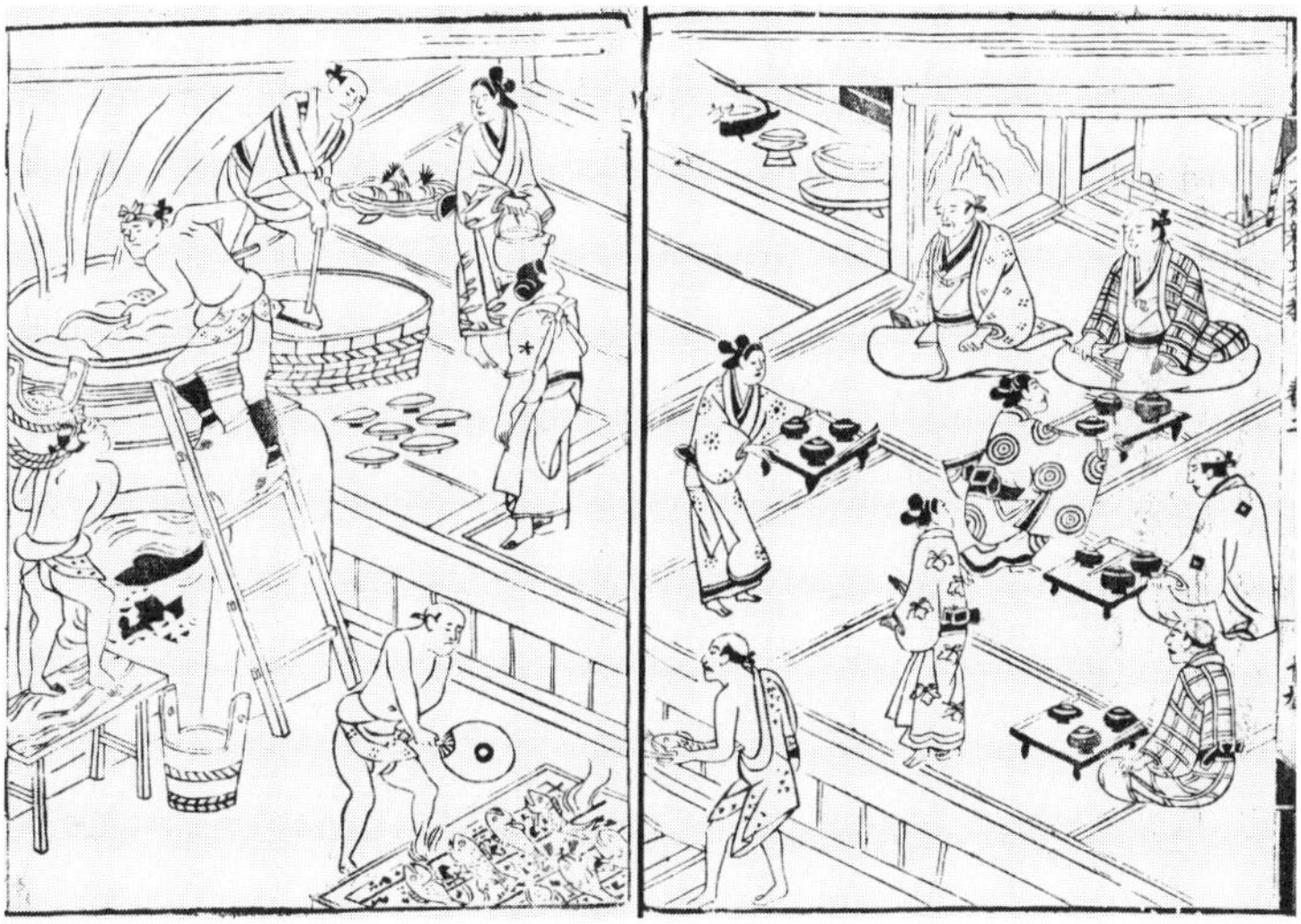

図２　『日本永代蔵』「舟人馬かた鐙屋の庭」より

候。大汁の集め雑喉《ざこ》一段、竹輪・皮鰒《かわふぐ》御のけあるべし。やかましく候。膳のさき鮎《あゆ》鱠《なます》御用捨《ようしゃ》、川魚つゞき申候。面々椙焼《すぎやき》を是に付て御出しあるべく候。是も鯛・青鷺《あおさぎ》二色に御申付、煮ざましの真竹一種しやれてよく候。割《さき》海老・青まめのあへ物、吸物鱸《すずき》雲わた、引肴《ひきざかな》小あぢの塩煮、たいらげの田楽、又吸物燕巣《えんす》にきんかん麩、いづれも味噌汁の吸物無用に候。酒三献で膳は御取なされ、後段に寒曝《かんざらし》のひやし餅、又吸物きすごの細作り、酒ひとつ呑まれて後早《はや》鮨《ずし》、蓼《たで》はたべられず候。山椒《さんしょう》はじかみ置合て御出し、其跡に日野まくはうりに砂糖かけ御出し、御茶は菓子なしに一ぷくづゝたて切になさるべし。迚《さて》も御地走に、ちいさき御座舟に湯殿を仕掛《しかけ》、暮がたに行水いたされ候やうに御用意、是までにて夜の仕立一色も御無用に候。……

参考までに、これらの料理について解説してみましょう。まずは、大汁とは本膳の汁のことです。大汁があるということは、小汁があり、二之膳も供されたことを示唆しています。汁とありますので、当然、飯が出されます。現代でも、ご飯と言えば味噌汁というように、「汁」とは「飯」とセットになるものなのです。それに対して「吸い物」は「酒」とセットになります。現在では吸い物というとすまし仕立てが一般的ですが、ここにもあるように酒とともに饗すれば「味噌」の「吸い物」も当然ありえるわけです。「集め雑喉」とは、雑魚、すなわち小魚を出汁にした汁のことで、そこには贅沢な竹輪とフグの皮は入れないでほしいと言うのです。竹輪は現在ではおでんなどに入っている庶民的な食材ですが、白身魚を解体してすり身にし、それをさらに蒸したり焼いたりするという手間を考えると、そうした作業が機械化されていなかった当時は贅沢な食材の部類にはいりました。「膳の先」については、膳の外側の向こうに置かれるとする説もありますが、膳の上の汁と飯の向うに置かれる向付だとすると、川魚が続くので、こちらは鮎の膾《なます》（せごし）ではなく、鯛と青鷺の二種類の杉焼を、しかも一人前ずつ焼いて出すようにと指示しています。そして、真竹の煮物の冷たいのと、「割海老」と青豆の和え物、これは東北地方でのずんだ和えを想像してみてください。そして、酒の膳の吸物には鱸《すずき》、雲わた（鱈の白子）を具にするようにとしています。「引肴」とは、「引き物」、すなわち客同士で取りまわす肴のことで、それが小アジの塩煮とたいらぎ（たいらげ）貝の田楽だというのです。個食を特徴とする日本食文化にあって、みなで取り回す「引き物」は珍しいサービスの仕方であったので、わざわざこのように「引き」という語を付けます。よくこれを「引いて」、すなわち「下げて」と解釈してしまう場合がありますので、食文化のうえからは注意が必要な語句です。「又吸物燕巣にきんかん麩」とは、二献目のための吸い物についての指示で、海燕の巣と金柑麩を具に指定していきます。こちらは、大汁のように味噌仕立てではなく、すまし仕立てで要求しています。こうして本膳・二之膳、そして酒を三献飲んだ後、本膳を下げて、口直しに寒ざらし粉の冷たい餅を、さらにきすごの細造りの吸い物で酒を飲み、その後は早鮨（なれずしに対して現在のような鮨のこと）を召し上がるような段取にしたいというのです。その後に、水菓子として冷やした日野のまくわうりに、当時、薬種問屋で扱われるほど高価な食品であった砂糖をかけて供し、茶に移ります。茶菓子はまくわうりで代用するので不要だと言いながら、濃茶の回し飲みは避けて各服点てで出すようにと指示しています。

この抹茶の各服点てについては、各人毎に点てる薄茶であった可能性も否定できませんが、『西鶴名残の友』（元禄一二・一六九九）巻五の六「入れ歯は花のむかし」で正客が濃茶に入れ歯を落としたため茶事が台無しになるという話があることからもわかるように、回し飲みが広まっていく中で、一碗ごとに点てる作法は貴人への特殊扱いに残された作法になっていたための指示と言えます。このように指示したのは、「菓子なしに」と一見粗略にとへりくだりつつも、むしろ、もてなされる側から手間のかかる各服点てを要求し、貴人扱いさせている点におもしろさがあるとも言えるわけです。

これら献立部分については、鈴木晋（「来る十九日の栄耀献立」『たべもの史話』小学館ライブラリー一九九九）をはじめ、広嶋進「「万の文反古」の暗示」（『西鶴探究』ぺりかん社　二〇〇四）・南陽子「「万の文反古」巻一の四における書簡と話――「無用に候」の意味するもの――」（『近世文藝』九七号二〇一三）による詳しい検討があります。

これらの考察では、先の引用した献立が、すべての料理を表現しているかどうかと言う点が議論されています。たとえば南氏は鈴木・広嶋氏の両説をとりあげ、「両説の注目すべき点は、書簡中に列挙された献立のみを全品目と考えて、食事、肴、後段を分けた場合…食事の部分が「一汁三菜」となり…特筆するほど『栄耀』な献立ではないという問題を示唆した点である」と述べています。広嶋氏も「手紙に記された品目のみを献立の品目として、従来のごとくに文字通りに表面的に読解すると、一汁三菜の饗応料理になってしまうのである」としています。

しかし、はたして文学の営みとして、この献立が忠実に再現できるかどうかについての議論はどれほどの意味があるのでしょう。ここではあえて荒唐無稽な献立を文字表現として企てて遊んだとは考えられないでしょうか。むしろ、そこにこそ、文学の営為の醍醐味があると言ってもよいかもしれません。映像化技術の発達している今日では、とかく文字で書かれた文学を映像化しようとしてしまいます。映像化によるリアリティを読者も、強く求める傾向もあります。とくに食文化に関する描写は食材や調理方法などが現実的であり、再現可能であるため、どうしてもリアリズムを求めたくなるのもいたし方のないことかもしれません。しかし、谷崎潤一郎『美食倶楽部』（大正八・一九一九）の例もあるように、リアリティからあえて離れることに文学を読むことの愉悦があることも忘れてはならないと考えます。私は、むしろそうした見方でこの章を読むべきだと考えています。（石塚修「『万の文反古』巻一の四「来る十九日の栄耀献立」再考」『近世文藝』一〇〇号　日本近世文学会　二〇一四）

『万の文反古』は書簡体小説です。書簡体小説ならではの特徴のひとつに日付があげられます。『万の文反古』のすべてにおいて日付が明確であるわけではありませんが、この章には「林鐘十一日」の日付の差し出しで、接待は六月「十九日」という日付が読者に明示されています。しかも、手紙の作法から作品の最後にその日付はあらわれます。文学としては、最後の最後に、この日付が提示されることはとても興味深いものがあります。推理小説でいえば、真犯人の登場と似たものがあるからです。『万の文反古』の日付にさほどの重みがあるのかという反論もあるかもしれませんが、この章では「某月某日」のようなぼかし方はせずに「林鐘十一日」と明確に日付を出しています。これを、たとえば西鶴の没年の元禄六年の六月一九日を現在の暦に換算すると、ちょうど七月二一日にあたります。多少の前後はあるにしても、ほぼ梅雨の時期か、梅雨明け間近の夏の土用の直前の時期にあたります。この時期は、冷蔵庫を完備し、食品の管理が容易である現代においてさえも、食中毒の発生しやすい食品の保存には神経をつかう時期です。しかし、先の献立を見てみると、品数も多くて、現代の宴会料理の献立とさほど遜色はありません。さらに、この料理が「舟遊び」で饗されるという点も無視できないでしょう。この「栄耀献立」が、かりに屋敷の台所で調理されるのであれば、現代のような冷蔵庫まではなくても、井戸につるす（冷やし）などの保冷方法が考えられるでしょうが、「舟遊び」の船上でクーラーボックスや氷のない状態で、あれだけの料理の素材をどのように保存・保冷したのかがはなはだ疑問です。

現代においても、茶懐石では、夏の朝茶事の場合に向付には生魚を避け、干物などを用いる習いが残っています。そのことから類推しても、当時の夏の料理、しかも梅雨時の調理において食材の保存に慎重を要したことは容易に想像できます。しかも『万の文反古』の時間帯は、「暮れ方に行水」して役者遊びに出かけるまでのひとときを「栄耀献立」で饗応しろと要求しているわけです。つまり、梅雨時の日中に仕込んだ食材を保存し、しかも船上で比較的短時間で調理して供するように命じているのです。こうした要求に料理人はどれほど苦心しなくてはならなかったかは、現代人の感覚からでも想像に難くないでしょう。もちろん、当時の読者にはこうした調理環境の点からも、この「栄耀献立」はまさに「栄耀」な存在に感じられたにちがいないのです。

当時の読者たちは、誰の目から見ても贅沢な献立を、無茶な環境で調理して饗させようとしながら、一方で「無用に候」と控えめなフレーズを連呼する番頭の無茶ぶりを楽しんで読み、そのあげくが「林鐘十一日」となっていることでオチを読んだとは言えないでしょうか。

この献立がどれほど贅沢であったかは、児玉定子は「そこに組みこまれた料理は、ぜいをつくした材料が使われ、鎖国時代に外国との貿易を特許されていた長崎を通じて入手した高価な輸入砂糖や燕巣までが使われている」（児玉定子「西鶴が書いた豪商の遊興」『宮廷柳営豪商町人の食事誌』築地書館一九八五）との指摘に注目すべきです。料理の品数は別として「栄耀献立」の素材の贅沢さは、おそらくは庶民では口にできない素材が用いられていて格別の献立に思われたはずです。その一例として、砂糖について見てみましょう。砂糖について西鶴が言及している例としては、『日本永代蔵』「廻り遠きは時計細工」があります。

……唐土人は心静にして、世の稼もいそがず、琴碁《きんき》詩酒に暮して、秋は月見る浦に出、春は海棠《かいどう》の咲《さく》山をながめ、三月の節句前共しらぬは、身過《みすぎ》かまはぬ唐人の風俗。中〳〵和朝にて、此まねする人愚《おろか》なり。……

こまかに心を付てみしに、是も南京《なんきん》より渡せし菓子。金餅糖の仕掛、色々せんさくすれ共《ども》終に成がたく。唐目《とうめ》壱斤銀五匁づゝにして調へけるに、近年下直《げじき》なる事、長崎にて女の手業に仕出《つい》し、今は上方《かみがた》にも、是をならひて弘《ひろま》りける。

初《はじめ》の程は、都の菓子屋さま〴〵心を砕《くだ》きしに、胡麻壱粒《りゅう》を種として、此ごとくなれることしらざりき。……「此金餅糖にも種のなきにや。胡麻より砂糖をかけて、次第にまろめければ、第一、胡麻の仕掛に大事あらん」と思案しすまし、まづ胡麻を砂糖にて煎じ、幾日もほし乾て後、煮鍋《いりなべ》へ蒔て、ぬくもりゆくにしたがひ、ごまより砂糖吹出し、自から金餅糖となりぬ。

と書かれていて、現代では一般的なお菓子として知られている金平糖についての記述があります。最近では砂糖菓子はダイエットの敵として見られがちですが、西鶴当時からすると、白砂糖はたいへんな貴重品でした。甘い物への憧憬は、日本の食文化に長らく存在していたものであることを忘れてはなりません。

読者がメニューを楽しんだであろう作品をもう一つ紹介します。『西鶴置土産』（元禄八・一六九五）巻五の三「都も淋し朝腹の献立」という章です。知恩院の門前に暮らす備利国《びりこく》という零落した隠者が知人が訪問したので、金もないのに料理屋への注文をするという場面です。

……あるじ気を付て、「是にて朝めしを喰へ」といふ。「無用」といへど、是非にとめける程に、「然らば酒麸《さかぶ》一種」といふ。あるじ硯を取出し、「せめて京で成とも食悦《しょくえつ》さすべし。何成《なになり》とも、さあ〳〵望《のぞみ》の献立。まづ亭主が好にまかせて、汁はよめ菜・たゝきて雲雀《ひばり》。さて焼物は勢田《せた》のうなぎの格別なるをくふてみ給へ。さて子もち鮒《ぶな》の煮びたし、是では川魚過たによって、鯛を皮引きにして、あしらいなしの鱠《なます》、さて忘れた事、堀川牛蒡ふとに、是でよいか」。「何ぞ引肴《ひきざかな》見合せに」と書付け、……

とあります。この趣向は『万の文反古』と同じく、貧困の中でも昔の贅沢を忘れられない人物の効果的な表現手法として、献立が使われているわけです。

『万の文反古』での料理の品数については、児玉氏はこの献立を「一汁三菜酒三献」と想定し当時の側用人柳沢吉保の日常の食事と同水準で「中級の上ぐらいにしか映らない」としていますが、それに対して原田信男は「老中クラスを招いた饗宴では、三汁十菜と肴五種、国持大名でも、臨時の饗応であれば二汁七菜に限っている。また小禄の者においては、前々から予定していた場合であっても、これを越えてはならず、なおかつ後段、吸物、肴を軽くすべきであり、家臣の振舞いや寄合では一汁五菜を出してはならない」（原田信男『江戸の料理史』中央公論社　一九八九）という寛文三年（一六六三）の「振舞膳部之覚」の記述を指摘しています。「御触書寛保集成」〈一〇五四〉には寛文三年九月「振舞膳部之覚」として、

一　御鷹之鳥拝領披之時、老中於招請は、檜之木具盃台三迄は不苦、三汁十菜（向詰香物）吸物并肴五種（押物）但内々にて披之時、又は老中（ともに）招請たりといふとも、（ともに）常々振舞には可為塗膳、向詰は無用事、

一　雖為国持大名、不時之振舞ハ二汁七菜たるへし、小身之面々（ハ縦兼日より雖為約諾、此数量を用へし、惣て後段吸物肴等もかろく可被仕事、附、振舞之刻又ハ常にも、杉重之菓子）ハ可為無用、折櫃物は不苦事、

一　組中振舞又ハ相役人等寄合之節は、二汁五菜に過へからさる事、

以上　九月

とあります。児玉氏は「栄耀献立」を柳沢吉保の日常食と変わらないものとしていますが、広嶋氏の指摘のように書かれていない「小汁」などの料理を想定し「二汁多菜」の献立としたなら、「振舞膳部之覚」にある武士階級の事前に約束した宴会での最上級の料理の品数となります。触書の「惣て後段吸物肴等もかろく可被仕事」の部分も「栄耀献立」の「後段に…酒ひとつ呑まれて後早鮨」という指示と酷似している点もおもしろいところです。筒井紘一も、この献立について「……以上で、一汁六菜二吸物仕立になる。ここで膳を下げてしまい、濃茶なしの薄茶一服が出されたようだ。そのあとで後段が始まる。……変形の淋汗茶であり、まさに『栄耀献立』だったといえよう。」（筒井紘一『利休の懐石』角川選書　二〇一九）との指摘をしています。これらのことからも、この「栄耀献立」は、おそらく当時の読者たちには公に見聞できた献立の最高級レベルのものとして受けとめられたでしょう。

さらに、船上での火を使った調理方法が、当時はどれほど一般的だったのでしょうか。現代では大型の屋形船があり、船上で天ぷらなどの料理も提供されますが、西鶴当時には現実的だったのでしょうか。児玉定子氏は、これらの料理について「仕出し料理の出張とみるのが妥当である」（前掲書）としていますので、仕出し（ケータリング）か出張調理によるものと考えられます。飲食店での接待になれている現在では、そうしたもてなしに違和感があるかもしれませんが、仕出屋の料理を自宅の座敷で自宅の食器で饗応する方が、日本の旧家ではむしろ一般的でありました。そのことは、いまでも京都には店をもたない仕出し専門の老舗料理店があることからもわかるでしょう。

「栄耀献立」の挿絵（図1）を見ると、職人風の者たちが船上で魚を調理している姿がみられます。しかし、これだけの品数の料理を、はたして挿絵のような屋形船で料理することは可能であったのでしょうか。

『西鶴俗つれぐ〳〵』（元禄八・一六九五）巻二の二「作り七賢は竹の一よにみだれ」には、「台所舟に四、五十人まへの膳ぐみ」とあり、船上で大人数の料理への対応は当時でも可能であったようです。その挿絵にも船上で灯火をともして魚を調理している姿が描かれていますので、その点はあながち架空のことではないと考えられます。しかし、続けて「髭籠《ひげこ》もりのさしみひとつで出すと見へて、才覚らしき男が箸をうつてまはる」とあることから、船上では料理法も供し方も簡単なものであったようです。

船上での調理の例としては、他にも『西鶴名残の友』巻四の五「何ともしれぬ京の杉重」に、

「最前くはしの杉重を出せ」とて、ひらき見しに、一重には香の物・焼塩、又一重には洗い食《めし》に若菜こまかにして組合ける。扨も心を付たりと、鍋に川水を扱込《くみこみ》、やき塩のかげんして、水雑水を焼立、おのく酔をさまして正気になりぬ。

という部分があげられています。この例も先の『西鶴俗つれぐ〳〵』の調理法も供し方とほぼ同様に簡便なものになっています。こうした簡単な調理ならば船上でも可能であったことは、淀川の「煎売船（柱本茶船）」や「くらわんか船」の例があることからわかります。水上交通が盛んであった江戸時代には、タイの水上マーケットのような光景が見られたことでしょう。

もちろん茶席への出張懐石料理のように仕込みをほぼすませておいて、船上ではそれを温める程度にして持っていくことは可能であったでしょう。ただプラスティック容器や保冷設備などないなかで、『万の文反古』のように多種で複雑な料理をあらかじめ仕込んで船上に持ち込み、それをタイミング

よく客に供することがどれほどの困難であったかは、ピクニックなど出先での調理経験がある人ならば容易に想像できるでしょう。

船上での火を使った調理環境に関しては、金沢兼光『和漢船用集』（宝暦一一年序・一七六一）には、調理の可能な船として「厨船」が紹介されています。「船中にても火をみだりにすることを禁ず。是台所御座と呼者、煮焼する賄舟なり」とあり、船で直火を用いる調理をするには、防火面から客船以外にもう一艘別の船の用意が必要であったと推測できます。

さらに、その場合でも本膳料理を供するには、どの程度の火元が必要であったのでしょうか。たとえば遠藤元閑『茶湯献立指南』（元禄九・一六九六）巻一「七間拾貳間料理の間大意」に、「四間二三尺の長囲炉裏」・「大小なべ十ならびにしてへつい有べし」とか、「置へつい壱宛にして五つ羽釜をかくる」・「置いろり五つか焼物焼也」とあり、相当数の火元が求められています。もちろん「栄耀献立」は貴人の御成のための本膳料理よりは火元も少なくてすんだでしょうが、いずれにしても船の上で、飯を炊き、汁を煮て、汁を保温し、焼物を焼き、さらに酒を温めるといった一連の調理と饗応には、七輪一つというような簡便な火元では足りなかったでしょう。そのうえ船で火を使うことは、たとえば「御触書寛保集成」〈二〇五八〉に貞享三年一一月の触書として「一　温飩蕎麦切其外何ニ不寄、火を持あるき商売仕候儀一切無用ニ可仕候」とあることから、火気の使用が厳しく制限されていたことがわかります。『西鶴俗つれぐ〵』や『万の文反古』の挿絵でも、調理はしていても火を用いた様子が見られないのはそうした背景からだと考えられます。

西鶴が調理の環境に強い関心を抱いていた可能性は、『西鶴織留』（元禄七・一六九四）巻四の三

「諸国の人を見しるは伊勢」の伊勢の御師の家の繁盛ぶりを描いた、
……勝手いかなる才覚にて、此ごとく成ける事ぞ。本膳ばかりか、二の膳の品々居《すえ》られける。台所に人の二百も、はたらく者のなくては、二千・三千のまかなひなる事とおもへば、わづか二十人ばかりにての手まはしなり。先ず椀・折敷に箸までうって、皿・小道具までを三人の請け取りにて出せば、飯は煮湯に籠をしかけ、何の隙も入りぬ事。汁の魚をまなばし・まな板なしに、大鍋へすぐに切込む、切目とかいふ事なし。中にも鱠はむつかしき物なるに、年の寄りたる男ども袴を着て、手毎薄刃一枚づゝ布ぎれにつゝみて、鱠のちん刻みにまはりけるが、一斗を二分づゝに極めて、一人して一日に一石づゝきざみける。其見事さ、はやさ、つねの包丁人十五人計しても、是程は出来まじ。扨是をあへる事、大半切に入れ、鍬にて、此手ばしき事見て居るうち也。これらはかくなるべき事なりしが、肴は何によらず二千人の焼き物、然もやき立てを出すこと、あまり不思議なり。火鉢五十も有か、又は広庭に二十間も溝を掘りて焼く事かと思いしに、是も三人して、鼻うたにて埒《らち》をあけける。壁ぬる小手のやうなる物を十枚ばかり、火鉢にて焼き置き、扨大釜に湯をたゝせ、四角なる籠に肴二十枚づゝ入て、ざつとゆであげて、長板の上にならべ置き、最前の小手にて、片身ばかりざら〱と撫でて、其まゝ出しける。伊勢の焼き物を両方焼くといふ事なし。よろづ此手まはし、さりとは〱世間各別なり。
という描写からも知ることができます。
こうしたことからもわかるように、「栄耀献立」においても、献立そのものも勿論でしょうが、調理の面からも時間的にも空間的でもかなり特殊な環境を要求されていた点で、まさに「栄耀」な存在であったことがわかります。

ここまで『万の文反古』の「来る十九日の栄耀献立」を中心としながら、井原西鶴の描いた食文化について眺めてみました。食事の細かな描写こそありませんでしたが、元禄時代には確実に食文化が文学の中に取り込まれていたことが窺えます。

人間の欲望で、その人の最期まで残るのは食欲であるとよく言われます。人間の普遍的な姿を文字で描き出す営為を文学とするならば、まさに食欲が描かれるのは当然と言えば当然かもしれません。文学における「食」の描写を、たんなる個人的なグルメ志向によるものとして読み逃さないでほしいものです。

浮世草子『風流酒吸石亀』に見る酒席と食

野澤　真樹

はじめに

日本の文学作品に繰り返し取り上げられてきたテーマに「酒飯論」というものがあります。これは「酒餅論」ともいい、酒を好む者（上戸）と、酒を飲まず飯や餅を好む者（下戸）とが、いずれが勝っているかを言い争うことです。最も有名な作品は室町時代に成立した『酒飯論絵巻』でしょう。この絵巻では上戸、下戸にあたる人物がそれぞれの良いところを説いて他方を難じ、最後に中立の立場をとる人物がどちらもほどほどにするのが望ましいと述べます。酒の席での失敗を経験した人は、酒を飲まない人に理解されず歯がゆい思いをしたことがあるかもしれません。また、酒を飲まない人は、周囲を気にせず酩酊する人を見て嫌な思いをしたこともあるでしょう。このような上戸と下戸との間の溝は時代を問わず人々の関心事だったのです。

江戸時代に入ると、印刷技術による商業出版が発達し、多様な娯楽読み物が生まれました。これらの娯楽読み物のなかにも、やはり「酒飯論」をテーマとする作品がいくつか見られます。

代表的なものとしては、江戸時代初期に流行した仮名草子の中に『酒餅《しゅへい》』（『酒餅論』、『酒餅太平記』

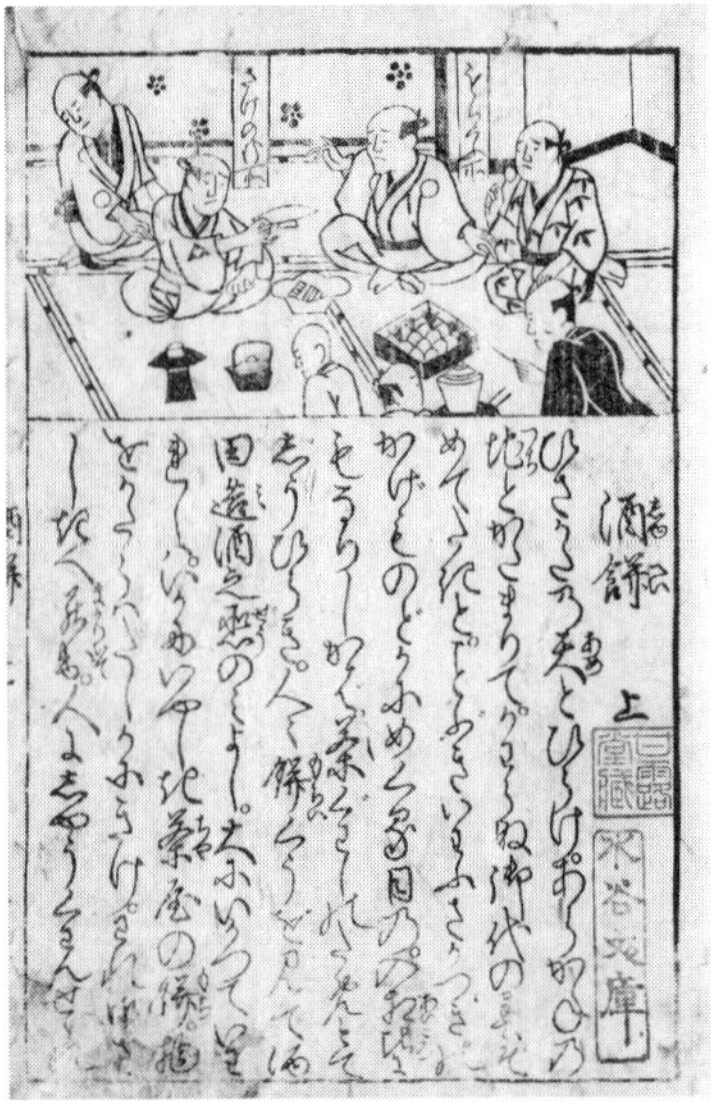

図１　国立国会図書館蔵『酒餅』より。上段挿絵は「もちくふ所」「さけのむ所」とある。

とも。『室町時代物語大成』第七所収）という作品があります。成立年は未詳ですが、現存する本は元禄（一六八八―一七九四）から享保（一七一六―一七三六）の頃に営業した本屋から刊行されたものです。この作品は器物や動物を擬人化して争わせる「異類合戦譚」にあたり、酒と餅の戦が描かれます。作中、餅の陣には「大仏鏡の次郎ねれ餅、…安倍川の砂糖餅、こま餅、くわ餅、くじら餅、牡丹餅殿や、笹《さつさ》餅」、対する酒の陣には「若狭に小浜諸白や、薩摩に泡盛、琉球酒、博多の練り酒、摂津には、伊丹、富田に清水酒…」などが列挙され、当時の酒や肴、餅や菓子の様相が知られます。この作品の末尾には酒席での上戸と下戸の諍いに居合わせた作者が、双方を宥めるために両者の諍いを「酒」と「餅」との戦に見立てて娯楽とした作品であることが記されます。内容はおとぎ話のようですが、実は現実の「酒飯論」を発端とした物語、という体がとられているのです。

時代が下ると、同時代の人々の生活をよりリアルに描く娯楽読み物が生まれました。例えば仮名草子にかわって上方で流行した浮世草子や、その後に江戸で生まれた絵入り読み物である黄表紙などが挙げられますが、これらは同時代の人々の在り方を生き生きと描くとともに、当時の流行や生活事情をうかがわせます。そして、その中にも依然として「酒飯論」をテーマとする作品が見られます。ここではそのうちの一作品を取り上げ、当時の酒席と食の様子を読み取ってみましょう。

一　浮世草子の「酒飯論」

「酒飯論」をテーマとする作品の一つ『風流酒吸石亀《ふうりゅうしゅすいせき》』は、大阪天満の与力を勤め、狂歌・俳諧をよくした永井堂亀友という人によって著された浮世草子で、明和八年（一七七一）に刊行されました。浮世草子というと井原西鶴の『好色一代男』を思い浮かべる方も多いと思います。『好色一代男』は日本全国の遊所を遍歴する世之介という男の一生を、実在の遊女や遊客のエピソードを盛り込みながら描き、人気を博しました。この『一代男』を嚆矢とし、現在の研究史上「浮世草子」と呼ばれる作品の中には、当時の人々の生活や人情を活写したものが多く見られます。『風流酒吸石亀』が刊行されたのは『一代男』よりも九十年ほど遅く、これはそれまで上方で人気を博していた浮世草子が低迷し、一方江戸で新しい娯楽読み物の出版が盛んになっていった時期にあたります。この時期の浮世草子は新しい趣向を模索しつつもそれが当たった作品は少なく、残念ながら『風流酒吸石亀』も例にもれずあまり売れなかったと思われます。しかしこの状況において、作者である亀友がすでに使い古された「酒飯論」を趣向に選んだことから、少なくとも彼自身はこのテーマに人々の共感を得る可能性を見出していたということがわかります。同時代の人々の生活を描く浮世草子は、実在の地名や登場人物の服装、時に食べ物に至るまでを細かく描写する傾向があり、「酒飯論」を主意とする浮世草子

『風流酒吸石亀』からは当時における酒席と食のありかたが見て取れるのです。

『風流酒吸石亀』は全五巻、十一話からなる作品で、全話を通して一つの事件のいきさつを描きます。まずはあらすじを紹介しましょう。

京都「間飲町《あいのむまち》」（架空の町名）の町内で上戸と下戸の諍いが生じます。呑暮堂《てんぼどう》酌伝《しゃくでん》という隠居は同町で長らく町年寄を勤めましたが、息子に家督を譲るにあたって同じ町内の鳥羽屋善左衛門という男に町年寄を交代しました。酌伝はたいへんな酒好きで、彼が町年寄を勤めていた間、町内の上戸仲間は毎度の寄合で大いに酒を楽しんでいました。しかし新しい町年寄の善左衛門はまったくの下戸であり、彼が町年寄を勤めるようになってからというもの、町の五人組も同じ下戸が独占するようになります。町内で力を持った下戸仲間は町内の上戸を貶めるようになり、寄合での献立も下戸好みのものに改められてしまいました。その寄合で一人の上戸が酩酊して羽織の紛失騒動を起こしたことから、町年寄をはじめ下戸側が上戸側に「町内で二度と酒を飲まぬ」旨の一札を書けと迫ります。

頭を悩ませた酌伝は外出先である僧に出会い、右のいきさつを語って聞かせます（作品自体はこの場面から始まります）。僧の名は世界坊といい、上戸酒門（「浄土宗門」のもじり）を広めるため長崎から諸国を行脚していました。酌伝は世界坊に頼み、町内の上戸を救い、下戸を説き伏せるための手だてを探ります。一計を案じた酌伝、世界坊は不思議な力を持つ「酒吸石亀《しゆすいせつき》」を手に入れ、それから作った薬水で町内の下戸を皆上戸にしてしまうことで、見事に諍いを収束させるのでした。

右の大筋の中には、「酒吸石亀」を腹中に持つ杉林精兵衛という浪人の身の上とその切腹、精兵衛の養女であるお間《あい》が実の父親に対面することなどが描かれますが、ここではそのくだりは措き、作中の酒席の場面に注目したいと思います。

二　上戸の献立、下戸の献立

『風流酒吸石亀』における上戸と下戸の対立は、作中に描かれる酒席の献立に最も顕著に表れています。次に引用するのは町内の上戸と下戸の対立が決定的となるきっかけを作った宴席の場面です。

比は二月朔日の事なりしが、洛陽東山双林寺中閑阿弥において、当町宿老振舞の参会、前かた長々上戸むれに役目を持居たる時の例格は先《まづ》、座付があんこの吸物、鯛の早鮓、扨てんじんの汁は白魚にちさのあしらい、平がうす塩鳥にかいわり菜のすましよせ、焼物など品々としほらしき中飯の献立をさらり止《やめ》にして、おちつきが鯛のねぶかの吸物、つづいて小豆とまめのこの餡餅、てんじんもおもくれた汁、平焼物は鰡の筒切を生醬油でいらせて出す様な趣向。あまり人をたわけにしたと上戸組の立腹、中にも大盛や間三郎は「もふ了簡ならぬ。云やぶつて仕舞《しまへ》」と云はるるを、手前酌伝殿が「何事もけふはこらへて下戸どもが我ままをみていられよ。又参会以後仕かたも有らん」中《もうし》ましたゆへ、其日は機嫌なをして上戸むれ残らず虫死《しな》して居るつもり。

（『風流酒吸石亀』巻一、国立国会図書館蔵本より引用。以下同じ。）

二月一日、恒例の「宿老振舞」の席が京都東山双林寺の境内にある「閑阿弥」で設けられます。当時、京都の円山周辺では寺社の子院が客に料理を提供することがあり、これは料理屋の原型の一つとされています。「閑阿弥」は『都名所図会』巻之三に描かれる双林寺の図中にも名の見える実在の子院です。
かつて上戸連中が町の役目を担っていた頃の宿老振舞の献立が、下戸が仕切る今度の振舞では大きく変更されてしまいました。上戸たちは「あまりにも人を馬鹿している」と立腹し、その一人の大酒飲み、大盛屋間三郎は「もう堪忍ならぬ。ひとつ物申してやる」と息巻きますが、そこは酌伝老が「今日は辛抱して下戸連中のわがままを見ていなさい。またこの会の後に仕返しの仕様があろう」といってなだめます。

上戸連中が激怒した献立の変更とはどのようなものだったでしょうか。江戸時代には七五三の膳を主とする本膳料理を正式とし、それを簡略化した会席料理が広まります。しかし、料理屋が会席料理を出すようになったのは『風流酒吸石亀』の刊行よりも後、江戸の料理茶屋においてのこととされ、右の場面の献立を会席料理のそれに当てはめて考えることは難しいように思います。したがって、まずはこの場面に挙がる四品の位置づけを個別に見ていきましょう。

「座付」とは客が宴席に通って最初の料理のことで、後に見える「おちつき」も同義です。次に挙がるのはいずれも米を使った品で、位置づけとしては「飯」でしょうか。ここでは早鮓など軽めのものが出されています。次の「てんじん」には「点心」の字を宛てます。「点心」は現代の中華料理店のメニューにあるように饅頭の類いを指すこともありますが、右の場面では紹介されている料理の内容からそのように解釈することはできません。本来「点心」とは空腹を紛らわせるためのちょっとした食事を指し、また、江戸時代には昼食の意もありました。この場面の後に白飯をともなう「本膳」が出る場面があるので、そもそもここに挙がる四品は茶懐石の「点心」のような軽食と考えられます。

よって、ここでは仮に「本膳」に至る前の軽食に付く汁物を「点心の汁」と呼んだと解しておきます。最後に、「平」とあるのは平皿に盛る蒸し物や焼き物を指します。

上戸好みの献立には続いて「焼物など品々」とあるので、料理は右の四品以外にも続いたことがわかります。なお、本文中に「中飯の献立」とありますが、「中飯」とは朝食と夕食の間にとる軽めの食事の意です。

文中にはこの四品について、上戸好みの料理と下戸好みの料理が挙がっています。それぞれ次に抜き出してみましょう。

	上戸	下戸
【座付】	鮟鱇《あんこう》の吸物	鯛の葱《ねぶか》の吸物
【飯】	鯛の早鮓	小豆と豆の粉の餡餅
【点心の汁】	白魚に萵苣《ちさ》のあしらい	（おもくれた汁）
【平】	うす塩鳥にかいわり菜のすましよせ	鰡の筒切を生醤油で煎ったもの

「座付」から見て行くと、上戸下戸ともに、使用される魚は鮟鱇、鯛といずれも淡泊な味わいのものですが、下戸好みの献立ではにおいの強い葱が加えられています。また、「飯」は上戸の献立では通常の押し鮓よりも短時間で押した「早鮓」が選ばれ、一方で下戸の献立では小豆と豆の粉（きな粉）を使用した「餡餅」とあり、これは現代も馴染み深い牡丹餅のようなものと考えられます。上戸

図２　国立国会図書館蔵『風流酒吸石亀』巻之四より。「酒吸石亀」の効能で下戸が酒を飲む場面。

好みの「点心の汁」に使用される「萵苣《ちさ》」はレタスやサラダ菜などの仲間で、やはりあっさりとした味わいの葉物です。「平」では、上戸の献立では塩で味付けた鳥肉と貝割れ大根にすまし汁をかけたものが選ばれ、それに対して下戸の献立には鯔《ぼら》が使われています。鯔《ぼら》は『本朝食鑑』巻之八「鱗介部之二」に「鯔喜びて泥を食ひて泥土の味はひ有り。又、鹹味有り」と記され、肉そのものに泥臭さや鹹味《からみ》があるため、味噌と合わせたり「醢《ひしお》（塩辛の類）」にしたりと、濃い味付けが推奨されていました。ここでも「平焼物」として醤油で煎ったものが出されています。

　下戸好みの献立のうち「点心の汁」の具体的な内容は記されていませんが、「おもくれた汁（重くこってりとした汁）」と表現されている点に上戸と下戸の好みの違いが端的に表れています。料理の内容を見ても明らかなように、上戸好みの献立では全体的に淡泊な食材を使用したシンプルな味付けの料理が並ぶのに対し、下戸好みの献立では匂いの強い食材や、濃い味付けの料理が目立ちます。献立の中に甘い牡丹餅のようなものが並ぶのも上戸からすれば許しがたいことだったのでしょう。なお、下戸が「餅」を好むというのは『酒飯論絵巻』から見られるお定まりのパターンです。

例えば、享和二年（一八〇二）の『新撰庖丁梯』には「吸物」の味付けについて次のようにあります。

兎にかく濃き物は酒気に齟齬しやすし。清汁《すまし》潮《しほ》仕立はいふもさら也。すべて品変りの吸物等数度に及びたる時、甘味過れば初めは口に美也とも終には胃滞《もたれ》の思ひある者也

（『新撰庖丁梯』〈『翻刻江戸時代料理本集成』第八巻所収〉）

ここには「味の濃いものは酒を飲む時の気分には合わないことが多い。すまし汁や潮《うしお》仕立てにする時はいうまでもなく、その他色々な吸物が度重なった時には、甘みが強いと初めのうちは美味と感じても最後にはもたれてしまうものだ」とあります。酒と共に楽しむ料理、とくに吸物は献立の中で複数回出されることもあり、味の濃くないことが原則とされていました。この考えは『風流酒吸石亀』に描かれる上戸好みの献立にも表れています。

三　下戸が上戸になる

料理とともにゆっくりと酒を楽しみたい上戸連中に対し、下戸たちは早く飯を食べたいばかりに

早々に本膳を所望します。

各々ほどなく座に付《つく》所が、片側は宿老鳥羽屋善左衛門を上座にして、次が組頭武兵衛、扨《さて》残らず下戸ども凡《およそ》弐拾人余ばかりの並《ならび》、又片側は酎伝を上座にして廿二三人残らず上戸連中自然と下戸上戸向合にたてわかりしが…　（『風流酒吸石亀』巻二）

本膳が出ると、参加者たちが二列向かい合う形でそれぞれの席に着きます。先に引用した料理の段階では、おそらく銘々好きなところに座っていたのでしょう。定まった席順は自然と上戸と下戸が向かい合う形となりました。

料理を見ればさりとは不物ずきな献立。時分すぎた貝やきを好んで珍敷《めづらし》さうな貌付。汁平のぶ風雅。やき物にむしさわらのあんかけを適《あつぱれ》趣向した口本、くずあんへばり付てよろこび…

（『風流酒吸石亀』巻二）

本膳の料理もまた上戸たちの気に入らないものばかりで、上戸たちはいよいよ不満を募らせ、酒が進みます。そしてこの酒宴の後に一人の上戸が起こしたいざこざのせいで、上戸連中は下戸に対し町内での不利な立場を余儀なくされるのです。

しかし上戸の長老である酎伝が「上戸酒門」を説く世界坊の力を借りて不思議な力を持つ「酒吸石亀」を手に入れ、その薬水で作った雑煮を下戸たちに食わせたところ、それまでひどく上戸を憎んでいた下戸たちは皆あっという間に上戸に変わってしまいます。

其外の下戸共も彼大器にて段々と飲廻すところへ件の薬水にて加減の能《よい》鯛のうしほ煮など吸物に出しければ、「此餅の御膳は急にお取なされ。座敷がかたつまつて悪ひ。なんぞ酢の物を仰付られぬか」と夫《それ》より酒盛りにひれが付、暫の中に下戸共が二十人余も一同に上戸となるぞ奇妙なり。

（『風流酒吸石亀』巻四）

薬水で作った汁の効能で不思議と上戸の飲む酒が美味そうに見えてきた下戸連中は一口二口と酒を飲み始め、ついには大きな盃で酒を飲み回します。そこに吸い物として「鯛の潮煮」が出ると、下戸連中は「この雑煮の膳は座敷が堅苦しくなるからもう下げてくだされ。何か酢の物を注文されないか」と言い、さらに調子よく酒を飲み出すのです。

「潮煮」とは主に塩で味付けた汁のことで、先の『新撰庖丁梯』でも推奨されていた「潮仕立」の吸物と同義です。文政五年（一八二二）の『料理早指南』四篇に「鯛のあら」の潮煮の作り方について委しく記されているのを見てみましょう。

鯛のあら　魚にしばらく塩をふりおき、鍋に塩を入て鉄杓子にて鍋に摺り焼き付け、だしを入れ、煮立てて、さて魚の塩をよく洗い落として入れ、少したまりおとし塩梅する也。

同　是は酒のすぎたる上の加減也。此時は魚を塩湯にて湯がき上げて、水にてよく洗ひ置き、さて鍋に塩をやき付、水ばかり入れて煮立て出す前に右の魚を入る也。

但し、湯の濁らず、たるきうまみなきやうに仕立てる事肝要也。小鯛も右の通り也。

（『料理早指南』四篇〈『翻刻江戸時代料理集成』第六巻所収〉）

ここでは通常の塩加減と、「酒のすぎたる」時の塩加減とが並記されています。通常の味付けでは最後に「たまり（たまり醤油）」を少し加えて味を調えますが、酒が進んだ後に出す場合は塩だけで味付けています。「酒のすぎたる上」の作り方に、よりシンプルな味付けが選ばれているといえるでしょう。なお、正徳四年（一七一四）刊『当流節用料理大全』では基本の作り方として古酒と塩のみで味付けする方法が紹介されています。いずれの場合も「吸物の汁が濁らない」こと、「味がしつこくならないこと」が肝要とされていたようです。

『風流酒吸石亀』では下戸連中の酒が進んだところを見計らった絶妙なタイミングで酒の肴にふさわしい「鯛の潮煮」が出されており、下戸連中もそれに続いて自分から「酢の物」を注文します。この上戸ならではの作戦が当たり、下戸たちは酒をたっぷりと飲んで醜態をさらします。ここで下戸連中が酒を好むようになっただけでなく、それに合わせて料理の好みもがらりと変わっているところがこの作品の眼目です。

四　酒席の様子

『風流酒吸石亀』の酒席の場面において、下戸連中の様子はまるで酒を勧め合う上戸の様子を逆転させたもののように描かれています。例えば上戸同士の席には互いに酒を勧め合う「強酒《しいざけ》」というコミュニケーションがありますが、次の場面では下戸同士が「強酒《しいざけ》」ならぬ「強飯《しいめし》」に興じます。

「しい飯じゃ」とて当番の行事味噌屋八兵衛といふもの、…たいこ飯つぎをいくらも持出《もちいで》、上座の鳥羽屋善衛門ならびに組頭武兵衛よりしいかけるが、武兵衛は「手盛にておびただしうたべました」とて、少しは上戸がたの見る前を恥けるが、飯椀を左の袖の下へ隠せば、味噌八が「お組頭の貴《あな》た様が左様な事では外へのしい飯が花やかに出来ませぬ。善左衛門様のように見事なお手本お出し成され」とて彼左の袖の下へ隠せし飯椀を八兵衛諸手をかけて「ゑい」と引《ひけ》ば、武兵衛が「その様にはたべられぬ」と飯わんにむしやぶり付《つき》、ぶ重宝な草摺引《くさずりびき》見る様に成て、二人が中腰に立かかつて膳の上でのうでくらべ。双方剛気《がうき》の力故、めきりといふて堅地《かたぢ》の飯椀さけて二つに引ちぎれば、はづみで八兵衛あをのけにこけ、さいづち天窓《あたま》で後に有合《ありあふ》盃台を打くだくやら、さりとはぶ風雅な振舞。一ならびの下戸どもが「是は一興じや」と大笑。

（『風流酒吸石亀』巻之二）

寄合の取り持ち役が「たいこ飯つぎ（飯を入れる容器。「太鼓鉢」ともいう）」を片手に組頭の武兵衛に飯を勧めますが、武兵衛は「もう手盛でたくさん食べました」と飯椀を隠します。「手盛」とは自身で飯を盛ることであり、上戸の「手酌」に対し、飯を盛るので「手盛」というわけです。すると相手は「あなたが断っては場がしらける」といっていよいよ強く勧め、二人で茶碗を引き合ったあげく、茶碗が二つに割れて二人は転び、座は大騒ぎになります（これは『曽我物語』の一場面になぞらえて「ぶ重宝（無調法）な草摺引」と表現されています）。下戸連中は大笑いですが、上戸からの視点は「不風雅」と冷淡です。

普通の酒席で、酒に酔った上戸の狼藉を下戸が傍観するというのはよく見る光景ですが、ここでは上戸と下戸が入れ替わっています。もちろんこのような振る舞いはフィクションであり、実際の下戸の集まりではあり得ないことだったでしょう。作者はその滑稽さを狙っているのです。そして、上戸の振る舞いを逆転させた下戸の様子からは、当時の酒席の様子がかえって鮮やかに想起されます。

また、酒席の場面では酒の飲み方以外にも興味深い描写があり、例えばこれに続く場面で下戸連中が椀に高く盛った白飯を銘々にたいらげるところでは、その手際が細かく記されます。

扨、武兵衛が椀を取て在所の祝言振舞のやうな高盛を組頭の前へ居《すゑ》、夫から段々つぎつぎへしい廻れば、「是は食へる」といふて銘々椀さし出して盛せければ、椀の深さよりは飯の天窓《あたま》がちな高盛を二十人計の下戸どもが一つ一つ居《すゑ》た見前はしつかい餓鬼の参会。「何れも白山をおとり上成され」と上座から挨拶すれば、みな一同に彼《かの》白山のごとくなる高盛を手に取上るうち、上戸方の思ふ様は「あの白山、絶頂《ぜつてふ》からくひかけたらば、膳中へ飯がこぼれさうな物じやが」と気をつけて見物するうち、早喰かける。

（『風流酒吸石亀』巻之二）

下戸連中はそれぞれの飯椀を祝言さながらの高盛にします。その様子は椀の深さよりも盛られた飯の高さのほうが勝っていて、二十人ほどの下戸たちが皆同様の高盛を手にしている様はまったく「餓鬼」の集まりのようだといいます。「餓鬼」は地獄の六道の一つ、餓鬼道に墜ちた者を指し、飢えに苦しみ常に食を欲する存在です。ここで下戸連中が高盛の白飯を「白山《はくさん》」に見立てるのは「餓鬼」の縁語で、立山などと並ぶ霊場の白山が「地獄」に繋がる場所であったことによります。なお、下戸たちの「是は食へる」という言葉は、やはり上戸が機嫌良く飲む時の決まり文句「是は飲める」を下戸風に言ったものです。ちなみにもう少し後の場面でも、上戸であれば一座の人々に「お盃」と呼びかけるべきところを、下戸が雑煮を前に「お箸」と呼びかけるところなどがあります（巻之四）。

これを見た上戸たちが「あの白山をてっぺんから食い始めたら膳に飯がこぼれそうだが、いったいどうするのか」と様子を窺うと、下戸連中は「白山」つまり高盛の飯を次のように食べ始めました。

いか様よふ覚た物、先箸のさきを汁にてぬらし、白山の絶頂へは少しもさわらず、山の根本飯わんのふちの辺りをそろそろとせせり喰にして少しのほらをこしらへ、味噌汁少々流し込でけらけら笑の咄にまかせ喰かけけるが、しぜんと白山ひきく成、ちつともわきへ飯粒こぼれず、びしゃびしゃと成所を何れも一時に汁ざんふり打かけ、がさがさとかき込けるはおかしかりぬ。

（『風流酒吸石亀』巻之二）

まず、箸の先端を汁で湿らせて、「白山」の山頂には少しも触らず、山のふもと、すなわち椀の縁のあたりを少しずつせせり箸（つつくような箸の使い方）で食べて穴を作ります。そこへ味噌汁を少しずつ流し込み、食べ進めると自然と「白山」が低くなっていき、椀の外に飯がこぼれることはないというのです。そして最後には水っぽくなった飯に一気に汁をかけ、掻き込んでたいらげています。その見事な様子に上戸は呆れるばかりです。

ちなみに、白飯の高盛は本文中に「祝言振舞」とあるように婚礼の席などのしきたりで、女性がこれを食べる場合にはお付きの女房に飯を椀の蓋に少しずつ取ってもらうのがマナーでした（元禄五年〈一六九二〉『女重宝記』巻之二）。『風流酒吸石亀』では上戸の大酒に対抗して下戸が飯の大食いを競っており、高盛をたいらげる様子を細かく描写している点にこの場面の滑稽さがあるとともに、実際に右のような食べ方があったことを想像させます。

そもそも浮世草子というジャンルの作品には当時の人々の衣食住を具体的に描く傾向があります。しかし『風流酒吸石亀』が全編にわたって食に焦点を当て、詳細に描写するのは中でも異色です。いつの時代も人々の大きな関心事である食の描写に注力することで、読者の興味や共感を誘ったのでしょう。「酒飯論」を主意とする先行作品と同様に、この作品においても食と娯楽とが強く結びついているといえます。

むすび

『風流酒吸石亀』の序には「僕《やつがれ》酒を愛して上戸の情《こころ》をくみ、下戸の趣を察して此一帙《ちつ》をつづりぬ」とあり、ここで作者である亀友は酒を愛する上戸の立場から下戸の心を察しながらこの作品を執筆したと述べています。作品の後半には「下戸では迚《とても》和談が出来ず」といって下戸の男を例の薬水で無理矢理上戸にしようとするくだりがあり、また、物語の大団円では間飲町の上戸連中を救った「上戸酒門」の世界坊が、「下戸集門」の不飲坊という人物と論争し、上戸の徳を説いて言い負かします。この作品は「酒飯論」とはいっても、上戸贔屓の立場から作られたものなのです。

しかし作者が本当に上戸が下戸に勝っていると考えていたかと言うとおそらくそうではなく、この作品は冒頭に挙げた『酒飯論絵巻』のように、日常のたわいもないすれ違いを誇張して描き、娯楽としたものでした。『風流酒吸石亀』『酒餅』の特色は、酒席の献立を具体的に記すことで上戸と下戸の違いを際立たせたことや、上戸が酒に酔うところを下戸に置き換えて描くことにより、当時の酒席の様相を生き生きと伝える点にあります。食文化研究の手がかりとして、浮世草子のような江戸時代の娯楽読み物もまた、一つの史料となり得るのではないでしょうか。

〈古典籍の引用は国立国会図書館デジタルコレクション〈https://dl.ndl.go.jp/〉、『室町時代物語大成』第七、『翻刻江戸時代料理本集成』に拠りました。）

【参考文献】

西島孜哉「永井堂亀友―新しい伝記を中心に―」（『文学史研究』第十六巻、一九七五年十月）
『室町時代物語大成』第七「酒餅論」解題（角川書店、一九七九年）
熊倉功夫「日本料理屋史序説」（『熊倉功夫著作集』第七巻、二〇一七年）

黄表紙にみる「即席料理」

大関　綾

はじめに

現在、即席料理といえば即席麺などの家庭で気軽に作ることのできる料理のことを指す。しかしながら、江戸時代には「即席料理」を標榜する料理屋が数多くあった。『江戸買物独案内』（文政七年〈一八二四〉刊）飲食之部には「御料理」に分類される店が六十一軒記載され、そのうち「即席」と記載される料理屋は二十八軒、その中には「会席」と一緒に記載される店も十軒ある。また、「即席」と記載のある料理屋の欄に「仕出し仕候」や「御望（好）次第」と記されるのは興味深い。今では会席料理や仕出しは高級料亭や高級割烹が行う印象が強く、即席料理とは似もつかない。さらに客の「御望次第」に料理を出すというのはどのような形式なのであろうか。

江戸時代には多く料理本が刊行され、その中には季節毎の献立が細かに記される。数ある料理本の中でおそらく初めて「即席料理」の部立を設けたのは『料理早指南』（享和元年〈一八〇一〉序）であろう。初編の凡例には、

一即席料理と部立せしは、先、魚を得《え》て、さて其魚に依て、趣向するゆへに名づく。或は、大・

中・鉢皿、大平、どんぶり、或は吸もの、平もりの相手等、みな側にしるしを附す

とあり、即席料理の部では材料となる魚を基軸とした料理を記す。即席料理の部冒頭には「鯛」項が挙げられ、「はま焼／せうがせん／かけしほ」、「潮煮／同あら／春うどめ／夏木のめ／秋ぼうふう／冬ゆず」と、調理法の異なる鯛料理が並ぶ。同項目には「大鉢」や「大平」「茶碗、台引」などの小項目もあり、皿（料理）の種類別に鯛料理が記される。即席料理の部以外、例えば、会席汁の部では「春」項には「中みそ／大がき／せん湯波／ふきのとう こまぐ〳〵」他二例の汁料理、「夏」項には「白ごまじる／小なす丸にてかはむきわりかけ／くじら」他二例の汁料理、「秋」・「冬」項にもそれぞれ三例の汁料理が記される様に、料理の種類が前提にあり、四季にあう材料が列挙される。

　これらの文献を踏まえ先行研究では、「江戸では江戸前の魚を、大坂では瀬戸内海の魚を即席に調理する即席料理屋が19世紀初めには多くできる。タイの潮煮《うしおに》、塩焼き、エビの鬼殻《おにがら》焼き、カツオの刺身などが即席料理として発達し、しだいに客の注文に応じてつくるのを即席料理というようになる。明治になってからは、追い込みの部屋で飲食させる店を即席料理屋、個別に座敷で飲食させる店を会席料理屋といった。（1）」と文化年間頃より地場のものを即席に調理した一品料理屋が発達し、後に注文に応じて作るものが即席料理となった、とするものや、「それなりの料理屋でも、「即席」として一品料理をいくつか楽しむ場合もあるが、「会席」は単なる料理の羅列ではなく、季節感などを取り入れたコース料理で宴席を楽しみ、雰囲気を大切にするため店内には離れや庭が設けられる、という趣向を重視した。これは煮売茶屋のレベルを脱して、料理茶屋のうちでも高級な部類に属するものである。（2）」と「即席料理」は会席料理屋の中で注文される一品料理のことを指し、煮売茶屋とは一線を

画するものであるとされ、「即席はその日に調理可能な料理を、その場の客の好みに従って注文する」[3]ものと定義付けられる。

以上から「即席料理」とはその場で客が注文する形態のことを指すと考えられている。しかしながら、先行研究でもその発展について差異が見られるように、その実態は明らかであるとは言いがたい。そこで本稿では江戸町人の生活を如実に描き出すことでも注目される黄表紙において、即席料理がいかに描かれたかを読み解き、その実態の一端を明白にする。

黄表紙と「即席料理」

『料理早指南』で「即席料理の部」が立項される前に、文学作品においては「即席料理」を題に入れた作品が複数刊行される。「日本古典籍総合目録データベース」で確認できるのは次の四作品である。

・『落咄し御望次第即席料理』万載亭・千束舎（咄本）天明元年（一七八一）序
・『不案配即席料理』山東京伝（黄表紙）天明四年（一七八四）刊
・『忠臣蔵即席料理』山東京伝（黄表紙）寛政六年（一七九四）刊
・『不廚庖即席料理』時太郎可候［葛飾北斎］（黄表紙）享和三年（一八〇三）刊

また、次の作品も即席料理と関連のあるものとして挙げたい。

・『煩悩即席菩提料理四人詰南片傀儡』山東京伝（黄表紙）寛政五年（一七九三）刊

・『料理茶話即席説』曲亭馬琴（黄表紙）寛政十一年（一七九九）刊

右に挙げた作品を見る限り、天明〜享和期の約二十年間に作成された黄表紙が主である。黄表紙とは全丁絵入りの戯作本で、地口（洒落）を多用する。右の作品中には山東京伝作が三作品あり、京伝が「即席料理」という言葉に早くから目を付け、黄表紙と料理とを結びつけて作品を作ることに熱心であったようだ。これらの作品を概観し、即席料理が作品の中でいかに表現されるかを分析する。

まず、先に挙げた六作品の特色を次に年代順に挙げる。

(1)『落咄し御望次第即席料理』

六作品のうち、唯一の「咄本」である。全二十八の短編笑話が収録され、そのうち題も内容も料理と関係するものが三話（「洗鯉」、「なべ焼」、「はまぐり」：「　」内は笑話の題、以下同）、その他は食と関係する語が出る咄が十話（「きつね」の料理、「菊見」の吸物・あんこう・鯛めん、「役者」の魚を料《りやう》る、「たから船」の信濃者・米、「ほたけ」の蜜柑、「むさしや」のうなぎ・鯉、「蝉まる」の柿・枇杷、「つる（弦）」の鍋弦・鶴、「かめ」の長いもの煮つけ・くわい・生姜・蛸の足、「小人国」の魚）、題が食文化を連想させる咄が一話（「七賢人」）見られる。短編集という性質上、咄同士の繋がりは見られず、序文に「上塩梅の即席はなしを、即席りやうりと題してやきものゝ焼なおしなきところをまな板に水をながすがごとく御膳をすへんといふ事しかり」とある通り、即席話を即席料理に見立てたものであり、編纂した短編集をお膳に見立てる。角書きに「御望次第」とあり、即席料理屋の広告と同じ文言が入ることに注目される。

(2)『不案配即席料理』

本作は黄表紙において「即席料理」の名を冠する初めての作品である。特徴として挙げられるのは、冒頭に料理献立風の内容紹介（図1）があることで、その内容は次のようなものである。

おちつき 御吸物 女郎買の糠味噌仕立 飯 御蔵前の黒米・百両の山吹飯 汁 太鼓持鮟鱇 平皿 吉野山桜鯛・狂言の鯨身・首尾の松茸・死出の山芋・蓮池蓮根 猪口 根無草の浸し物 香物 横川の覚範漬 高台 膾 御佩刀の細身作り・船中の御手打・剣・痼癪 焼物 蘭麝・鯛の下駄焼 紅葉 御吸物 高尾山にてざつと澄まし・吸口冥途 茶碗 南禅寺のきやんかけ豆腐 御酒 隅田川 硯蓋 雀踊・閻魔の目玉・吉野川花鮎・切文・浮川草・三百両手付・山鳥の長焼 川へ 丼 高尾が亡骸 大平 三つ股の白魚・鳶の玉子とじ 御茶 河童の屁 御菓子 四郎佐藤忠信煎餅・道哲念仏餅絹川焼

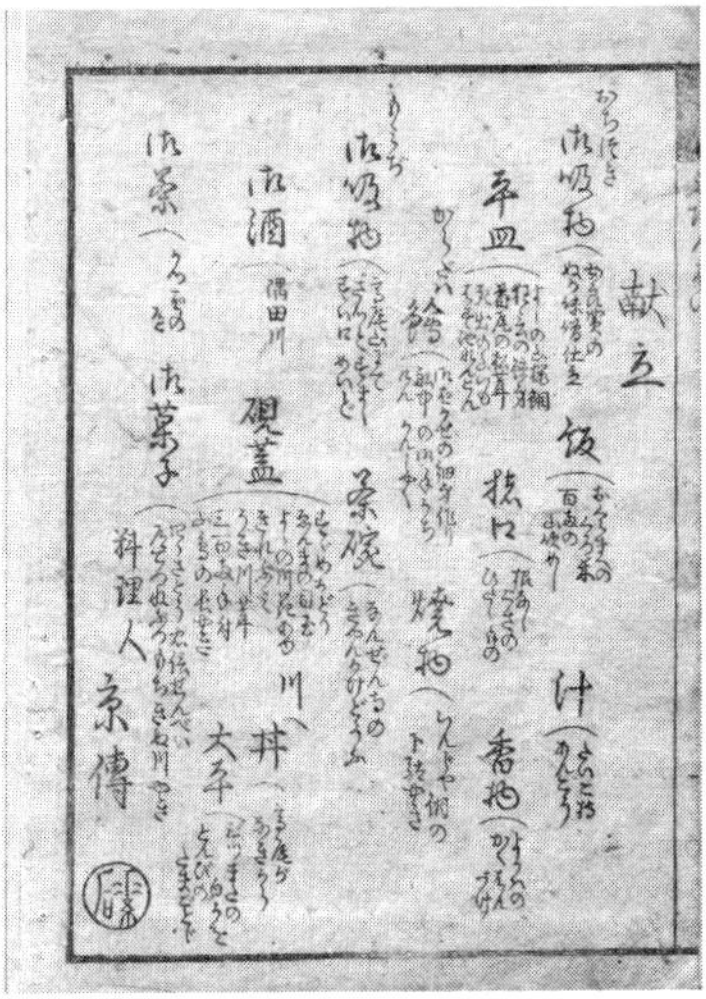

図1 『不案配即席料理』一ウ
（国立国会図書館所蔵）

右は「浄瑠璃「義経千本桜」を下敷きに、高尾の三股吊し斬りや、源内の『根南志具佐』の地獄・河童譚を採り混ぜた内容[4]で料理に寄せた洒落を盛り込む。「義経千本桜」に登場する覚範が太鼓持の案好として身をやつし、高尾と間違えられて斬られる「案好の吊るし斬り」などは最たるものであろう。右の献立では「汁」として「太鼓持鮟鱇」とある。献立には料理（皿）の種類として御吸物・飯・汁・平皿・猪口・香物・膾・焼物・御吸物・茶碗・御酒・硯蓋・丼・大平・御茶・御菓子が挙がる。

京伝は作中での献立の使用を好んだのか、『指面草』（滑稽本、天明六年〈一七八六〉刊）にも「造化即席献立」を用いる。

硯蓋 一角仙人に生る鹿の切身・鳶の子の夜鷹の焼鳥・弘法の石芋・実方雀焼・瓜の蔓煮茄子のむま煮・細川高国のしま村・かにつけやき 吸物 けしの介がしな玉のどぢやう・うしのくその味噌仕立・吸口清明が占の柑子 猪口 笛をふくさつまいものよごし 茶碗 孫権が鱠余魚・鶯のかいこのうちのほとゝぎすのたまごとぢ 大平 木についだ筍・かぼちゃがとうなす・くずかけ 丼 時をつくるすつぽんのさんしよいり 酒一銚子 親ににぬ子は鬼ころし　其外御望次第

料理の種類には硯蓋・吸物・猪口・茶碗・大平・丼・酒一銚子が挙がり、「其外御望次第」と記される。またこの献立に対して本文には「「はて、希有《けう》な献立、是はきつい四人詰、南鐐一片だ」と口々《くちぐ》に申」と続く。これらの料理が「四人詰」、「南鐐一片」と連関することがわかる。

(3)『四人詰南片傀儡』

(2)に続き、京伝の作品である。角書は「煩悩即席／菩薩料理」で「即席料理」の語が分かれているものの意識されたものであろう。「書名は手料理の「四人詰め南鐐一片」（四人の客で南鐐一片〈南鐐銀。二朱銀〉の代金）のもじり」[5]とされ、先に紹介した『指面草』の台詞にあった「四人詰」「南鐐一片」が本作の題にも関係する。本作は全丁に渡って鬼や菩薩が天から町人を操る様子を描いており、所々で酒や料理関連の語が見られる。四人詰が南京傀儡と結びつくのは、四人一卓で食事をする卓袱料理の影響と考えられる。

(4)『忠臣蔵即席料理』

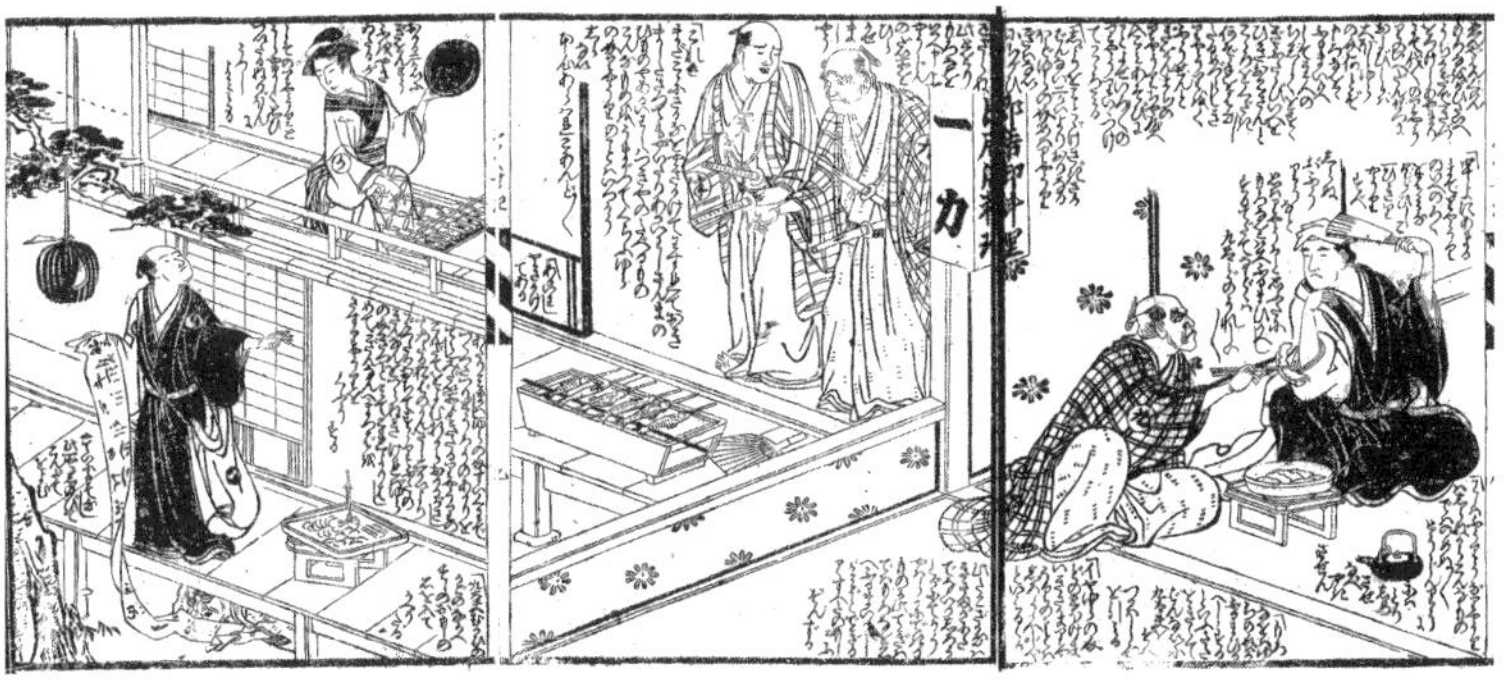

図２　『忠臣蔵即席料理』八ウ九オ・九ウ（東京都立中央図書館加賀文庫所蔵）

⑵⑶に続き、京伝の作品である。本作は題名の通り、忠臣蔵を下敷きとした料理に関する地口が随所に組み込まれる作品である。序文で京伝は自身を「料理人」とし、口上の前には「忠臣蔵即席料理　袋入御望次第」と記す。⑴の角書や「造化即席献立」に「御望次第」とあるのと共通する。ただし、この作品に献立はなく、「忠臣蔵」を下敷きに様々な料理とこじつける。本文冒頭では登場人物それぞれの関係を「足利直義は、きつひ料理好きにて、何ぞ珍しき料理を食つてみたきと望み給ひ、塩冶判官と桃井若狭介両人を料理番と定め、高師直には台所の頭役を申付給ふ」とする。

さて、本作で注視すべきは八ウ九オの挿画中に「一力」「即席御料理」とあることである（図2）。この場面は『仮名手本忠臣蔵』の中でも見せ場の「祇園一力茶屋の段」を基にしたことは言うまでもないが、大星由良助の遊興の理由を「何ぞ手を放したる珍しき料理を工夫せんと、祇園町の料理茶屋へ入込み、遊びに事寄せ、いろいろの料理言い付けて試みる」つまり珍しい料理の工夫をするために一力亭で遊んでいると見せかける、とする。「いろいろの料理言い付けて試みる」とあることから、

図３「忠臣蔵 七段目」（立命館大学 ARC〔arcUP4651〕所蔵）

いろいろと料理を注文できるのが即席料理の特徴であったようだ。一力亭は貸座敷を基本とするお茶屋であるため、それを即席料理屋とする落差に面白みを見出す事も可能かと思われるが、貸座敷に重きを置いた料理茶屋でも即席料理を出した可能性も棄てきれない。というのも、歌川広重の浮世絵「忠臣蔵 七段目」（和泉屋市兵衛刊：図3）には一力亭で大皿に盛られた料理を囲んで遊興する画が描かれており、会席料理とは趣の異なるものである。現在のお茶屋では割烹などから客の好みに応じて仕出料理が配達されるが、ここでも仕出しによるものなのかもしれない。

『忠臣蔵即席料理』の一力の場面に描かれる料理は膳に載った大皿に盛られた「蛸肴」と廊下で焼かれる「赤鰯」、膳の上の「銀杏」である。忠臣蔵で大星由良助が顔世御前からの密書を読む場面は、本作では料理献立を読むとされ

図４　『料理茶話即席説』六ウ七オ（国立国会図書館所蔵）

ており、おかるの松葉の簪が二階から落ち、硯蓋の銀杏を貫くことから銀杏へ松葉を挿す料理の工夫を思いついた、とする。

(5)『料理茶話即席説』

本作は馬琴による黄表紙である。「即席話」が前面に出た表題であるが、内容はむしろ料理を主題とし、食材などを擬人化して描くなど料理に言寄せた地口で構成される。二ウ三オには即席料理兵衛が高座に座り「即席話」をする様子が描かれる。(1)の序文の用例とも合わせると、寄席でする咄を「即席話」と呼称したのではないだろうか。「料理茶話」は「料理茶屋」をもじったものと思われ、本作の三ウより、料理献立といった形ではないものの、見開き一丁の中でそれぞれの料理に基づいた地口などが展開される。記される料理を列挙すると次のようになる。

①　吸物（落ち着き大の澄ましにて）痩せ鱚煮・癇癪独

活盃水銚子②硯蓋野郎の玉子・痼癪のむりのね・よこに車海老・苦界の丸剥き・何にも岩茸③鉢肴大の鼻空き④手取肴鰹の馴染み⑤吸物手前味噌談合の吊し切・朝から勘定⑥盆膳飯もの米汁こずいかけニ・釣り入れ猪口別懇のしがねへ香の物身代の奈良漬け・借金の沢山漬け⑦平鼻の下の長伊吾・酔い覚めの勘弁・くや椎茸⑧膾いやだの居煙焼物女房の開き茶椀もの店子のふが〳〵⑨坪生酔ひの濃漿⑩吸物手代の潮煮⑪口取り船の涼み焼き・花火のふくら煮⑫丼素人の棚経とぢ⑬鍋焼き嚊の煎り鳥（ちくだの蒲鉾・口豆のもやし・嘘をつく芋）⑭引物腰元のおぼこ饅頭・奉公の外郎餅

本作中にも「即席御料理」と書かれる看板が描かれており（図4）、看板の左右にそれぞれ「御三人詰――／御五人詰――」「御仕出し仕候」とある。⑶とは人数が違えど、「〇人詰」は即席料理に関連が深そうである。

⑹『不厨庖即席料理』

葛飾北斎画・作の作品である。本作は「〇〇の部」という部立てがされ、その種類に関連する食材、道具を人物に仮託して話が構成される。絵に描かれるものを列挙すると次の通りである。

①飯塗杓子・麦飯・新米の飯・陳飯・御玉杓子②汁極上々味噌・納豆・なまり節・鰹節③酒味醂酒・焼酎・地酒・泡盛・変わった酒④茶菓子豆煎り・白湯・茶・米饅・松風・緑・甘露梅⑤香の物菜漬・沢庵・茄子漬・はだ菜・奈良漬け⑥猪口豆腐・煎胡麻・新菊・芥子坊主・人参⑦平椎茸・慈姑・長薯・山葵・葛・海老・松露・鯛・もやし豆・玉子・牛蒡・酢・庖丁・里芋・蛸・麩⑧酢の物鮑・生姜・山葵卸・海鼠・茗荷・蓼・白髪大根・白髪独活⑨取肴干瓢・芥

子・筍・芋茎・鮒・昆布⑩吸物蓮根・蕁菜・防風・山椒・小松菜・鮟鱇⑩鍋焼貝の柱・雁・鴫・芹・出刃・鮫・鼈・干海苔・松茸・州走・雷干・洗鯉⑪濃漿木耳・搗栗・天王寺蕪・赤鱏・山の芋・蒟蒻・銀杏⑫焼物金頭・栄螺⑬麺類蕎麦切・塩・饂飩

本文中に即席料理という語は登場しないが、それぞれの料理の材料で話を構成する点では(5)と類似する。

以上、六作品の特色を挙げた。作品同士や「はじめに」で挙げた『江戸買物独案内』との一致が見られる点は、「料理茶屋」と関わりがあり「御望次第」と記されること、献立形式で作品が構成されること、「四人詰」との関連である。これらが即席料理といかに関わるのか、次に考察していきたい。

まずは「料理茶屋」と「御望次第」についてである。江戸における料理茶屋のはじめは明暦頃にできた金竜山の奈良茶飯屋とされ、一膳飯屋的な要素が強い。一方で文化文政期には八百善をはじめとする高級料理茶屋が多く存在した。このような料理茶屋で提供されたのが会席料理であり、料理茶屋を会席料理屋とも言った。『江戸買物独案内』でも会席料理と即席料理が同じ料理屋で提供されたことは確認できたが、そもそも当時の会席料理とはどういったものであったのか、今一度資料を見ておきたい。即席料理の部立がある『料理早指南』初編には会席の基本的スタイルも挿絵に描かれる(図5)。

会席㊀飯㊁汁㊂膾㊃附合㊄手塩皿香物㊅平皿㊆大ちょく㊇茶碗　重引

四角い盆の上に㊀~㊄が載り、その他は外に描かれる。さらに、『守貞謾稿』巻之五には会席料理についても詳述されており、

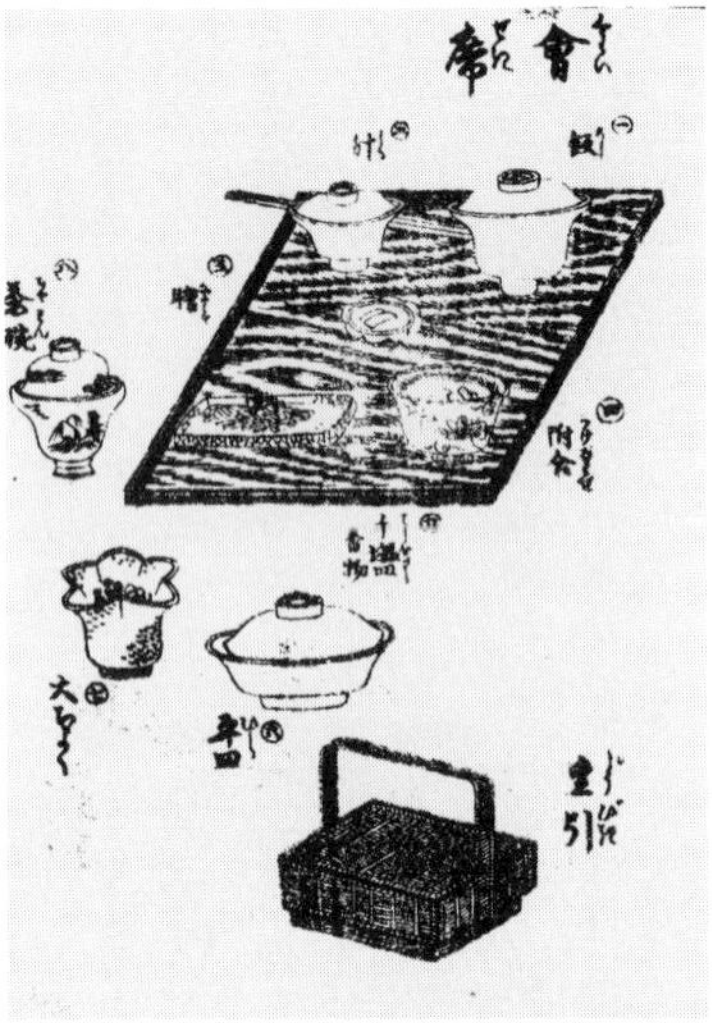

図５　『料理早指南』図（国文学研究資料館所蔵）

> 天保初比以来、会席料理ト云コト流布ス。会席ハ茶客調食ノ風ヲ云也。最肴ナド人数ニ応ジ出之テ、余肴ノ数ヲ出サズ。其他肴ニ准之。前年ノ如ク、多食ノ者ハ更ニ余肴無之、腹モ飽ニ至ラズ。而テ調理ハ益々精ヲ競ヘリ。今世、会席茶屋ニテ最初煎茶ニ蒸菓子モ人数限リ、一ツモ多ク出サズ。口取肴も三種ニテ、織部焼ナドノ皿ニ盛リ、是モ数ヲ限リ、余斗無之、口取肴ノ前ニ、坐付味噌吸物、次ニ口取肴、次ニ二ツ物ト云テ甘煮ト切焼肴等各一鉢、次ニ茶碗盛人数一碗宛、次ニ刺身以上酒肴也。膳ニハ一汁一菜香ノ物。

この記述より、本膳料理のように一度に配膳するのではなく、会席料理は順を追って料理を供したことがわかる。また、会席料理は一人ずつに肴を提供し余りのないようにすることが特徴で、『守貞謾稿』でことさらに「蒸菓子」や「口取肴」を一人ずつに出すことが記されるのは、他の形式とは提供の仕方が異なることを示していよう。先述の『料理早指南』「会席」の図の裏には「精進」の「台引菓子　茶くわし口取」が描かれ、一つの皿に同種の菓子が複数載せられる。これらの記述から推察するに、菓子や肴は一つの皿に盛って出す形態が一般であったのだろう。人数分を余りなく出すということは予め客が店側に予約する必要がある。そして客は店側の提供する料理を食す。そこには客の

「御望」は反映されないだろう。それでは即席料理と共に記されることの多い「御望次第」の意をどう解釈すべきか。『料理早指南』即席料理の部では材料をもとにいかに料理するか取り合わせが記される。先述のように、鯛を潮煮に調理する場合、春にはうどめとともに汁の実とする。黄表紙においても先に題材があり、その上で食材を当て込み、料理に仕立てる。要は、先行研究でも指摘されるように、予約に応じて予め準備するのではなく、その日に仕入れた食材を基に、客の注文に応じて料理されるものを即席料理と言ったのであろう。しかしながら、その注文が一品ずつ可能であったのか、どの程度選択の余地があったかは定かではない。また、即席料理を出す店の広告には併せて「仕出し仕候」と書かれるものが散見された。一椀ずつ配膳する会席形式では仕出しするのに多くのものを運ぶ必要がある。会席と即席では料理の提供形式自体も異なるものであったのかもしれない。

そこで次に、会席の基本的スタイル（『料理早指南』初編）と先に見た文学作品に記される献立とを比較してみる。すると、即席料理関連の作品には「大平」や「硯蓋」、「丼」が入るが、会席料理の献立には含まれない。『料理早指南』初編凡例には

一大平丼重引等部類に数少しといへども又即席料理の部に数品出して片がきと首とにしるしを附す

一硯ぶたの部は九種七種五種三種と分つといへども一色も同じ品をのせず　是はともに取まぜてあれこれ通はせて用んためなれば也　但し風味のおなじからざる様につみ合す心得有べし　又硯ぶた台引等の品数品にして載尽しがたし後編重詰の冊に猶おびたゝしく出す

とある。『料理早指南』には大平、丼、重引の部は初編に記されるものの、その品数は少なく即席料

理の部に記した料理を参考にするように書かれ、硯蓋も二編の重詰に特化した料理書を参考にするように書かれる。そもそも大平・硯蓋・丼は料理本に記載されることが少ない。即席料理を扱う料理本である『即席料理素人庖丁』には大平に関する記述があり、凡例では

臨時の客来是あるとき。…なべやき大平等は煮もゝ《ママ》の部…見合給ふべし。

とあり、「なべやき」や「大平」は一つの鍋・皿で提供する煮物を指すと考えられる。その他、硯蓋は数種類の料理の盛り合わせである。会席料理が一人一椀ずつ盛られたものを提供するのに対し、大平などの料理は大きな皿で複数人が食べることを想定したものなのであろう。

最後に「四人詰」と即席料理の関係を考察したい。黄表紙『漢国無体此奴和日本』(四方山人作、天明四年〈一七八四〉刊)は当時の日本における中国偏重の気風を逆手にとり、中国を舞台に日本趣味の中国人塩秀才を主人公とした物語である。作品中に次の一節がある。

日本料理の茶屋、四人詰銅一枚づゝにて、大きな寺の瓦の施主に付くやうな事。唐の料理と違ひ、吸物一椀菜、どんぶり茶碗菜などとて、気が変つて面白いとて、浮気の唐人ども無性に奢る。

これは実際に中国に日本料理茶屋があった訳ではなく、日本で中国料理屋(卓袱料理屋)が流行していたことの見立てである。挿画には、四つ足の机が置かれ、中国風の男二人が机を囲み、卓上にはチロリと肴らしき皿が三つある。卓袱料理は中国料理を日本風にアレンジしたものであり、「気が変つて面白い」とあることから品数は多かったものと考えられるが、四人詰で机を囲み、どんぶりなどの大皿で提供する形式であったことがわかる。他にも浮世草子『鎌倉諸芸袖日記』(寛保三年〈一七四三〉刊)巻四―一には「しつぽくとやら申て。ひとつの鍋で煮た物を。そう〴〵が箸をいれて喰ひあ

ひ」とあり、先に考察した大平などと似た形式である。一方、『漢国無体此奴和日本』に「大きな寺の瓦の施主に付くやうな事」とあるのは、『嬉遊笑覧』（文政十三年〈一八三〇〉序）巻十上に引用される「衣食住の記」に

享保半頃迄途中にて価を出し食事せむ事思ひもよらず、煎茶もなく殊に行掛りに茶屋へ料理いひ付ても中々出来せず、其頃金竜山の茶屋にて五匁料理仕出し、行がゝりに二汁五菜を出す、人々好みに随ひことの外はやる。其後両国橋の詰の茶屋深川洲崎芝明神前などに料理茶や出来、堺町にて一人前百膳といふもの出きてより是又所々に出たり、…宝暦の始より吸もの小付飯大平しつぽくのうまみ金竜山の料理は跡なく、夫より宮地端々おびたゞしくわけて明和のころより辻々に軒を并ぶ

とあるように、以前は外食が当たり前には行われていなかったため、お金を払って食事することを「寄進」のようだと感じる面もあったのだろう。また、「行掛り」でも五匁で二汁五菜を出す茶屋が登場し、一人前百文で食事を提供する料理茶屋が各地に出来たとある。さらに宝暦のはじめには吸物・小付・飯・大平や卓袱料理を出す料理屋が出てきたと記される。この「行掛り」で「好みに随ひ」食事が取れるようになったもの、そして一膳飯ではなく、料理茶屋などで出される複数人で一つの皿に盛られた料理を食べる形式を「即席料理」と言ったのではないだろうか。

黄表紙において、題名に「即席」とつけることは自身の作品を謙遜する意味も込められるものと思われる。その意味で「不案配」や「不廚庖」という語と取り合わされるのであろう。しかしながら、おそらく穿った見方をすると、すぐさま読者の好みに合わせて作ったものだとの矜恃も見え隠れする。おそら

く、「即席料理」にも現在のような手抜きといった印象はなく、粋な料理として広く受け入れられた一面があったのではないだろうか。

おわりに

本稿では主に江戸で刊行された書物を扱い、即席料理とは大皿に盛られた料理を複数人で共有する形式で、その日仕入れた魚を基に作られた献立から客がその場で選んで注文する、あらかじめ予約を必要としない料理のことを言うものであると述べた。随筆『浪花の風』（安政三年〈一八五六〉）に「当地（大坂）も即席料理の店は多くして、江戸と替ることなし」と書かれており、江戸に限らず上方でも同様の形態の料理屋があったようだ。ところで、現在「板前割烹」と呼ばれる、カウンター式の割烹料理屋の代表「浜作」は戦前東京銀座で「大阪式即席料理」の看板をあげていたという(6)。今では割烹といえば格式のある料理屋の一つに数えられるが、「先ず魚を得て」料理を決めるという点で即席料理の系譜を引いている。そこから逆に考えると、江戸の即席料理屋でも献立から一つ一つを選択し、もしくは献立にない料理も「御望次第」で提供してもらえたのかもしれない。

江戸時代中期以前の上方作品に目を向けると、即席料理と類似した言葉に「出来合料理（飯）」や「当座飯」がある。井原西鶴作『好色盛衰記』（貞享五年〈一六八八〉刊）巻四―四には「ひだり包丁が沖鱠、ちりめん小鮎の煎物、うしほにの魚は所からに、前とて新しく、出来あひ食《めし》のもてなし」とあり、すぐさま料理が出される様が描かれる。さらに西鶴作『万の文反古』（元禄九年〈一六九六〉刊）

巻四―一には

> 京もしだいにせちがしこく、ちかき比より東福寺のほとりに、献立看板といふ物を出し置、壱分から弐匁まで当座食を仕出し、御汁干葉に蛤のぬき実、料理膾子は見あはせ、煮物生貝ぜんまい、やき物干鱈引てかう物。右は五分膳、品〳〵道具きれいさ

とある。当座は即席と意味が通じるため、即席料理とほぼ同義であると考えてよいだろう。ここでは「当座飯」に汁、煮物、焼魚、香の物が出てくる。興味深いのは「膾子は見合せ」という箇所の注釈に差があることで、「あれこれ見立てての注文」や「新鮮な材料を用いない安料理ゆえ膾（魚貝の肉を細かく切ったもの）は危険。」とされる。時代と地域の差があり当座飯と先に考察した「即席料理」が一致するとは一概には言えないが、さらに「即席料理」の提供形態が明らかになれば、おのずと右の解釈も定まるのではないだろうか。そしてこれらの言葉のニュアンスの違いを捉えることで、さらに当時の料理について一層理解を深めることができよう。

【注】

1 小柳輝一「即席料理」項『日本大百科全書（ニッポニカ）』小学館（ジャパンナレッジ、二〇二〇年八月二十日閲覧）
2 原田信男『江戸の食生活』「はじめに」岩波現代文庫　二〇〇九年
3 原田信男『和食と日本文化―日本料理の社会史』「第四章　近世における料理文化の爛熟」小学館　二〇〇五年
4 『山東京伝全集』黄表紙1解題
5 『山東京伝全集』黄表紙3解題
6 平本毅氏のご教示による

【参考文献】
吉井始子『〈翻刻〉江戸時代料理本集成』第六・七巻（臨川書店　一九七八年）
『落咄し御望次第即席料理』（東京大学蔵、マイクロフィルム）
『山東京伝全集』黄表紙1・3（ぺりかん社　一九九二・二〇〇一年）
叢書江戸文庫『滑稽本集』（国書刊行会　一九九〇年）
清田啓子「翻刻　曲亭馬琴の黄表紙（七）」『駒沢短期大学研究紀要』10（一九八二年三月）
『葛飾北斎小説集』（北星出版社　一九七八年）
『守貞謾稿』第一巻（東京堂出版　一九九二年）
新日本古典文学大系83『草双紙集』（岩波書店　一九九七年）
日本随筆大成　新装版別巻10『嬉遊笑覧』4（吉川弘文館　一九九六年）
『八文字屋本全集』第十七巻（汲古書院　一九九八年）
日本随筆大成　新装版第3期5『浪華の風』（吉川弘文館　一九九五年）
『新編西鶴全集』第二・四巻（勉誠出版　二〇〇二・二〇〇四年）
新編日本古典文学全集『井原西鶴集』3（小学館　一九九六年）
新日本古典文学大系77『武道伝来記（他）』（岩波書店　一九八九年）

芝居の中の食材—おもてなし料理と食材尽くし—

早川　由美

一　はじめに

江戸時代の庶民の最大の楽しみは、芝居見物でした。今と違って朝から晩まで上演されているので、上等な客は芝居茶屋で食事をする他、観劇中の桟敷席《さじき》にも菓子《かし》や料理を運ばせていました。普通のランクの客でも、「菓子」「弁当」「鮨《すし》」だけは取り寄せていたのです。弁当と鮨が別扱いなのが面白いですね。幕の内弁当という名前も芝居の「幕」から来ています。

江戸時代の服装や風俗がわかる『守貞漫稿《もりさだまんこう》（近世風俗志）』に載っている幕の内弁当は、握り飯をあぶったものに玉子焼き・かまぼこ・焼き豆腐・里芋・こんにゃくなどを合わせたもので、万久という店の幕の内弁当は一人前百文（約千円）だったそうです。メインになる肉・魚のタンパク質がないので、今の私たちからしたら少し物足りない気がします。このお弁当の食材は当時の人にどう見えていたのでしょうか？

一方、芝居の舞台の上でも、食事や食材が取り上げられています。芝居の中の食事・食材をながめながら考えてみたいと思います。取り上げる作品は、浄瑠璃《じょうるり》（文楽《ぶんらく》）と歌舞伎の台本です。浄瑠璃の台本は、岩波書店の日本古典文学大系や小学館の日本古典文学全集といったシリーズに入っているので、活字で読むことができます。

二　おもてなしの「なます」

芝居の中で、お祝いごとや人を招いておもてなしする時の食材を見てみましょう。

まずは、歴史の教科書などでも出てくる元禄文化を代表する劇作家近松門左衛門の作品です。江戸時代の現代劇は世話物《せわもの》といいます。近松の世話物は男女の心中事件を描いたものが多くて結末は暗いのですが、そこに至るまでの市井の人々の生活が描かれているので見ていきましょう。

宝永五年（一七〇八）に初演された『高野山女人堂《こうやさんにょにんどう》心中万年草《まんねんそう》』は、十九歳と十七歳の未熟な二人が心中に至るまでを描いた作品です。喧嘩《けんか》から友人を殺してしまい、出家して罪を償《つぐな》うために高野山の寺小姓《てらこしょう》となった成田久米之介。ところが、傍輩《ほうばい》花之丞の妹お梅と人知れず深い仲になってしまいます。それが露見して山を追い出された久米之介と、縁談が決まったお梅が心中するというストーリーです。

花之丞が、寺での精進料理について親から聞いたことを語っています。


山へ登ればとと食ふことがならぬほどに、豆腐や蒟蒻《こんにやく》を、鯛《たい》や鱧《はも》ぢやと思ふて食へ、山の芋を鰻《うなぎ》と思へ

僧侶になるために山へ修行に来ているのです、「とと＝魚」を食べることは出来ません。現代の精進料理と同じく、魚の代わりに豆腐やこんにゃくを使っていることがわかります。女性と付き合うこ

とも、禁止事項の一つでした。

さて、そのころお梅の家では、内々の祝言《しゅうげん》（結婚式）の準備が進んでいきます。江戸時代の婚礼は夜、父親はうれしくて奉公人たちに指図しています。

お梅が祝言、いよいよ今宵に極《きわま》つた。今朝言ひ付けた通り、市介、伝九郎なますをかけ。なつよ、雑煮《ぞうに》の用意せい。竹、膳立てもきれいにせい。聟《むこ》殿は京烏丸の人なれば、黒椀がよからう。塗《ぬり》杯《さかずき》はいらぬぞ。年のいかぬ娘ぢや。土器《かはらけ》を三方に、口取りは熨斗《のし》・昆布《こんぶ》、肴《さかな》はするめ、車海老、熊野から貰《もら》うた塩貝があらふ。

正式な披露宴は後でするため、身内だけのお祝いです。料理として「なます」「雑煮」「酒」、酒の肴に「昆布」「するめ」「車海老」などが用意されています。お祝いの準備が進んでいく中で、お梅はどんどん追い詰められていくのです。

「なます」という料理に注意しておいてください。江戸時代の料理本には様々な「なます」が出てきます。「なます」は、野菜や魚などを細く切って酢や味噌、煎り酒などで調味したものです。祝い事にはかかせない料理であったようで、近松の他の作品でも登場しています。

享保四年（一七一四）に初演された『傾城島原蛙合戦《けいせいしまばらかえるがっせん》』という作品は、天草の乱を素材としたものです。同時代の武家の事件をそのまま劇化することは出来ないので、天草四郎は奥州藤原秀衡の四男の四郎高平という設定になっています。頼朝により奥州が平定された後、四郎は天秤棒をかついで野菜を売る七草四郎という名で京に潜伏しています。その売り声は、

「茸《たけ》、松茸、牛蒡《ごぼう》、山の芋、青豆、はじかみ、人参、葉人参や〜」

です。それを呼び止めたのが、昔の家来の佐々木佐仲太。彼は引越した長屋の人々に、引越挨拶のふるまいをするため松茸を買おうとしたのです。再会を喜ぶ二人のところへ、佐仲太が頼んでいた「雇《やと》いかか＝家事代行家政婦」がやってきます。彼女は家主と長屋の人々に連絡したところ、全員集まってくれると報告して、台所でおもてなし料理の準備をしようとします。

「ハアア、たんと青物めした。どれ牛ン房《ごんぼう》洗はふ。人参そろよ」とつくばへば、「いやいや、皆がお出なされて手づからの切りきざみも一つの馳走。

「まあ、いっぱい野菜をお買いになりましたねえ。ではゴボウを洗って、人参を切りそろえましょう」と、下ごしらえに取りかかります。すると、佐仲太は「自分が目の前で野菜を切り刻むこともおもてなしだ」と言って、他の用事を言いつけて追い出してしまいます。そして、四郎と二人で長屋の人々を一味に引き入れるための方法を相談します。やがて長屋の住人たちがぞくぞくと集まり、自己紹介をしていきます。設定は鎌倉時代ですが、ここで描かれる長屋の様子は江戸時代のもの。引越挨拶の御馳走は、野菜を刻むことから始まります。ここでも「なます」が予定されていたのかもしれません。

『心中宵庚申《よいごうしん》』は享保七年（一七二二）に初演された作品で、八百屋夫婦の心中という珍しい内容です。

武士の家から八百屋へ養子にいった半兵衛は、ある時鷹狩りの帰りに立ち寄られる殿様へのおもてなしの献立を頼まれました。三汁九菜の魚鳥尽しという豪華な献立を出したところ、一汁三菜でしかも質素に作り直すように命じられます。お殿様は質素を元とする方だからという理由です。

飯は赤交じりの、ひねくさいをすつくり炊かせ、掻《か》き立て汁に小菜《こな》の浮かし、向付《むこうづけ》はおろし大

根、鰯鱠《いわしなます》。焼き物は室《むろ》の酢煎《い》り、それも二つ切。引いて古茄子《ひねなすび》の香の物。さて平《ひら》にはオオ、それよ家来に持たせし山の芋

質素なおもてなし献立とは、赤米交じりの古米、普通はすって使う味噌をそのまま入れてかき混ぜてつまみ菜を浮かせた味噌汁、鰯を細く切って野菜と和えた「なます」にはおろし大根をそえ、焼き魚ではなくムロアジの酢入り煮魚半切れ、平椀には刻んだ山芋に葛醤油《かずらしょうゆ》というものです。お殿様でも質素倹約の時代、長屋住まいの町人のおもてなしは、野菜を刻んだなますだけでも充分だったでしょう。

他の作者たちの浄瑠璃作品でも、お祝い事やおもてなしには「なます」がつきものです。延享二年（一七四五）の『夏祭浪花鑑《なつまつりなにわかがみ》』では、出入りの魚屋が魚の入った籠をかついで御用聞きに来ます。中から出てきた女が、

今日は旦那様《だんなさま》の病気本復の内祝ひ。鱠でもせうかと思ふが、もやすい物が有かいの。

と、主人の快気祝いに「なます」をしようと安い魚がないかと聞きます。魚屋が、梅雨明けで物が少ないと言って籠にある二匁《もんめ》八分《ぶ》の鯛《たい》を勧めると、それは高いと言う。ではと、十四で八分の江鮒《えぶな》（鯔《ぼら》の幼い物）が、名前の変わる出世魚だから祝事にはいいだろうと勧めて、「えぶななます」で決まったようです。なますでは、生の魚を使うこともありますが、このように魚屋から買って下ごしらえをして調理することになるでしょう。お祝い事でも、むだな出費はしないところが、庶民的ですね。

人気作品で現在に至るまで毎年のように上演されている『菅原伝授手習鑑《すがわらでんじゅてならいかがみ》』（延享三年〈一七四六〉）は、菅原道真が九州へ左遷された事件を扱っています。

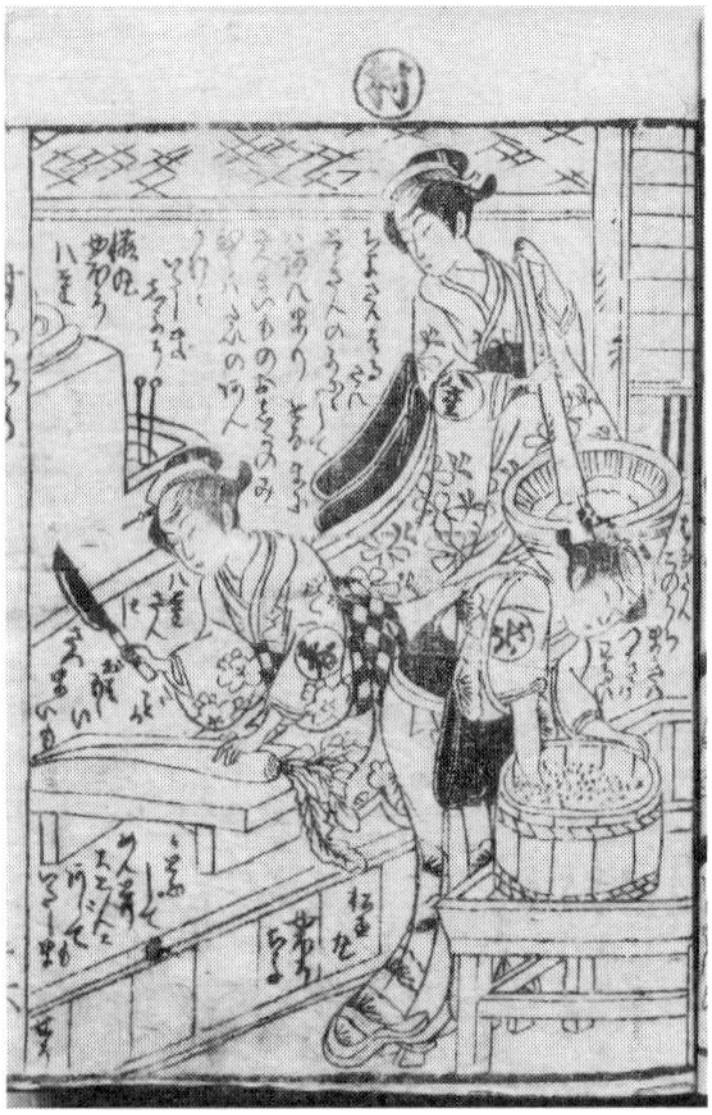

『菅原伝授手習鑑』国立国会図書館

道真に仕える梅王丸の父白太夫の長寿の祝いのため、佐太村（大阪府守口）へ梅王の嫁・春を始め、兄弟の嫁である千代と八重が手伝いに来ます。白太夫は、「こてこてとむつかしい事は入らぬ。けさ搗《つ》いた餅で雑煮しや。上置はしれた昆布。隙《ひま》の入ぬやうに茹《ゆで》て置いた。大根も芋もそこに有」と、祝いの料理は簡単に雑煮だけで良いと言いますが、春は「いくらなんでも、雑煮だけでは」と言って準備を始めます。

コレ皆さま。何ぼうあの様におつしやつても。雑煮ばかりでは置かれぬ。飯《まま》も焚《たか》ざなるまいし。何はせいでも鰹膾《かつおなます》。道草のよめなお汁によかろ。八重さま千代さま頼みます。此春は、飯仕かけふと、手々にまな板摺粉鉢《すりこばち》、米かし桶にはかり込、水いらずの相嫁同士。菜刀取て切り刻み、ちよきちよきちよきと手品《てしな》能く、味噌《みそ》摺る音も賑はしし。

ここで、白太夫の三つ子の嫁たちの調理が舞台で繰り広げられます。図1の絵本では、千代が米をといでご飯の準備。春が大根を菜刀で刻もうとしています。年若の八重はすり鉢で味噌をすりますが、鉢が動いてうまくすれない。そこで千代が代わって手際よくすって味噌汁を作ります。先ほど「掻き立て汁」という言葉がありましたが、この味噌汁をするという作業を省いた簡略版味噌汁ということがわかります。雑煮だけでは物足りないので、ご飯に嫁菜の味噌汁、大根のなますが作られているようです。春は「かつおなます」ぐらいは出さなくてはと言っていますが、白太夫が自分の祝のために鰹を買い込んでおくとは思えないですし、買ってあったら言うはずです。この鰹鱠は、生の鰹ではなく保存用の塩漬けの鰹か、もしくは鰹節を想定した方がいいかもしれません。江戸時代後期の浮世絵には、八重が鰹節を削る様子が描かれているものがあります。基本的には、一汁一菜、大根がメインのなますでしょうね。

同じく人気の高い『義経千本桜《よしつねせんぼんざくら》』(延享四年〈一七四七〉)にも、なますが出てきます。この作品は、兄頼朝と不和になった義経一行の逃避行を描いています。都から脱出した義経たちは、尼崎の港で船を待っています。宿泊先の渡海屋《とかいや》という船問屋から出かけようとする旅の僧(実は弁慶)を、女房が次のように呼び止めます。

　外のお客へは鳥貝鱠《とりがい》、御出家には精進料理、分だって拵《こしら》へたに。つい上つてござらぬか

尼崎の名物鳥貝入りのなますがメイン料理ですが、僧侶用には魚介類なしの精進なますを別に作ったのでどうかと言っているのです。天候が落ち着かず、船が出せない中のおもてなし料理でしょう。

続いては、『双蝶々曲輪日記《ふたつちょうちょうくるわにっき》』(寛延二年〈一七四九〉)の「引窓」の場に登場する「なます」です。再婚恩人のために人を殺してしまった関取濡髪《ぬれがみ》は、捕まる前に生き別れた母に会いにやってきます。再婚して義理の息子夫婦と暮らす母の家から、濡髪は早々に帰ろうとします。引き留めようとして、嫁が「まあお茶漬けでも、ナお袋さん」と言いますが、母親は、

　イヤ〳〵、初めて来たもの鱠《なます》でもしませう。あの体へは牛蒡の太煮、蛸の料理が好きであろ

再婚する時に里子《さとご》（養子）として手放した息子が、初めて訪ねてきてくれたのです。母は、せめてもの「もてなし」として「なます」を作ろうと考えます。お相撲《すもう》さんの大きな体だから、他には牛蒡と蛸の料理が良いだろうと言いますが、精一杯の「もてなし」の心を示すもの、それが「なます」であったということがわかります。

物語は、そこへ濡髪を捕まえるよう依頼された義理の息子（継子《ままこ》）与兵衛が帰ってきて、実子と継子への愛情と義理との板挟みになる母親の悲しみが語られることになります。

もう一つ、『新版歌祭文《しんぱんうたざいもん》』（安永九年〈一七六三〉）の「野崎村の段」を見てみましょう。お染久松という若い二人の心中事件を扱った作品です。大阪に奉公に出ていた久松は、実家の野崎村に返されてきました。父久作はこのまま許嫁のおみつと結婚式だと言い出します。

幸い餅は搗《つ》いてあり。酒も組重も正月前で用意はしてある。サアサア早う拵《こしら》やと。藪から棒をつっかけた。親の詞に吐胸《とむね》の久松。しらぬ娘は嬉しいやら又恥かしき殿もふけ。

幸い、正月前なので餅も酒もお重も用意してあると、御機嫌の父親。奉公先の娘お染とこっそりと付き合っている久松は焦りますが、許嫁《いいなずけ》である久松を慕っているおみつは顔を赤くしてうれしいものの、恥ずかしくもあり、もじもじとしています。

「ハテ俯《うつむ》いてばかり居ずとおみつ鱠も刻んでおけ。久松おじや」と。先に立て悦びいさむ親の気を。しって破らぬ間合《まにあ》い紙。襖《ふすま》引立入にけり。
跡に娘は気もいそいそ「日頃の願ひが叶《かの》ふたも。天神様や観音様。第一は親のおかげ。エエこんな事なら今朝あたり髪も結ふておこふもの。鉄漿《かね》の付様。挨拶もどふ言てよかろやら」、覚束 鱠《おぼつかなます》拵へも、祝ふ大根の共白髪、末菜《すえな》刀《がたな》と気もいさみ、手元も軽ふちょきちょきちょき。切ても切れぬ恋衣や。

久作は「なます」を刻んでおくように言いつけて、久松を連れて奥へ入ってしまいます。後に残ったおみつは、ふわふわ・わくわくした心持ちで、婚礼の準備の「なます」をこしらえるために、大根を刻みます。大根の白にあやかって共に白髪になるまでの、末長い縁となるように菜刀《ながたな》でと、詞章は続いていきます。芝居では、ここへお染が訪ねてきて、おみつの幸福は、はかなく消えてしまいます。「なます」は、作られずに終わってしまいます。

こうしてみると、お祝い事の基本の料理が「なます」で、野菜を刻むことが大切なようです。『料理物語』(寛永二十年)という江戸の初期の料理本には、第十に「鱠之部」として、鳥、鮒《ふな》、このしろなどを入れたなます料理が紹介されています。おもてなしのメインアイテムとして、野菜と混ぜ合わせて出された料理だったのです。

三　言葉あそびの食材・料理

『新版歌祭文』の詞章では、「覚束鱠＝おぼつかなます」という語句がありました。「おぼつかない」と「なます」を同じ「な」という音でつないでいる、日本語の同音異義をつかった言葉遊びです。浄瑠璃も歌舞伎も「語る」言葉を耳で聞く芸能です。こうした言葉遊びがよく行われています。

『義経千本桜』は、歌舞伎でもよく上演されています。先に見た渡海屋の続きの場面では、鎌倉方と名乗る武士が二人やってきて義経主従を追うため船を出すようにと命じます。しかし、主の銀平(実は平知盛)に追い返されてしまうのです。帰り際に二人が言い放つ負け惜しみが、魚の名前を読み込んだ「魚づくし」になっています。これは原作の人形浄瑠璃にはなく、歌舞伎で独自に作られたせりふです。海が見える舞台で、魚の名前を使った歌舞伎ならではの洒落の効いたせりふで笑いを誘います。この後、銀平が知盛として義経と対決することになるので、これから起こる壮絶な場面の前に客席を和ませています。

このせりふは、役者の工夫で行われており、その時々で違いがあるので一例を挙げてみます。二人は主人(相模五郎)と部下(運平)の関係となっています。まず、始めは捨てせりふそのままです。


(相模・以下相)「やいやい、銀平、(銀平ににらまれたので)イヤサ銀平さんめ。言わせておけば、いい気になって様々の悪口雑言。田舎武士だと侮って、よくも痛い目に合わせたな。」

(運平・以下運)「さは、さりながら、このままに帰《けえ》るというは、口惜しい。負けるが勝ちとはいいながら、あまりと申さば」

(相)「ア、コレ、しゃちほこばって、気張るな気張るな」

(運)「それじゃと申して」

(相)「かれこれ言わずに、はてまあ、来い。この返報は必ずきっと」

(また銀平ににらまれたので)(相)「はい、さようなら」


この場面を役者たちは、このように言います。

(相)「ヤイヤイ銀平、イヤサ銀宝《ぎんぼ》う秋刀魚《さんま》め、鰯《いわし》ておけば飯蛸《いいだこ》思い、鮫《さめ》ざめの鮟鱇《あんこう》雑言。

細魚(さより)

鰍鰤《いなだぶり》だと穴子《あなご》って、よくい鯛目刺《たいめざし》に鮑《あわび》たな」

(運)「鯖《さば》、浅利《あさり》海鼠《なまこ》海鼠腸《このわた》に、黒鯛《けいず》というは鯨《くじら》しい。鮪《まぐろ》は鰹《かつお》いいながら、生節《なまり》と申さば、」

(相)「ア、コレ、鯱《しやちほこ》ばって目張《めばる》なめばるな」

(運)「海老雑魚《えびざこ》申して」

(相)「かれ鯒《こち》言わずに、鯊《はぜ》まア鯉《こい》。この返報は必ず鱚《きす》と」

(銀平)「ムウ」(とにらみつける)

(相)「鮠《はや》、細魚《さより》ナラ」


(『国立劇場歌舞伎公演記録集4通し狂言『義経千本桜』上巻』・ぴあ株式会社　二〇〇五)

いやはや、見事な魚尽くしです。魚は何匹いたでしょうか。こうして食材は耳でも楽しむものでした。

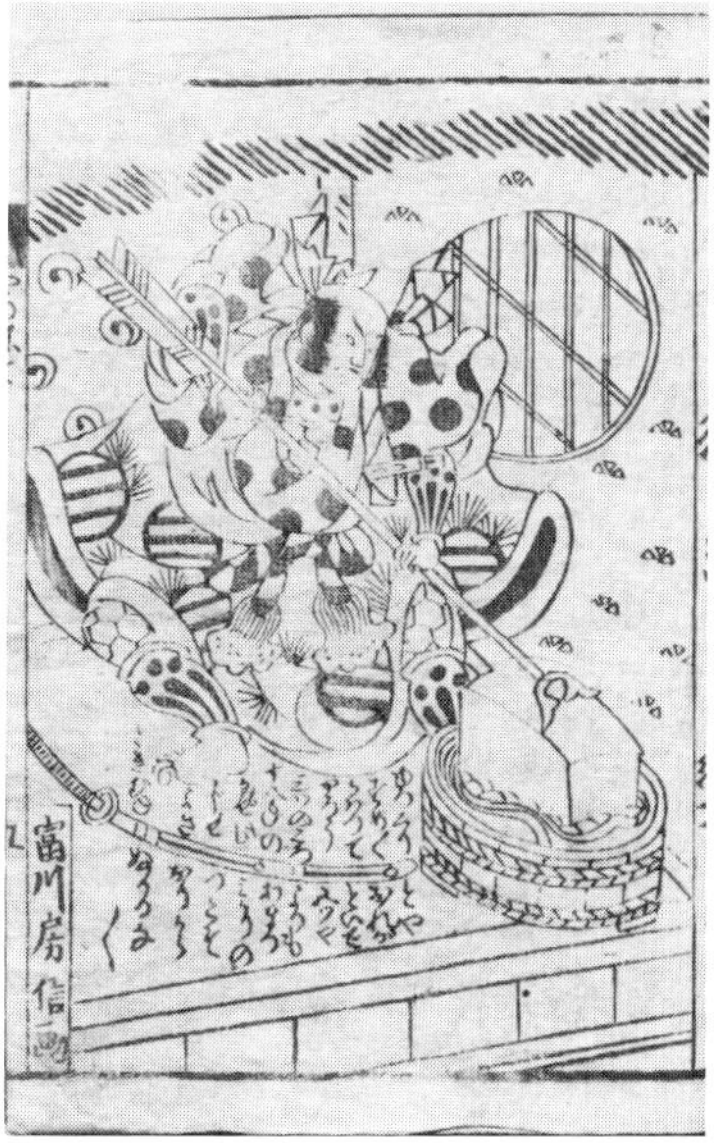

『矢の根』国立国会図書館

お正月歌舞伎の定番、曽我兄弟の仇討ち物の一つ『矢の根』(享保十四年〈一七二九〉)で、矢の根を研ぎながら曽我五郎が、「おせち料理のツラネ」というせりふを言います。

虎と見て、石に田作《たつくり》かき膾《なます》、矢立の酢《す》
牛蒡煮《ごぼうに》こごり大根、一寸の鮒《ふな》にも昆布《こんぶ》
の魂、たとわば祐経《すけつね》せち汁の、鯨《くじら》の

威勢振るうとも、我鯱《しやちほこ》鉾《ほこ》の飾《かざ》り海老《えび》、赤いは親仁《おやじ》が譲《ゆず》りの面《つら》、つらつら世上《せじよう》を鑵子《かんす》の蓋《ふた》、ちろり燗鍋分福茶釜《かんなべぶんぶくちやがま》、

（『歌舞伎オンステージ10』・白水社　一九八五）

言っていることは、敵祐経がどれほど権勢があろうと、思い込んだ一念で敵討ちを成し遂げるぞというようなものです。

ここにも「かきなます」が登場しています。たつくり・酢牛蒡・昆布巻と並んで、現代でもおせちのお重に入っていますね。鯨を入れた「せち汁（節句に作る汁）」や海老などもそろえば立派なお正月料理です。お正月に、お正月の芝居を見て、お正月料理を言葉で聞く。芝居は食べながら見るものでもあったので、お弁当にもなますが入っていても良さそうですが、『料理物語』によると「なます」は直前に和えるのがおいしいそうなので、弁当の野菜は煮物の方がよいのでしょう。

先に、質素なおもてなし料理の例として引用した『心中宵庚申』は、後に『増補八百屋献立《ぞうほやおやのこんだて》』として改作されています。改作版の姑は、養子である半兵衛に惚れていて、嫁のお千代につらく当たって追い出してしまいます。その後で、半兵衛にべたべたとまとわりついて次のような詞章で口説きます。義太夫の語りと三味線に乗せて、滑稽な仕草もあって客の笑いを誘う場面です。

「いつぞやお千代が留主《るす》の中、『お前はきつい白髪《しらが》じや』と、いやつた事が気にかかり、地黄《じおう》を呑《の》んで大根《だいこん》喰《く》や、白髪に成るので思ひ付き、地黄を呑んで牛蒡《ごぼう》喰うたりや、髪は黒ふならいで一入《ひとしお》精が付て、未だわしが心の筍《たけのこ》をさらりと、割菜《わりな》打明て、けふ岩茸《いわたけ》か翌岩付嫁菜《あすいわつきよめな》憎むも誰故ぞ。こんなそなたにほうれん草《そ》。人の蕨《わらび》も（コレナ〱

ドッコシシヨ）いとやせぬ。」やいの〳〵としがみ付き
八百屋ですから、野菜尽くしで、「私の心のたけを、さらりとわりなく打ち明けて、今日言おうか、明日言おうか、嫁を憎むのは誰のせい。こんなにあなたに惚れているのに。人が笑おうとも気にしないわ」と言っているのです。白い大根を食べたら白髪になるので、黒いゴボウを食べたら髪が黒くなるかと思ったのに、残念ながら黒くならなかったようです。物語は、お千代半兵衛の夫婦心中という悲しい暗いものなのに、時々笑える要素を入れていく、江戸時代の芝居の面白さの一つです。

四　芝居の中の食事・食材

芝居の面白さは、あり得ないことが舞台で繰り広げられることでもあります。『伽羅先代萩《めいぼくせんだいはぎ》』（安永六年〈一七七七〉）という芝居は、悪人たちによる若君の毒殺を避けるために乳母政岡が茶道具を使ってご飯を炊く「まま炊き」の場という場面がよく上演されています。

今ではあまり見ることがありませんが、この演目の始まりの場面では、若君の父である殿様義綱公が島原の太夫高尾とイチャイチャとおままごとのようなおもてなし準備をしています。

勝手賑《にぎ》はふ客もふけ。嶋原に名も高尾とて。盛りあらそふ太夫職《たゆうしよく》。手づから炊《かし》ぐ。白水《しらみず》も。流の粋《すい》なたすきがけ。御大将《おんたいしよう》はまな板にきざむ鱠《なます》も五分切の。国分煙草《こくぶたばこ》を禿《かぶろ》の楓《かえで》。「お気がつけふ」と長ぎせる。

（義綱）「ホ、コリヤ、よふ気が付た。コレ太夫。イヤこちの女房ども。そなたもさっきにから米

洗ふて。定めて肩がつかよふ。ママア一休みしたがよい。」

(高尾)「アイアイ、私より殿様の仕付《しつけ》もなされぬ切きざみ。さぞお肩が痛ませう。」

お殿様は、悪人たちの御家乗っ取りの悪だくみに気づかず、夫婦一緒に台所で料理する貧しいながらも楽しい、ラブラブ新婚さんの気分を味わっています。最高級の遊女に米をとがせ、自分は「なます」のための野菜を刻んでいます。本来細かく刻むべきところを、五分切だいたい一・五センチほどの厚味で切っているので、和え物にはどうかと思われますが。日頃、自分をもてなしてくれる店の従業員たちを招いて、手料理でもてなそうというのです。

遊女付きの幼い禿《かむろ》が、「お疲れでしょう」と長キセルの煙草を渡します。料理などしたことがない二人ですから、お互いに疲れただろうと言って一休み。

ごはんとなますがあったら、お客さまをお迎えする準備が整います。お米と野菜、そこに魚介類があればなおよいことでしょう。「なます」を作るために心を込めて野菜を刻むことに、和食のおもてなしの基本があるのだと思われます。

一方、同作の中では、幕府からの使者への饗応の食事の様子を、中間《ちゅうげん》という下級奉公人たちが予想しています。

大方中はアサリの酢和《すあ》え、鮪《まぐろ》のさしみ、きらずの煎《い》り上げ、コノシロ・コハダを魚田《ぎょでん》にして、それから段々長じて来たら、湯豆腐などと奢《おご》るであろ
酢和えは「なます」の一種です。魚田とは焼いた魚に味噌をつける魚の田楽。さしみも出ていますし、魚尽くしですから、贅沢な料理ということになります。中間たちにはなかなか手が出ない品物で

すが、こうした料理を食べ慣れた殿様には、かえって初めの場面にあった手作りの「ごはん」に「なます」の方がおもてなし感のある料理に見えたかもしれません。

こうしてみると、ごはんと野菜が入って豆腐や卵焼きもある幕の内弁当は、やはり少し贅沢な外食ではなかったでしょうか。江戸の人々の娯楽芝居の場では、登場人物たちが料理する場面を見たり、食材を聞いたり、弁当を食べたり、いくつもの食の楽しみがあったのでした。

芝居の中には、当時の人々の生活の様子が映し出されています。浄瑠璃の台本の文字から読み取ることも出来ますし、歌舞伎のセリフも残されている資料があります。今回、国立国会図書館のデジタルアーカイブにある芝居を元にした絵本から図を選びました。調理の様子、並んだ食器など目でみることもできます。

一日暮らしの長屋のおもてなし、大名家でのおもてなしまで、新鮮な野菜と季節の魚を、食べる直前に和えてお出しする「なます」が、重要なごちそうであったことに変わりはないようです。季節を大切にして、相手を思う気持ちを込める和食の基本がしっかりと芝居の中でも生かされています。

文久二年（一八六二）の麻疹流行と食物
―麻疹絵《はしかえ》が示す食養生―

畑　有紀

はじめに

　文久二年（一八六二）、日本の広い範囲で麻疹《はしか》が流行しました。江戸の情報屋ともいわれる藤岡屋由蔵《よしぞう》の『藤岡屋日記』によれば、二月に長崎ではじまった流行は、京都・大坂を経て、四月には江戸にまで広がったといわれます。同書は、流行の最盛期となった六月から八月には、江戸市中だけで一万四二一〇人（男性六五一二人、女性七六九八人）が命を落としたと記録しています(1)。

　このとき、「麻疹絵《はしかえ》」と呼ばれる大判の錦絵（多色刷りの浮世絵版画）が江戸で多数板行されました。この麻疹絵には、これまでの流行年、治療薬、まじない、禁忌とされた行為、そして、病中や病後に食べてもよいという食物、あるいは食べてはいけないという食物が示されています。たとえば、かんぴょう、にんじんはよいとされるのに、ぬかみそ、梅干しはよくないとされるなど、現代の私たちからすると「なぜ?」と思うような食物が、よいものとよくないものとに分けて挙げられているのです。

なぜ病中や病後に食べてもよい食物と、食べてはいけない食物とが分けられ、それらが多くの錦絵に描かれたのでしょう。この分類にはどのような効果があったのでしょうか。

ここでは、麻疹絵の中に示された、食べてもよいものと食べてはいけないものに注目し、当時の人々にとってのこれらの食物の意味を考えることで、こうした分類の持つ効果、そして麻疹絵の意義を探ってみたいと思います。

一　江戸時代の麻疹流行

現代医学の上で麻疹は、麻疹ウイルスによる急性の全身感染症と定義されます[2]。感染力が高く、感染すると発熱、咳、鼻水といった症状ののち、高熱と発疹が表れます。肺炎、中耳炎を合併しやすいほか、脳炎を発症することもあり、先進国でも患者千人に一人が死亡するといわれます。日本ではワクチンの予防接種が進められ、感染者は少なくなっており、二〇一五年にはＷＨＯ西太平洋地域事務局から麻疹の排除状態にあると認定されています。

しかし、江戸時代のことわざに「疱瘡《ほうそう》は見目定め、麻疹は命定め」とあるほど、麻疹は疱瘡（天然痘）同様に恐れられた病のひとつでした（このことわざは、元禄十二年〈一六九九〉の自序を付す、香月《かつき》牛山《ぎゅうざん》『牛山活套』にも見えます）。江戸内外の出来事を記録した『武江年表』（嘉永元年〈一八四八〉成立）には、元和二年（一六一六）から文久二年まで計十三回の麻疹の流行が記録されています[3]。その流行を表1にまとめました。同書では、これらの中でも文久二年夏は特に大きな被害が出たとされ、

表１　『武江年表』による江戸時代の麻疹流行年

和暦	西暦	和暦	西暦
元和二年	1616	享和三年	1803
慶安二年	1649	文政七年	1824
元禄四年	1690	天保七年	1836
宝永五年	1708	安政六年	1859
享保十五年	1730	万延元年	1860
宝暦三年	1753	文久二年	1862
安永五年	1776		

「七月の半ばに至りてはいよいよ蔓延《まんえん》し、良賤《りょうせん》男女この病痾《びょうあ》にかからざる家なし」と記されています。七月の江戸の様子について、次のような記述があります（傍線筆者、以下同）。

七月より別けて盛《じょう》にして、命を失ふ者幾千人なりや量るべからず。三昧《さんまい》の寺院、去る午年暴瀉病《（コレラ）》流行の時に倍して、公験《きって》を以て日を約し、茶毘《だび》の煙とはなしぬ。故に寺院は葬式を行ふにいとまなく、日本橋上には一日棺の渡る事、二百に至る日もありしとぞ。（中略）死後惣身赤くなるものの多し。その中には麻疹の後食養生懈《おこた》りて再感せるもありしとか。

（『増訂武江年表』二、平凡社、一九六八年より）

また、尾鷲の材木商、浜中仙右衛門の旅行記『江戸往来道中日記』七月三日の記事には、次のようにあります。

此の節の麻疹に付き、越後屋には此節弐百人も煩ひ有之《これある》よし、江戸中死人焼場大いに支《つか》え、三日目焼き上り候よし、薬種《やくしゅ》相場大いに引上げ候よし、（中略）右麻疹に付き、魚屋・青物屋大不景気、此の節、麻疹にて死し候者は、何れも後の不養生故のよし、大くは食物にて死し候よし、麻疹に食して不苦《くるしからぬ》物大高値に相成る

（『尾鷲幕末江戸道中・滞在日記』、三重県紀北県民局・生活環境部、二〇〇四年より）

いずれも非常に多くの人々が命を落としたと記録するのですが、

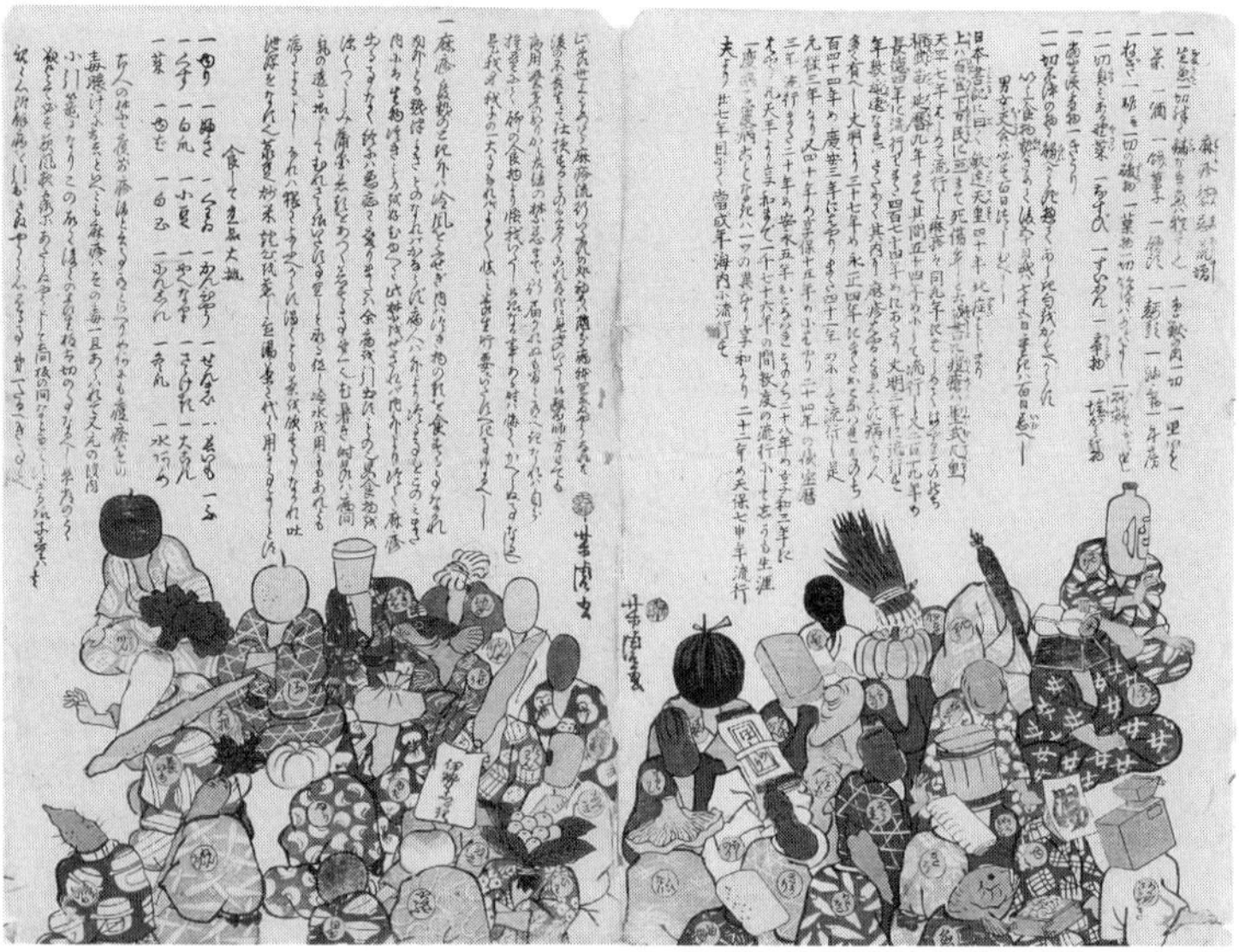

図1　麻疹絵「麻疹禁忌荒増」（歌川芳虎画、内藤記念くすり博物館蔵）

興味深いのは、食物に関する記述が見られる点です。病後の食養生を怠ったために亡くなった者がいる、ということが共通しています。『江戸往来道中日記』には、薬種に加え、麻疹の際に食べてもよいものは値段が高騰し、一方で魚屋などは不景気に陥ったとあります。[4] このことから、この年の麻疹流行時には、病中・病後によいとされる食物と、よくないとされる食物があり、その情報に従って実際に食物が消費されていたと考えられるのです。

二　麻疹絵と食物

ところで、この文久二年に板行された画に「麻疹《はしか》禁忌《きんもつ》荒増《あらまし》」（図1）があります。二枚続きの画の上部には、日本での麻疹流行の歴史、病後の不養生のために命を落とす者が多いという忠告に加え、病中・病後によいという食物と、よくないという食物や行為が文字で示されています。そして画面下部には、そうした食物や行為が四十一体の人の姿に模して、つまり擬人化され、左右二手に分けて描かれます。頭部がそれぞれの食物や道具で、着物の柄にもそれにちなんだものが描かれている上、その名が丸で囲んだ文字でも表されているため、容易に判別できます。また、上部の文字と対照すると、画面左側が病中・病後によい食物、右側がよくない食物・行為だとわかります。

表2に擬人化されたものをまとめました。[5] よくないものの中には、房事（性交）、入湯、髪月代《かみさかやき》（髪を結って額から頭頂部を剃ること）などの行為が含まれています。麻疹が伝染病で、全身に発疹ができることから、こうした行為が禁じられたのも頷けるでしょう。その一方で、食物の中には、現代の私たちには迷信と思えるようなものも含まれています。しかし、こうした食物に関する情報が、当時の実際の消費生活に影響を与えていたことは、先の『江戸道中往来日記』に見たとおりです。

表２　「麻疹禁忌荒増」に描かれた食物

よいとされるもの（画面左）		よくないとされるもの（画面右）	
小豆	長芋	油揚げ	しいたけ
隠元豆	梨	梅干し	すいか
かんぴょう	にんじん	かぼちゃ	そら豆
座禅豆	ひじき	辛い物	なす
さつまいも	びわ	きゅうり	ぬかみそ
白玉	焼き塩	ごぼう	ねぎ
大根	焼き麩	こんにゃく	のり
たくあん	湯葉	魚	まくわうり
冬瓜	ゆり根	酒	
どじょう		里芋	

※その他よくないとされたものに、房事、入湯、髪月代、灸がある。

この「麻疹禁忌荒増」のように、麻疹流行に対して有効と考えられていた情報やまじない、

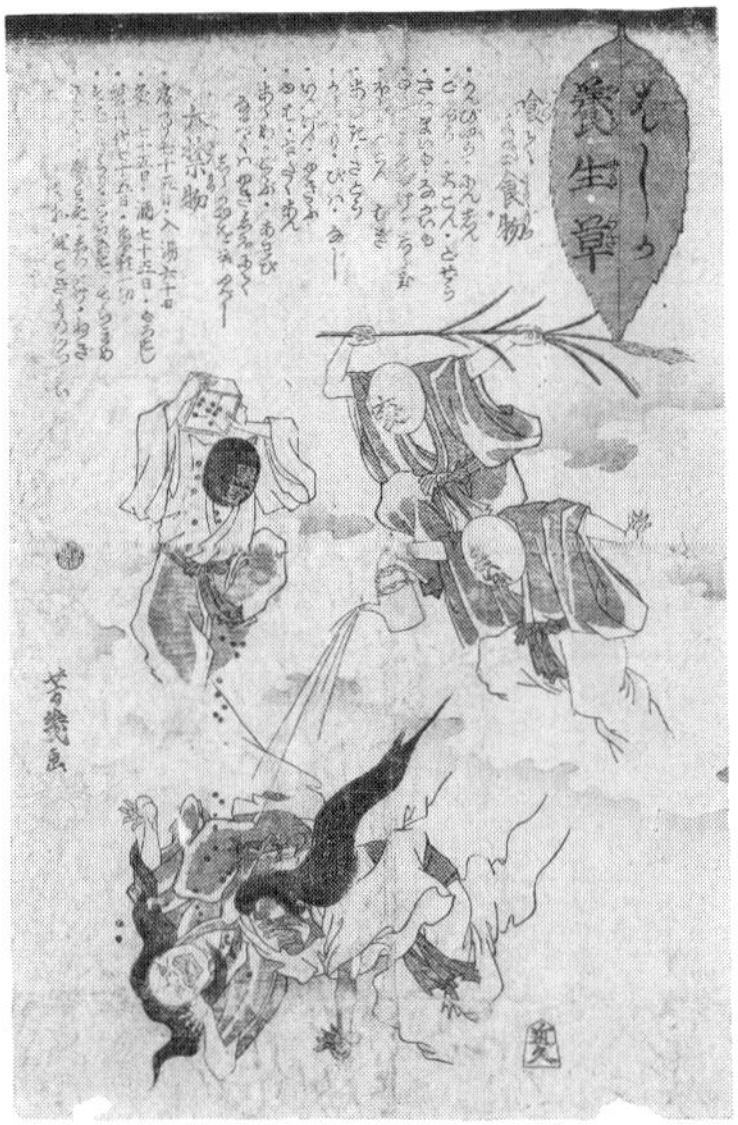

図２　麻疹絵「はしか養生草」（落合芳幾画、内藤記念くすり博物館蔵）

風刺などを描いたのが麻疹絵です。麻疹絵は現在九十種以上が確認される大判の錦絵群であり、特に麻疹による被害の大きかった文久二年に大量に板行されました[6]。多くは、まじないや神頼み、養生をする人々の様子、麻疹除けの神や英雄のほか、麻疹の際に禁物とされ不利益を被った床屋・湯屋・遊女屋などが麻疹の神を懲らしめる図が描かれます[7]。そのような図様の周辺に、これまでの流行年やまじない道具・方法など、麻疹の予防や治療、後養生に関する情報が文字で記されるのです。これらの情報は当時の医学書（さらに、この時代までに作られた中国の医学書）や、麻疹養生書と呼ばれる一般向けの平易な書物群にも見えることから、こうした書物の内容が錦絵にまとめられたものとされます。

注目すべきは、このような麻疹絵には食物の情報が非常に多い点です。たとえば内藤記念くすり博物館の所蔵資料集『はやり病の錦絵』（二〇〇一年）掲載の麻疹絵四十二点を確認すると、およそ三分の二にあたる二十七点に食物の記載があるほどです。このうち「はしか養生草」（文久二年、図２）には、文字情報として次のように記されており、表２に挙げた「麻疹禁忌荒増」の中の食物と重なります。

喰《くっ》てよき食物

・かんぴょう・人参・牛房・大根・どじょう・さつま芋・長芋・ゆり・味噌漬け・白玉・干しうどん・麦・小豆・砂糖・かたくり・びわ・梨・隠元・焼き麩・湯葉・古たくあん・荒布・昆布・あわび　なるべくは焼き塩にて白粥を用ゆべし

大禁物

・房事　七十五日・入湯　六十日・灸　七十五日・酒　七十五日・もろこし・髪月代　七十五日・魚類一切・蕎麦・きゅうり・唐茄子・そら豆・さと芋・ぬか味噌・しいたけ・ねぎ・その外油こきもの一切

このように江戸後期には、麻疹に関して、特定の食物が病中・病後によい、またはよくないと考えられており、その情報が医学書のみならず、一般向けの養生書、錦絵に至るさまざまな媒体を通して多くの人々に共有されていたのです。ある病の対策としてこれほどの食物の情報が刊行、流布していた例は、非常に珍しいものです。病に関連する絵画群として「疱瘡絵《ほうそうえ》」や「コレラ絵」と呼ばれるものもありますが、疱瘡絵は玩具や縁起物が描かれたものであり、コレラ絵の大半は明治十年（一八七七）前後に作られたものです。したがって麻疹は、予防や治療、後養生の実用的情報を示す絵画群を生んだはじめての病である、ということもできるでしょう。

では、現代のように、たんぱく質・脂質・炭水化物のような栄養素が知られていないこの時代、麻疹絵に示された食物は、どのような意味を持っていたのでしょうか。ここからは「麻疹禁忌荒増」に挙げられた食物をもとに、その特徴を考えてみましょう。

三　麻疹絵に描かれた食物の地域性・認知度

表2に示したとおり、「麻疹禁忌荒増」に挙げられた食物は、病中・病後によいとされるものが十九種、よくないとされるものは十八種、合計三十七種に上ります。色かたち、大きさといった観点で分類されていないことは明らかでしょう。まずは、これらの食物が地域性を持っていたのか、つまり生産地域に特徴があったのかを見てみます。

江戸中期の食物の生産を知るため、享保二十年（一七三五）から元文三年（一七三八）に編纂された、全国四十二地域での産物の調査記録『享保・元文諸国産物帳』を参照しました(8)。これを見ると、小豆、大根、長芋、にんじん、冬瓜、里芋、かぼちゃ、ねぎ、もろこしが、全国の半数以上の地域で生産されていた事実がわかります。よいとされる食物の中でも、大根は、陸奥国盛岡領から日向国諸県郡、現在の岩手県から宮崎県までの四十二地域すべてで生産されており、品種も多く、美濃では六十品種が確認されるほどです。また、よくないとされる食物では、里芋が最多の三十八地域で生産されています。

この『享保・元文諸国産物帳』の調査には江戸の産物が含まれていないのですが、江戸に近い常陸国水戸領、下野国芳賀郡、同河内郡において、ほとんどの食物が生産されていることが確認できます。また、同書より時代は下りますが、江戸周辺での産物の記録『武江産物志』（文政七年〈一八二二〉刊）からも、こうした食物が江戸近郊で生産されていたとわかります(9)。

さらに、明治初期の生産地域についても確認してみましょう。『明治七年府県物産表』は、明治六年から七年（一八七三〜七四）に行われた全国六十三府県の農産物・工業製品の記録を勧業寮がまとめたものです。同書によれば、小豆、大根、冬瓜、にんじん、里芋、ねぎが、東京・京都・大阪の三府に共通して生産されています(10)。そして長芋、ゆり根、梅干し、かぼちゃ、しいたけが少なくとも一府に見えます(11)。こうして見ると、麻疹絵の中でよいとされる食物と、よくないとされる食物との間には、生産地による違いはなく、多くの人が集まる三都を中心に一般的な食物であったということができるでしょう。

なお、画中に示された食物のうち、かんぴょうや焼き麩などの加工品は、どれだけの量が生産されていたかはっきりしません。しかしながら、その原材料が生産されていた事実は『享保・元文諸国産物帳』、『明治七年府県物産表』の両書から確認できます。夕顔、小麦、稲、豆、梅などの記載があることから、かんぴょう、焼き麩、ぬかみそ、梅干しといった加工品もまた、一般的な食物であっただろうことが推察されます。

なお、これらの食物の名は、江戸後期に多く板行された見立番付《みたてばんづけ》にも見ることができます。見立番付とは、身の回りのあらゆる物事のランキングを相撲番付の形で表した刷り物です。相撲番付そのものは、もとは行司の手書きで作られていましたが、享保年間（一七一六〜一七三五）に木版印刷が始まります。そのパロディである見立番付は寛政年間（一七八九〜一八〇一）に生まれ、文化・文政年間（一八〇四〜一八三一）以降さかんに作られました。役者や武将など、当時の人々に人気があったもののほか、理想の丁稚《でっち》や下女の特徴なども題材とされました。

見立番付を集めた『浪花みやげ』（大阪府立中之島図書館蔵）には、「青物料理の献立」や「庖丁里《ほうちょうり》山海見立角力《さんかいみたてすもう》」、「日用おかづ見立」など、おかずのランキングが収められています。表2に挙げた食物のうち、小豆、大根、冬瓜、長芋、にんじん、ゆり根、梅干し、かぼちゃ、しいたけ、ねぎがこれら三点の番付に共通して見え、これらの食物は日常的に多くの人々の食卓に上っていたと考えられます。

以上のことから、麻疹絵の中に挙げられた食物は、江戸中期から明治初期にかけて日本の広範囲で生産されていた、一般的な食物であったと思われます。画中でよいとされる食物も、よくないとされる食物も、一部の人々、あるいは特別な場合にのみ用いられたものではなく、多くの人々に身近なおかずとして食されていたのでしょう。ではこうした食物は、形状や地域性以外のどのような観点で、よいものとよくないものとに分けられているのでしょうか。次に、これらの食物がどのような意味を持っていたのか、当時の人々が想定していた人体への影響、つまり効能と毒性という点から検討してみたいと思います。

四　麻疹絵の中の食物と食物本草書

江戸時代の人々が、それぞれの食物を摂取した際、どのような効能や毒性があると考えていたのかを知るために、食物本草書《しょくもつほんぞうしょ》と呼ばれる書物群を参照したいと思います。食物本草書とは、普段の食事の中で用いられていた食物の効能や毒性などの知識をまとめた書物、いうなれば食養生書です。食物本草は、古くは「食療」、「食治」とも呼ばれ、日常の食によって養生を目指したもので、本草学（中国で始まった、薬用とする植物・動物・鉱物を研究する学問）の一派です。中国最古の食物本草書として『食療本草』（八世紀初期）が知られ、その後『飲膳正要』（一三三〇頃）や『日用本草』（一三三〇頃）などが日本にもたらされ、大きな影響を与えました。

江戸時代には、日本人の手による食物本草書が複数生まれました。特に有名なのは、江戸時代初期に生まれた『和歌食物本草』（寛永七年〈一六三〇〉版）です。この書は、「芋《いも》こそはあぢ《（味）》はひから《（辛）》く平《へい》のものしよびやう《（諸病）》のどく《（毒）》ぞふか《（深）》くつゝし《（慎）》め」のように、覚えやすい和歌の形で書かれているのが特徴的です。加えて、複数の食物本草書に共通するのが、かな書きで、辞書のようにいろは順に食物が挙げられている点です。このような工夫からは、より多くの人が読めること、必要なときに簡便に使えることが意図されていたと考えられます。

それでは、食物本草書を通じて、当時の人々が麻疹絵中の食物に対して考えていた効能と毒性を見てみましょう。「麻疹禁忌荒増」が板行された文久二年に近い時代の食物本草書として、『食物能毒編』（弘化五年〈一八四八〉初版）があります。『食物能毒編』の自序によると、本書は、江戸時代の三大農学者のひとり大蔵永常《おおくらながつね》が『巻懐食鏡』（香月牛山著、明和三年〈一七六六〉刊）と『食物本草』（名古屋玄医著、寛文十一年〈一六七一〉刊）を基に撰し、高宮倍儆《たかみやばいしょう》が「山家の女子」にも理解しやすいようにとまとめたものとされます。和歌の形ではありませんが、食物をいろは順に配し、読みがなの付いた漢字交じりの短文で記述されています。

表3・表4は、この『食物能毒編』から、表2に挙げた「麻疹禁忌荒増」の中の食物に関する記述を抜き出し、その大意をまとめたものです。表3には「麻疹禁忌荒増」の中でよいとされたものを、表4にはよくないとされたものを示しました。(12)

表3 「麻疹禁忌荒増」の中でよいとされる食物

	食物名	効能・害毒
(A)	小豆	熱毒（熱の勢いが強いために生じる毒）や悪瘡《あくそう》（悪い腫れ物）を散らす。脾を強くし、小便をよく出させる。
(B)	隠元豆	毒なし。さやが柔らかなときに煮て食べれば、体の中の不足しているものを補い、脾胃をおだやかにする。多く食べると、気の流れを妨げる。癪痞《しゃくつかえ》（胸や腹に起こるけいれん痛、癪に同じ）の人は食べてはいけない。
(C)	かんぴょう	尿をよく出させ、淋病《りんびょう》の痛みを止める。味噌だまり（味噌を発酵させる際に出る液体）を付けて食べるとよい。諸病に用いる。食べ過ぎると脾胃に障る。
(D)	さつまいも	毒なし。虚を補い、気力を増し、腎陰（腎が持つ精気）を強くする。
(E)	大根	百病の薬。汁物の具にすることで、体の中を温め、不足しているものを補い、食べ過ぎたものを消化する。擂《す》って汁を取って用いることで、渇きの病（糖尿病など、のどが渇く病）や豆腐の毒を消し、酒の毒を冷まし、やけどにもよい。小便をよく出させる。諸々の毒や麺類の毒を消すものである。
(F)	どじょう	体内を温め、気力を高める。酒の酔いをさまし、消渇《しょうかち》（渇きの病に同じ）の薬となる。
(G)	長芋	諸病の薬。詳しく記しがたい。
(H)	梨	熱による咳やのどの渇きを止め、大小便をよく出させ、耳鳴りやのぼせを鎮める。
(I)	にんじん	五臓の働きを補う。朝夕食べ、ためになることが多い。
(J)	ひじき	毒なし。脾胃虚の病人は食べてはいけない。
(K)	びわ	濁りを止める。多く食べると脾胃を傷める。
(L)	焼き麩	百病によい。
(M)	湯葉	毒なし。多く食べると、気の巡りを妨げる。病人は食べてはいけない。

※座禅豆、冬瓜、白玉、たくあん、焼き塩、ゆり根は記載なし。
（表3・表4とも『食物本草本大成』12、臨川書店、1980年より作成。）

表４「麻疹禁忌荒増」の中でよくないとされた食物

	食物名	効能・害毒
(a)	かぼちゃ	毒なし。空腹を癒す。多く食べると、気の巡りを妨げる。温瘡の後には食べてはいけない。
(b)	きゅうり	小便の濁りを止め、よく出させ、五疳（肝風疳、脾食疳、腎急疳、肺気疳、心驚疳という五つの疳の病）によい。しかし、虫（体内にいて、病や感情を起こすと考えられたもの）や癪《しゃく》（胸や腹に起こるけいれん痛）、脚気には毒である。
(c)	ごぼう	疝気《せんき》（癪に同じ）、虫、積聚《しゃくじゅ》（腹中の腫れや痛みを伴うしこり）、瘧《おこり》（マラリアなど、悪寒や発熱が周期的に起こる病）、遺尿《いばり》（寝小便）、積血《しゃくけつ》（滞った血が溜まった状態）、いずれにもよい。よく煮て食べるとよい。腎の働きを補い、経脈（血や気の通り道）の巡りをよくする。
(d)	こんにゃく	よく煮て食べると、腸風《ちょうふう》（血便）・血痔《けつじ》（血の出る痔）を止めるが、その他にためになることはない。毒が多い。とりわけ子供は避けるべきである。
(e)	酒	主に人が用いるところで、効能や毒性は言うに及ばない。諸々の薬の精気を上に巡らせ、さまざまな邪気や悪い毒気を取り去る。その性質は大熱であり甚だしいことから、飲み過ぎれば精神を破壊し、体の中を傷め、その人の寿命を待たずにすぐ命を失うことになる。
(f)	里芋	諸病の毒である。冬は毒が少ないので食べてもよい。しかし、多く食べてはいけない。体を冷やすものである。子供は強く避けるべきである。
(g)	しいたけ	血の流れをよくし、酒を酔わせる。
(h)	すいか	小毒あり。のどの渇きを止め、口痺《こうひ》（のどが腫れて痛む病）を治す。陰虚（過度の性交により精力が衰えた状態）、そして脾胃の弱い人は食べてはいけない。
(i)	そら豆	胃を強くし、五臓のためになることが多い。
(j)	なす	諸々の火を冷まし、熱瘡（熱を持った腫れ物）を取り除く。
(k)	ぬかみそ	羹《あつもの》にして食べると積滞《しゃくたい》（食べ過ぎによる消化不良）をよくするので、日頃うまいものを食べる人によい。脾胃の弱い人は食べてはいけない。
(l)	ねぎ	毒なし。老人、また、冷え性の人が用いるとためになる。多く食べると痰が出るようになる。
(m)	のり	毒なし。瘤《こぶ》を消し、虫を殺し、痔を治す。ぜんそくの人は食べてはいけない。
(n)	まくわうり	小毒あり。暑気を払い、小便をよく出させる。多く食べると病になる。

※油揚げ、梅干し、辛い物、魚は記載なし。

現代でいう東洋医学、ひいては陰陽五行思想に基づいて書かれているため、やや理解しにくい語が見られます。たとえば「気」は活力やエネルギーのようなものを指し、「虚」は不足、衰弱している状態や元気のない状態を表します。したがって、表3(D)さつまいもに「虚を補」う、とあるのは「不足しているものを補う」、(J)ひじきに「脾胃虚の病人」とあるのは、「脾胃の働きが弱くなっている病人」といった意味に捉えられます。また、表4(e)酒に「その性質は大熱」、(j)なすに「火を冷まし」とあるのは、それぞれの食物が有するとされる、体を温めたり冷やしたりする性質によるものです。

表3・表4の中からいくつかを例をとり、見ていきましょう。表3、食べてもよいとされたもののうち、(A)小豆は「脾を強く」する、と記されています。「脾」は、当時胃とともに「脾胃」と呼ばれ、食物の消化を担うとして特に重要とされた器官です。現代でいうところの膵臓《すいぞう》にあたります。したがって「脾を強く」するというのは、「消化の働きを強化」する効果があるということになるのです。また、(E)大根には「百病の薬である」とあり、さまざまな効能が挙げられています。「薬」という言葉は、(F)どじょうにも見え、「消渇の薬となる」とされるほか、(G)長芋には「諸病の薬。詳しく記しがたい」とあるほどです。このように表3に挙げられた食物に対しては、悪い症状を改善する、健康を害するものを取り除く、といった体によい効果が挙げられている例が多く見られるのです。

ただし、一部の食物については食べ過ぎてはいけない、病にかかっている際には食べてはいけない、などの制限があります。たとえば、(C)かんぴょうには「食べ過ぎると脾胃に障る」、(M)湯葉には「病人は食べてはいけない」などとあるのが見えます。

その一方で、表4の食べてはいけないとされた食物には、こうした制限に加え、人体への悪い影響が目立ちます。たとえば、(a)かぼちゃには、「多く食べると、気の巡りを妨げる。温瘡の後には食べてはいけない」とあります。「気」はエネルギーのようなものですから、食べ過ぎるとエネルギーが体中に行き渡らない、と解釈できます。さらに、(f)里芋は「諸病の毒である（略）子供は強く避けるべきである」とされており、「諸病の薬」とされていた長芋とは対照的です。とりわけ強く毒性が指摘されているのは、(e)酒です。「飲み過ぎれば精神を破壊し、体の中を傷め、その人の寿命を待たずにすぐ命を失う」とまで書かれています。

このように、「麻疹禁忌荒増」の中で病中・病後によいとされる食物に対しては、体へのよい効果が多く記されているのに対し、よくないとされる食物には、制限や禁忌と取れるような表現が多いことがわかります。ここでは『食物能毒編』のみを使って検討してきましたが、同様の傾向は『和歌食物本草』のような江戸初期の食物本草書、あるいは江戸中後期の書にも認められます。また、「麻疹禁忌荒増」の中で、病中・病後によい、またはよくないとされている食物が、他の麻疹絵にも共通していることは、先にも述べたとおりです。

したがって、麻疹絵の中に描かれた食物と、それらに対する食物本草書の記述については次のようにいえるでしょう。すなわち、麻疹絵の中で麻疹の病中・病後によいとされる食物や、よくないとされる食物は、実際には麻疹の予防・治療・後養生への効果に関わらず、食物本草書の中で既に、それぞれ体によい効果がある食物、体によくない影響を及ぼす食物と位置づけられていた傾向があるのです。

ただし、表3では(J)ひじき、(M)湯葉、表4では(c)ごぼう、(i)そら豆、(j)なすなど、必ずしもこの傾向にあてはまらないものもあり、別の観点から検討する可能性も十分考えられます。しかしながら、麻疹絵が示す食養生の情報は、江戸後期の人々にとって、迷信、あるいは非科学的な内容ではなかった、むしろ科学的な情報であったといえるのではないでしょうか。

おわりに

ここでは、文久二年に板行された「麻疹禁忌荒増」を題材に、麻疹絵の中で病中・病後によい、またはよくないとされる食物が、当時の人々にとってどのような意味を持つものであったのかを考えてきました。画中に示された食物は、江戸後期から明治初期にかけて広い範囲で生産されており、当時の人々が日常のおかずとして用いていたであろうこと、つまり一般的な食物であったことを確認しました。そして、江戸後期の食物本草書『食物能毒編』を通じて、それぞれの食物がどのような効能と毒性を持つと考えられていたかを検討してきました。その結果、画中でよいとされた食物に対しては、体へのよい効果がより多く、よくないとされた食物には制限や禁忌が多いことがわかりました。

したがって、麻疹絵に挙げられている食物はすべて、当時の人々にとって一般的な食物であり、その一般的な食物の中から、食物本草の知識に沿ってそれぞれの食物が描かれていたということができます。いいかえれば麻疹絵は、予防・治療・後養生といった麻疹対策には関わらず、食べると体によい効果があるものを推奨し、よくない影響があるものを控えるよう呼びかける効果を持つ画であった、つまり、読者に対して食養生の方法を教示する効果を持っていたと考えられるのです。

江戸時代の医学や医療は、現代科学の知識を持つ私たちにとっては、非科学的、非合理的といったイメージがあるかもしれません。しかし麻疹絵に示された食物の情報は、本草学、つまり当時の人々の科学知識に基づいた工夫、いわば人々の知恵の所産であったのです。もとよりこうした情報が、医学書、麻疹養生書といった書物に掲載されたものであったことは既に指摘したとおりですが、「麻疹禁忌荒増」のような錦絵に情報を描くことで、文字の読めない人であっても、こうした食による疫病対策さらには食養生の情報を得ることができるようになったのが、文久二年の麻疹絵の一つの意義であるといえるでしょう。

【注】

1 鈴木棠三・小池章太郎編『藤岡屋日記』十、三一書房、一九九一年による。なお、鈴木則子『江戸の流行り病　麻疹騒動はなぜ起こったのか』（吉川弘文館、二〇一二年）では、播磨国龍野藩領の記録を踏まえ、江戸町方人口五十万人のうち二十五～三十万人が罹患、致死率は四・七～五・七パーセントと試算されています。

2 厚生労働省ウェブサイト「麻しんについて」による（https://www.mhlw.go.jp/seisakunitsuite/bunya/kenkou_iryou/kenkou/kekkaku-kansenshou/measles/index.html、二〇二〇年三月三十一日閲覧）。

3 ただし、これら史料の中で「麻疹」と呼ばれる病のすべてが、現在の麻疹と同一のものであったとは断定できません。疱瘡（天然痘）をはじめ、麻疹と似た症状の出る病が混同されている可能性もあります。

4 文久二年七月十日には、「此節麻疹流行ニ付、病人食用青物乾物之類不及申、薬種之内ニも格別直段引上候品有之趣相聞、不埒之至ニ候、早々引下ケ平常之直段通りニ売渡可申候」と、価格の引き下げを命じる町触が出されています（近世史料研究会編『江戸町触集成』十八、塙書房、二〇〇二年より）。

5 かぼちゃは、画中には「唐なす」とあり、同様の表記をとる書物も多いのですが、読みやすさを考慮し「かぼちゃ」に統一しました。また、以降の分析では、単に「芋」と表記されるものは里芋として扱いました。その理由として、江戸中期の百科事典『和漢三才図会』（正徳二年〈一七一二〉自序）には、「薯蕷」に「ながいも」、「やまのいも」と振りがながあるのに対し、「芋」に「さといも」と振りがながあるほか、じゃがいもが全国的に普及したのは明治以降とされていることなどが挙げられます。

6 麻疹絵の販売価格や購買者層は不明な部分が多いままです。なお、幕末の錦絵の価格は、二十四、五文〜三十文強とされます（大久保純一『浮世絵』、岩波書店、二〇〇八年）。

7 富澤達三『錦絵のちから　幕末の時事的錦絵とかわら版』（文生書院、二〇〇五）では、麻疹絵に付された改印（幕府の検閲を通ったことを示す印）の時期と内容を対照し、文久二年四月改印のものは、まじないや麻疹の神など呪術的な情報が多いのに対し、七月改印のものは養生法や世相風刺といった合理的情報、また戯画的・風刺的内容が多くなるよう変化していると論じられます。

8 盛永俊太郎・安田健『江戸時代中期における諸藩の農作物―享保・元文諸国産物帳から―』、日本農業研究所、一九八六年による。

9 『江戸後期諸国産物帳集成』四、科学書院、一九九九年による。

10 『明治七年府県物産表』明治前期産業発達史資料第一集（一）、明治文献資料刊行会、一九六六年による。

11 京都府には「長芋」・「里芋」の二語が確認できますが、東京府・大阪府には「芋」のみが記載されています。

12 表3（K）びわの「濁りを止める」の部分は、尿や目などの濁りとも想像されますが、『食物能毒編』の基とされる『食物本草』では、びわは「渇きを止める」とされていますから、その誤りである可能性もあります。また、表4（a）かぼちゃに見える「温瘡」は温性の腫れ物か、または湿瘡《しつそう》（疥癬《かいせん》虫による皮膚病）を指すようにも思われます。

【附記】

図版のご提供、ならびに使用許可をくださいました内藤記念くすり博物館に深謝申し上げます。

【参考文献】

鈴木則子『江戸の流行り病　麻疹騒動はなぜ起こったのか』、吉川弘文館、二〇一二年。
富澤達三『錦絵のちから　幕末の時事的錦絵とかわら版』、文生書院、二〇〇五年。
加藤光男「文久2（1862）年の麻疹流行に伴う麻疹絵の出版とその位置づけ」、『埼玉県立文書館紀要』第十五号、五五頁〜七〇頁、埼玉県立文書館、二〇〇二年三月。
南和男「文久の「はしか絵」と世相」、『日本歴史』第五一二号、八八頁〜一〇六頁、日本歴史学会、一九九一年一月。

執筆者紹介（所属・専門・主著、50音順）

安達敬子（あだち　けいこ）

京都府立大学文学部教授。中古・中世の物語文学。

『源氏世界の文学』（清文堂出版、2007年）

『時雨物語絵巻の研究』（共著、臨川書店、2016年）

石塚　修（いしづか　おさむ）

筑波大学人文社会系教授。日本近世文学、茶の湯文化研究。

『西鶴の文芸と茶の湯』（思文閣出版、2014年）

『茶の湯ブンガク講座』（淡交社、2016年）

『納豆のはなし―文豪も愛した納豆と日本人の暮らし』（大修館書店、2016年）

伊藤信博（いとう　のぶひろ）

椙山女学園大学国際コミュニケーション学部教授。日本文化史。

「水陸斎図、掲鉢図からみた植物の擬人化の様相」（共著『東の妖怪・西のモンスター―想像力の文化比較』、勉誠出版、2018年）

Le «Récit de dame Mauve de la sixième avenue», une variante du «Rouleau enluminé du moine Zegai», «Corps et Message», Edition Picquier, 2019.

「米と酒そしてその周辺」（『酔いの文化史』アジア遊学250、勉誠出版、2020年7月）

大関　綾（おおぜき　あや）

京都大学文学部非常勤講師・京都府立大学和食文化研究センター和食文化研究推進員。日本近世文学（長編合巻などの草双紙）。

「『自来也説話』における「自来也」像」（『読本研究新集』第10集、2018年6月）

「〈翻刻〉国立国会図書館蔵『大食寿之為』」（『和食文化研究』第2号、2019年12月）

「『童謡妙々車』の長編構成について」（『國語國文』第89巻第1号、2020年1月）

岡本　聡（おかもと　さとし）
中部大学人文学部教授。近世和歌・俳諧。
『木下長嘯子研究』（おうふう、2003年）
『おくのほそ道と綱吉サロン』（おうふう、2014年）
『芭蕉忍者説再考』（風媒社、2018年）

小林　孔（こばやし　とおる）
大阪城南女子短期大学教授。俳諧。
『続猿蓑五歌仙評釈』（共著、ひつじ書房、2017年）
『笈の小文の研究・評釈と資料』（共著、和泉書院、2019年）

高橋　亨（たかはし　とおる）
名古屋大学名誉教授。平安朝文芸。
『物語と絵の遠近法』（ぺりかん社、1991年）
『源氏物語の詩学—かな物語の生成と心的遠近法』（名古屋大学出版会、2007年）

冨田和子（とみだ　かずこ）
椙山女学園大学生活科学部助教。文学・俳諧・狂俳。
『尾張狂俳の研究』（椙山女学園大学研究叢書31）（勉誠出版、2008年）
「雑俳化・雑俳的意識について」（『椙山女学園大学研究論集』第42号人文科学篇、2011年3月）
「寛延三年地方会所本にみる雑俳点者雲鈴とその影響」（『東海近世』第22号、東海近世文学会、2014年7月）

中村真理（なかむら　まり）
関西大学非常勤講師。近世文学（俳諧）。
「俳諧の猫—「本意」と「季語」の視点から—」（『連歌俳諧研究』第125号、2013年9月）
「「菜の花」考—新しい季語の展開をめぐって—」（『連歌俳諧研究』第137号、2019年9月）

野澤真樹（のざわ　まき）

ノートルダム清心女子大学文学部日本語日本文学科講師。

日本近世文学（18世紀大阪の作品と作者の研究）。

「『加古川本草綱目』と『諸道聴耳世間狙』―モデル小説の方法―」（『國語國文』第86巻第５号、2017年５月）

「寛政期「河太郎物」の原点―『諸道聴耳世間狙』に描かれた河太郎―」（『日本文学研究ジャーナル』第７号、2018年９月）

畑　有紀（はた　ゆき）

新潟大学日本酒学センター特任助教。食物文化史。

L'uniformisation des productions agricoles à l'époque d'Edo: des savoirs géographiques biaisés à l'origine de crises, *Revue de Géographie Historique Vol.9*, 2016.（共著）

「江戸後期「酒餅論」作品とその社会」（『軍記と語り物』第53号、軍記・語り物研究会、2017年３月）

「黄表紙に擬人化される酒」（『酔いの文化史』アジア遊学250、勉誠出版、2020年７月）

早川由美（はやかわ　ゆみ）

愛知淑徳大学非常勤講師。江戸時代の文芸（小説・俳諧・歌舞伎）。

『西鶴考究』（おうふう、2008年）

『江戸怪談を読む　猫の怪』（共著、白澤社、2017年）

「『傾城島原蛙合戦』の構想―奥州合戦という設定―」（『演劇研究会会報』第46号、2020年５月）

藤原英城（ふじわら　ひでき）

京都府立大学文学部教授。日本近世文学・出版文化。

『八文字屋本全集』（共著、汲古書院、1994～2000年）

『京都大学蔵潁原文庫選集』（監修責任、臨川書店、2016～2019年）

『浮世草子大事典』（編集委員、笠間書院、2017年）

母利司朗（もり　しろう）
京都府立大学教授。和食文化学・俳文学。
『俳諧史の曙』（清文堂出版、2008年）
『京都大学蔵潁原文庫選集』（監修責任、臨川書店、2016～2019年）

和食文芸入門

二〇二〇年九月三十日　初版発行

編者　母利司朗
発行者　片岡敦
印刷 製本　亜細亜印刷株式会社

606-8204 京都市左京区田中下柳町八番地
発行所　株式会社 臨川書店
電話（〇七五）七二一-七一一一
郵便振替　〇一〇七〇-二-八〇〇

落丁本・乱丁本はお取替えいたします
定価はカバーに表示してあります

ISBN 978-4-653-04418-5　C0095